KB051111

마지막 회전

그리운 추억으로 나의 '조선'에 바친다

- 著者 -

- 본서는 2013년도 일본국제교류기금의 보조금에 의한 출판물이다.

  本書は平成25年度日本国際交流基金の補助金による出版物である。

- 본서는 2013년 정부(교육인적자원부)의 재원으로 한국연구재단의 지원을 받아 수행된 연구(KRF-2007-362-A00019)이다.

일본명작총서 22
식민지 일본어문학·문화 시리즈 18

마지막 회전

공저 | 야마기시 미쓰구
다카다 신이치

역자 | 엄인경

學古房

이 한 편에 관하여 ● ●

여기 담긴 이야기에는 상혼의 깊이가 있다.

한 사람의 비겁한 행위가 올바른 대다수의 가난한 사람들을 괴롭혔다는 비극이다. 너무나 말도 안 되는 일이지만 우리 사회에서 이러한 비극을 볼 수 있다는 사실에 의해 이 소설은 또한 전폭적으로 사회극이기도 하다.

"너희는 꿈을 좇는 것이다."

이 장편소설을 읽고 어떤 사람이 말했다. 젊은 사람들의 올곧음, 순진함이 결과적으로 성의라는 것을 갖지 못한 사람들에 의해 농락당한 경우, 사회의 모든 자들이 이를 '꿈을 좇는다'는 한마디로 조소해버릴 정도로 부패하고 완전히 오염되었다면 그리 영속성이 없는 것임에 틀림없다고 본다. 그리고 간교하게 움직이는 자만이 잘 된다면 사회의 대다수 올바른 청년들의 진지한 행동이 용납되지 않는 사회는 머지않아 변혁될 시기가 올 것 같은 예감이 든다.

여기 담긴 이야기는 소자본가적인 한 기업 안에 둥지를 튼 공동의 불합리성이나 타락, 게다가 인간 개인의 음모 등이 짜여 있으니 단연 특이성을 지니고 있다.

본편은 소설인 까닭에 흥미와 감흥 측면에서 추천해도 좋다. 그러나 나는 그보다 하나의 사회악을 펼쳐 보인 문제극으로서 세상에 도움이 되는 점을 칭찬하고 싶다.

앞으로의 세상은 점점 밝고 공정해질 것이다. 그 과정에서 이 책의 출현은 다대한 의의를 갖는다.

저자인 야마기시, 다카다 두 사람은 내 친구이며 동료이다. 두 사람의 신문사 관련 이력이나 재간에 관해서는 많은 말이 필요치 않지만, 너무도 바쁜 보도 전선에 있으면서 이러한 업적을 냈다는 점에 경탄을 금할 수 없다.

이 이야기를 다 읽고 나는 절절히 비참한 '마지막 회전'에 의해 산산이 찢긴 가난한 사람들 백이십 명이 그 뒤에 어떠한 노고를 겪었을지 서늘한 느낌마저 들었다.

1932년 한여름
도스 다다야스鳥栖忠安

6

목차 目次 ● ●

분류 奔流

하나 ..

거의 한 집 한 집마다 삐죽이 튀어나온 온돌의 연기는 무거운 밤 안개에 녹아 거리를 기어 다니고 있었다.

그 하얀 농무 속에도 왠지 모르게 뼛속까지 시린 한기가 예리하게 행인들의 살갗을 찌르는 것이었다.

1930년 경성은 11월 말인데도 마치 바늘로 콕콕 찌르는 듯한 냉기에 뒤덮여 있었다.

발걸음이 끊긴 혼마치本町 대로에 은방울 꽃모양의 가로등만이 환하게 빛나고 있다. 그것이 밤안개에 꿈결처럼 떠도는 모래마냥 흐릿하게 물기를 머금었다.

간혹 마법처럼 인적이 사라지고 어디에서인지 모르게 포장도로를 딛는 구두소리만이 정숙한 공기를 흔드는 것이었다.

카페 '박쥐'에서 경기일보사 경제부장 가토 군조加藤郡造와 역시 같은 경제부원 기다 도이치貴田棟一 두 사람이 나선 때, 이미 둘 다 몹시 취한 상태였다.

"어때? 조선은행 앞까지 같이 가자고."

가토는 외투 깃을 세우며 부하인 기다에게 이렇게 명령조로 동행하기를 권했다. 두 사람은 혼마치 대로로 나섰다. 밤에 얼굴을 스치는 초봄의 바람이 얼근히 취한 뺨을 상쾌하게 자극한다.

"……그래서 말인데 앞으로의 신문계, 지금까지 잠들어 있던 조선의 신문계에도 여명이 찾아올 거야. 그것도 가까운 미래에 말이야."

"그 뜻은……."

"그러니까 현재의 신문계 분위기는 너무도 우울해. 경성의 신문은 안이하게 잠들어 있다고. 특히 우리 회사만 해도 그래. 누구 하나 일을 하려는 마음이 없지. 그건 전적으로 게을러빠진 기자에게 책임이 있다기보다 신문사 간부들에게 통제력이 없는 거라고. 이런 상태로는 진보가 없는 게 당연하지. 이봐, 그렇지 않아?"

"음, 그거야 저도 분명하게 알지만……."

10

"하지만 말이야 그런 게 아냐. 조선 신문계에 더욱 중대한 시기가 올 거라고. 그것도 내년에는."

가토와 기다는 소처럼 느린 발걸음으로 이미 문을 내린 메인스트리트를 걸으며 이야기했다. 가토의 어조는 취했기 때문일지도 모르지만 꽤 열기를 띠고 있었다. 그리고 계속했다.

"알겠어? 사이토齊藤 총독의 마지막 업무라고 일컬어지는 지방자치제의 확립, 이거라고."

"……"

"그건 총독정치의 하나의 민주화야. 약하기는 하지만 하나의 데모크라시가 탄생하는 거지. 이런 하나의 전개가 이른바 조선통치론 입장에서 말하자면, 선악의 논은 별개로 치더라도 새로운 거야. 예를 들어 각 도나 각 부읍에 내지日本의 현회縣슘나 시회 같은 것이 생긴다면 어떻겠어?"

"새롭게 여론이 정치에 들어가겠지요.……"

"그렇지. 그렇다면 신문이 나아갈 방향도 저절로 변화할 수밖에 없지 않겠어?"

가토는 점점 더 웅변조가 되었다. 그리고 가토가 내뱉는 숨은 어조가 강해질 때마다 얼어붙은 거리 위에 하얗게 뿜어졌다.

둘 ● ●

"조선지방자치제의 확립, 그렇게 되면 어느 신문이라도 편집방침을 바꾸고 생기를 담아내겠지요.……"

기다가 반발하듯 말했다.

"틀렸어.……"

가토가 음폭이 두툼한 목소리로 강하게 부정했다.

"지금의 조선 신문계로는 틀려먹었다고.……"

라고 되풀이하더니

"물론 개혁한다면 가능하지. 하지만 개혁은 철저해야만 해. 예를 들어 경기일보 사장으로 나를 앉힌다면 말이야."

가토는 취기가 올라온 듯 의기양양하게 떠들어댔다.

"개혁의 핵심은 있어요. 하지만 지금 경기일보 사장에게는 그런 용기는 없을 거에요."

"없겠지.……"

가토는 그렇게 힘없이 기다의 말을 긍정하더니 ……

그 뒤로 입을 다물어 버렸다. 그리고 두 사람은 묵묵히 차가운 발걸음을 옮겼다.

잠시 뒤에 기다가 입을 열었다.

"그럼 부장님, 부장님이 만약 그런 신문의 이상을 추구하신다면 실제로 어떻게 하실 생각입니까?"

"……모르지. 지금 생각 중이야."

"부장님 요즘 아무래도 이상하세요. 마쓰시타松下 사장님이나 스기노杉野 정리부장님과 다른 점이 요즘 들어 분명하게 보인다고요."

"자네도 그렇게 보이나?"

"부장님, 분명히 뭔가 생각하고 계시군요."

"아니, 뭐.……"

가토는 갑자기 말수가 적어졌다. 기다는, 가토가 요즘 일을 팽개 치다시피 하게 된 것이나 전부터 사이가 좋지 않던 스기노나 그 밖의 두세 명 기자들에 대해 조마조마할 정도의 독설을 내뱉는 일이 눈에 띄게 많아진 것을 떠올리며, 그가 이미 회사를 단념하고 어느 쪽으로든 생활의 전기轉機를 찾고자 하는 것이 아닐까 생각했다. 특히 오늘밤처럼 기다가 석간의 조판을 마치기를 기다렸다는 듯이 카페로 불러내서 조선의 신문계에 관해 그렇게까지 집요하게 말을 꺼낸 것은 평상시 경제에 대한 논의밖에 하지 않던 그와는 상당히 다르게 느껴졌다.

'묘해……'

처음부터 기다의 뇌리에 들러붙어 있던 이 느낌이 이렇게 되니 한층 더 명료해진 것 같기도 했다. 두 사람은 어느샌가 조선은행 앞의 광장으로 왔다. 건너편 붉은 벽돌의 당당한 경성우체국 큰 시계는 1시 20분을 가리키고 있었다. 조선은행 옆 플라타너스 가로수가 가지치기를 당해 하나 둘 남은 잎들이 떨고 있는 풍경은 쓸쓸했다. 빨간 전차가 다니던 자리에서 심야의 적막한 도시에 있음을 두 사람은 비로소 깨달았다.

셋 ● ●

"이제 전차도 없는 모양입니다."

기다는 거기에서 용산에 있는 집까지 자동차를 얻어 타려는 가토와 그쯤에서 헤어지려고 했다.

"아냐, 걷자고. 자네에게 할 얘기가 있어. 조금만 더 같이 가."

"무슨 이야기요? 내일 다시 들으면 되지요. 부장님은 택시로 들어

가세요."

"아냐."

그렇게 간단히 부정을 하더니 그냥 서 있는 기다는 상관도 하지 않고 성큼성큼 전찻길을 걷기 시작했다. 기다는 내키지 않는 발걸음으로 그의 뒤를 따를 수밖에 없었다.

"그래서 말이야, 기다."

기다가 그를 따라오기를 기다렸다는 듯이 가토는 주위를 둘러보았다. 그러더니…….

"나 곧 회사를 그만 둘 거야."

작은 목소리였다.

"예? 농담이시죠?"

기다는 그의 말을 부정하면서도 뭔가 기대하던 일이 벌어진 것처럼 느꼈다.

"농담, 아니라네. 정말이야."

"언제요?"

"아마 이번 달 말쯤 될 거야. 하지만 자네는 잠자코 있어 줘. 이렇게 털어놓는 데에도 다 이유가 있으니까.……"

가토는 진지했다.

"그래서 대체 어쩌시려는 거에요? 마침내 고베神戸 쪽이 실현된 겁니까?"

기다는 가토가 예전에 고베에 있는 신문시에서 입사 권유를 받았다는 말을 들은 적이 있었으므로 그런 식으로 되물었다.

"아니, 그런 시답지 않은 생각을 하고 있는 게 아니야. 신문을 만들 거야. 새로운 신문을 만들 거라고.……"

그는 힘껏 외쳤다. 그리고 그는 ……

내년 4월 실시되는 지방자치제에 직면하여 현재의 경기일보가 어떻게든 진로를 개혁해야 한다는 것, 그러기에는 현재 마쓰시타 사장으로는 실현이 불가능할 것이라는 점, 그리고 신문인으로서의 이상을 좇기 위해 새로이 대중의 신문, 동지의 신문을 만들 것이라는 점, 총독부가 신문지 발행의 인가권을 쥐고 있는 현상황에서는 새로운 회사의 신설은 불가능하지만, 이미 있는 신문사를 매수하는 것은 허락한다는 점, 새롭게 만들 우리의 신문은 이곳 어떤 유력자 계통이 백그라운드가 되어 당초부터 자본금 삼십 만원을 준비해 두고 신설 이후 삼년 간은 손실을 각오하고 시작한다는 것, 새로운 사옥의 건설, 고속 윤전기輪轉機의 구입 등등 그러한 착수 준비는 이미 다 되어 있고, 매수 계약 시기의 여하에 달려 있다는 것까지 매우 웅변조로

16

털어놓는 것이었다.

실제로 그가 매수하려는 동아일일신문은 그 무렵 경성의 삼대 유력지로 일컬어지고 있긴 하지만 극도의 자금난으로 빈사 상태였다. 따라서 지면에도 생기가 없었고, 대충 도쿄 근처의 신문을 오려붙여 때우거나, 그나마 이 신문이 희미하게라도 특징으로 내세우던 화류계 방면의 폭로적 기사로 사회면 등을 겨우 메우고 있었다. 더구나 십 몇만 원이나 되는 빚 때문에 오늘 망하느냐 내일 몰락하느냐 소문이 날 정도였다. 가토가 말한 매수 계획은 십 몇만 원의 채권 일부를 경기일보의 지배인 히시지마 다쿠야菱島琢也가 가지고 있어서 이 빚을 구실로 변제 기한이 도래함에 따라 변제능력이 없다는 것을 내다보고 매수 교섭을 한다는 데에 있었다.

"실제로 동아일일신문을 저대로 두기는 아깝지. 발행권을 저기 그냥 두는 것은 돼지에게 진주를 주는 것이나 마찬가지야. 그래서 우리가 그렇게 하는 것은 동아일일신문을 위해서도 좋고 우리를 위해서도 좋지. 그리고 무엇보다 독자들 입장에서 행복해지는 일이기도 하고."

가토는 그런 식으로 설명했다.

"그럼 사람들은 어떻게 합니까? 그대로 고용하나요?"

"바보 같은 소리 말아. 저런 기자들을 쓸 수 있겠어? 일단 내가 회사를 그만 둔다면 나를 따라 올 사람들이 얼마나 될 거라고 생각해? 어? 자네, 말해봐."

"······"

"나는 하나 둘이 아닐 거라고 자신해."

"글쎄요.······"

"물론 아직 이런 이야기가 발표되지 않았으니 권유할 수도 없지만, 내 계산으로는 열 명 이상은 분명히 되네."

"그럼 벌써 이야기한 사람도 있군요."

그는 경제부 주임인 다카스鷹巢, 사회부 주임 야마모토山本에게는 대강 이야기했는데 대체로 동의를 얻었다. 게다가 이 계획에 참가할 가능성이 있는 사람은 우선 기다, 아사오카浅岡, 스기모토杉本, 니시하라西原, 나카가와中川 등의 기자들과 영업 쪽 너덧 명, 그리고 지금은 고베의 신문사에 있는 우치야마内山, 오사카마이이아사大阪毎朝신문 지국에 있는 마쓰야마松山 등 도합 열여덟 명은 확실하다고 자신 있는 듯 말했다. 기다는 그런 사람들에게 특별히 의구심을 갖지 않았다. 실제로 퇴사할 가능성이 있는 사람들 투성이였기 때문이다. 그리고 그 사람들은 경성의 신문계에서는 거의 정평이 난 우수한 민완 기자들뿐이었다.

넷 ‥

"어때? 기다."

"그랬군요. 저는 어렴풋이 부장님이 뭔가 꾸미고 있다는 것은 느끼고 있었지만 그 정도의 계획일 줄은 몰랐습니다. 대단하시네요."

기다는 가토가 이런 식으로 계획을 털어놓은 걸 듣고 보니 그 계획이 확실히 현실성을 가지고 있다는 점, 경영적으로도 유망하며 특히 어떠한 권력에도 무릎 꿇지 않는 신문 특유의 자유로움 아래에서 마음껏 펜을 놀릴 수 있다는 점에서 젊은 이상파 신문인의 입장상 더할 나위 없는 밝은 매력이었다. 그리고 신문이라고 해도 자본주의 조직 하에 있는 보통회사와 전혀 다른 점이 없다. 속박, 착취, 숨 막힘, 그러한 답답한 관료적 공기에서 틈만 있으면 뛰쳐나가고 싶은 충동을 느꼈지만, 생활과 일의 유쾌함 때문에 결국 도망칠 수 없는 자신들. 적어도 '우리의 신문'이라는 느낌이 들 분위기 속에서 그야말로 넘겨짚는 생각도, 예의도, 응어리도 없는 동지들과 유쾌하게 일할 수 있다는 꿈이 조금이라도 실현되는 것은 실제로 바람직한 세상이었다. 그래서 기다는 가토에게 지금 이러한 식으로 이야기를 듣고 보니 이것저것 따지지 않고 동의하는 것이 당연하게 여겨졌다.

"아아, 결국 댁까지 와버렸네요."

기다는 꿈에서 현실로 되돌아오자 당황하여 회중시계를 꺼내보았다. 오전 3시를 지났다.

"저는 여기에서 실례하겠습니다."

"아, 들어왔다 가. 너무 늦었나? 그럼 택시비를 내주지."

가토가 자택에서 전화를 걸어준 택시에 미끌어지듯 타자 기다는 비로소 자기가 잠자고 싶어한다는 것을 느꼈다.

다섯 ••

기다가 가토로부터 그러한 계획을 들은 지 일주일째였다. 오후 1시쯤 회사 편집국으로 돌아오니 왠지 편집국 분위기가 떠들썩했다. 가토는 부장석에 없었다.

"기사거리가 아무것도 없어."

기다가 이렇게 말하며 책상에 앉자, 원고를 쓰던 시장 담당 아사오카가 흥분된 얼굴로,

"이봐."

작은 종이쪽지를 슬쩍 기다 앞으로 내밀었다.

"카페에 같이 가자고?"

웃으며 종이를 펴서 아무렇지 않게 시선을 떨구어 보던 기다의 안색이 싹 변했다.

'가토 총무가 사표를 냈어'

라고 쓰여 있었다. 가토가 사표를 제출하는 것이 정말로 이렇게 빠르리라고는 생각하지 않았기 때문이었다. 그러나 그날 이후로 결국 가토와 이야기할 기회가 없었던 기다는 가토가 사표를 낸 것은 계획이 순조롭게 진행됨을 나타내는 거라는 식으로 생각되어 도리어 가벼운 안도감마저 느꼈다.

"그래? 알고 있었어?"

"알았지."

아사오카는 끄덕이며 의미심장하게 긴장된 표정을 지었다. 상관없는 동료들이 옆에 있었기 때문이었다. 그리고 석간을 마감하자 귀빈실에서 부회를 열었다. 무거운 문을 닫자 가토는 인사를 했다.

어떤 이유가 생겨 그만두게 되었다는 점, 앞으로의 자기 일에 대해서는 생각하는 바가 있기 때문에 지금 당장은 발표하고 싶지 않다는 점, 당분간 경성에 있을 것이라는 점 등을 평소와 어울리지 않는 사려깊음과 장중함을 곁들여 말했다.

여섯 ..

가토가 사표를 내고나서 다시 일주일째에 야마모토가 사표를 냈다. 일본으로 돌아간다는 이유에서였지만, 사실은 사표를 내고 그대로 어디론가 갔는지 경성에서 모습을 감추었으므로 회사 내의 누구한 사람 가토와 야마모토의 퇴사가 관련 있을 것이라고는 의심하지 않았다. 그리고 그로부터 다시 일주일째에 아사오카가 사표를 제출했다. 그러나 이때에도 누구 한 사람 그 이면에 커다란 음모가 있을 것이라고는 생각지 않았다. 왜냐하면 아사오카는 가토가 신임하는 부하라는 것이 일반적으로 잘 알려져 있었으므로, 그의 퇴사는 가토에 대한 순직처럼 비쳤기 때문이다. 그러나 다카스, 기다, 스기모토, 니시하라, 나카가와 등은 남겨진 자들로서의 쓸쓸함을 느끼기 시작했다. 하지만 이윽고 비슷한 경로를 밟아 퇴사해서 떠날 것이라 생각하니 아무것도 모르는 동료들이 왠지 가엽게 여겨야 할 사람들처럼 보여 심중의 미소를 죽 참고 있었다.

남겨진 자들의 사표는 날짜를 정하여 히시지마 지배인이 모아서 제출하기로 되었다. 그리고 그런 식의 안정되지 않은 분위기 속에서 동지들은 1931년 정월을 맞이했다.

일곱 ● ●

가토는 새로운 일을 준비하기 위해 역 앞 어느 빌딩의 한 방을 빌려서 사무소로 만들었다. 그것은 비밀결사의 회합장소 같은 것이었다. 사실 동아일일신문 매수 계획이 사전에 폭로되면, 문필계에는 책동가들이 많아 그 계획이 불리하게 돌아갈 염려가 있었다. 그래서 동지들은 한 사람 한 사람 주의 깊게 옆쪽 입구로 출입했다. 빌딩 사무소도 애매한 사무소로 인식하게 만들어 두었다.

이렇게 계획은 하루하루 무르익어 갔다.

가토는 매일 그리로 나와서 새로이 고용한 세 사람의 사무원과 독자 명부 제작이나 광고주 명부의 제작에 몰두했다. 그리고 매일같이 변호사와 협의가 있다며 어딘가로 외출했다. 동지들은 모두 그를 신뢰하고 계획의 내용 같은 것은 물으려고도 하지 않았다. 그서 하루라도 빨리 계획이 완성되어 새로운 잉크 냄새와 새로운 활자의 매력에 취하고 싶었다.

이렇게 그 해 초부터 40일째, 드디어 남은 사람들이 사표를 제출하게 되었다. 이미 그 무렵 사내에 그 계획이 새어나갔기 때문에 누구든 다 퇴사의 무모함을 기다 등에게 충고했지만 일의 경과상 어쩔 수 없다고 변명을 하면서, 한편으로 이제 올 새로운 생활의 희망에 현혹되어 태도상으로도 이미 명료한 색채를 드러냈다. 그러나 가토의 경우처럼 마쓰시타 사장에 대한 감정상의 적의도 없고, 또한 다른 동료들에 대해서도 아무런 사적인 감정도 가지고 있지 않았으므로 모두의 앞에서 퇴시 인사를 하는 것이 실제로 괴로웠다. 그날의 편집국은 눈에 보이지 않는 파란으로 인해 안정되지 않은 소란스런 분위기로 흔들리고 있었다. 그래도 석간 원고만큼은 평소와 다름없는 평정심으로 썼다.

"도저히 어떻게 해도 안 되시겠군요."

비교적 새로 입사한 기자견습생 고바야시小林가 원고를 쓰면서 우려

24

된다는 얼굴로 책상 서류를 정리하는 기다와 몇몇에게 말을 걸었다.

"성가시게 만들어 미안해. 내일부터 잘 부탁하네."

이런 위무적인 말을 내뱉기는 했지만 실제로는 무언가 속인 듯한, 기대를 배반한 듯한 어두운 기분이 착종되는 것을 느꼈다.

그날 사표를 낸 것은 히시지마 지배인, 경제부 주임 다카스와 부원 기다, 사회부의 스기모토, 니시하라, 편집부의 나카가와, 광고부 하마자키浜崎, 거기에 히시지마의 조카라는 서무부 히나타日向까지 아홉 명이었다. 그리고 그들은 기원절紀元節, 2월 11일로 초대 천황 즉위일을 겨냥하여 새로운 일을 시작할 거라고 그날 밤 어떤 요리집 축연에서 히시지마로부터 이야기를 들었다. 그리고 그날부터 그들의 룸펜Lumpen, 독일어로 부랑자, 실업자 생활이 시작되었다.

펜을 빼앗긴 기자만큼 비참한 것은 없다. 그들은 펜을 놓는 그 순간까지도 그렇게 펜이 고마운 것인 줄 생각지 못했다. 펜은 이미 그들 입장에서 생활의 식량이라는 간단한 느낌을 훨씬 넘어 떼어낼 수 없는 육체의 일부처럼 여겨졌다. 그러나 그들의 품에는 사규에 반하는 퇴사이므로 지급할 수 없다던 퇴직금이, 금액의 차이는 있었지만 히시지마의 노력으로 어느 정도씩은 들어와 있었다. 여기에 그 밖의 적립금 등을 합해서 룸펜치고는 꽤 주머니 사정이 풍요로웠다는 이유와, 또 하나는 확실히 가까운 장래에 취직할 수 있다는 안도감에서 누구나 비교적 명랑한 기분이었다.

'한숨 돌리기'라는 의식은 그들을 얼토당토않게 밝게 만들었다. 그래서 각자 자기 집에 틀어박혀 있는 것이 참을 수 없는 단조로움으로 느껴지자……기본적으로 하루 한 번은 연락을 위해 사무소를 들여다보게 되었는데……마치 생각을 맞추기라도 한 듯 역 앞 빌딩의 한 공간에서 합류했다. 그러나 곧 잡담하기도 지겨워지자 한 사람 두 사람 아는 이를 불러들여 혼마치 대로를 한가롭게 거닐든가, 일도 없는데 미쓰코시三越나 조지야丁子屋를 유유히 구경하며 돌아다녔다. 그리고 뭔가 회의가 있어서 밤에 늦어질 때에는 야마모토나 다카스, 기다, 여기에 새로 입사하게 된 고베에서 온 이시모토石本와 같은 그룹은 누가 먼저 말을 꺼낼 것도 없이 아사히초旭町의 요정이나 메이지초明治町 근처의 카페로 놀러 갔다.

26

여덟 ● ●

　그러는 사이 동아일일신문 사장 나루시마 세이키치^{成島清吉}와 히시지마 사이의 발행권 양도교섭이 지속되었다. 하지만 기원절에는 분명히 계약을 끝낼 예정이던 교섭이, 나루시마의 발행권에 대한 집착과 그를 둘러싼 책동가들이 주워들은 이야기로 양도 가격을 점점 올려왔기 때문에 정체를 초래했다. 그리고 교섭이 이어졌다.

　회견은 나루시마 자택이나 나루시마 측 변호사 세노오^{瀬尾}의 사무소, 그렇지 않은 경우에는 대개 아사히초의 한 요정 안쪽 방이었다. 히시지마 쪽에서는 히시지마와 오키모토^{沖本} 변호사, 여기에 가토가 응원 차 나갔다.

　히시지마는 계약 완료를 서두르고 있었으므로 걸핏하면 나루시마 측에게 수가 훤히 들여다보여 불리한 입장에 놓이기 십상이었다. 그것은 뭐니뭐니해도 히시지마 측의 약점이었다. 거기에 덧붙여 나루시마 측은 항상 우세한 상황을 이용해서 주장을 조금씩 확대했다. 나루시마 자신이 새롭게 내놓는 조건에 대해, 조금이라도 양보해서 빨리 정리를 해버리려는 히시지마 측의 초조한 심정을 읽어내면 재빨리 그에 편승하려고 했다. 밀고 당기기에서 히시지마는 도저히 나루시마의 적수가 되지 못했다. 교섭의 초점은 나루시마가 주재하는 동아일일신문이 가진 채무액 십 몇만 원을 어느 정도까지 히시지마가 떠맡을 것인가, 그리고 무엇보다 큰 난관은 발행권의 대가로서 지불해야 할 현금 액수였다. 그밖에 자잘한 조건도 몇 가지나 있었지만……어떤 재단이 소유하고 있는 윤전기의 처분, 십년 동안 건물주에게 한 푼도 지불하지 않았던 수천 원의 집세 인수 등……이런 것들은 큰 문제가 되지 않았다. 현금 지불액에 관해서는 이만 원 정도 주장 차이가 있었다. 그리고 나루시마는 회사의 채무 외에 자기가 타던 인력거 계산서의 채무……그것은 수년간 운임을 지불하지 않았기 때문에 몇 천 원의 거액에 달했다……까지 떠맡아 달라고 제안했다. 그것은 히시지마 측 입장에서는 놀랄 만큼 무리한 제안이었다. 물론 히시지마는 거절했다.

"나루시마 씨, 사적인 용도로 쓴 운임까지 지불하라는 것은 말도 안 됩니다."

어느 때인가의 교섭에서 가토는 나루시마의 얼굴을 어이없다는 식으로 쳐다보며 말했다.

"아니지요. 사적인 용도이기는 했지만 당신들이 모두 다 인수하겠다면 실제로 곤란을 겪고 있는 나에게 후의를 보여 줘야 되는 거 아닙니까? 나는 십년 동안, 그렇죠, 정확히 십년 동안 이 회사를 경영해 왔는데 이러쿵저러쿵 입방아를 찧어도 어쨌든 오늘날까지 버텨왔어요. 거기에는 눈에 보이지 않는 가치라는 것도 있다고 봅니다.……"

나루시마는 이런 지경까지 와서 집요하게 불평 같은 감개를 늘어놓았다. 그것은 물론 나루시마의 신문에 대한 집착이 작용하는 것임에도 틀림없었지만, 이러한 불평을 늘어놓고 조금이라도 자기 쪽에 유리하게 이야기를 끌고 가려는 '돈'에 대한 집착 또한 선명히 읽혔다.

"그럼 어떻게 해도 우리 얘기를 듣지 않겠다는 거군요. 그렇다면 우리가 예의 그 채권을 법률적으로 확보해도 된다는 겁니까?"

가토가 유일한 무기를 꺼내어 나루시마에게 못을 박았다. 예의 채권이라는 것은 히시지마가 나루시마에게 가지는 채권 만 팔천 원을 말하는 것이었다.

"아니요, 아니. 그렇게 이야기를 진행하자는 게 아닙니다. 그 점이 이렇게 교섭을 하는 이유가 아니겠습니까?"

그렇게 나오면 나루시마는 교묘히 책임을 피하는 태도를 취했다.

이렇게 날이 지났다. 교섭은 매일 지속되었다. 그리고 룸펜인 그들에게도 따분한 단조로움이 더해갔다.

아홉 ••

　타협점을 이제라도 찾을 것처럼 그들이 소집된 날도 한두 번이 아니었다. 그 때마다 이제 한 걸음만 더 나아가면 되는 시점에서 교섭이 결렬되었다. 히시지마나 가토의 얼굴이 점점 신경질로 일그러졌다. 특히 가토는 눈에 보이게 폭군처럼 행동했다. 그리고 그들 사이에도 터질 듯한 초조와 금전적으로 점점 조마조마해지는 불안감에 우울한 날들이 이어졌다.

　그날도 그들은 소집되어 히시지마 자택에 모였다. 따분함을 때우기 위해 어떤 자는 레코드를 틀었다. 그리고 그는 매일 같은 레코드를 틀었기 때문에 몇몇 노래를 외워버렸다며 쓴웃음을 지었다. 어떤 자는 이제 제법 따뜻해진 초봄의 햇살을 쏘이면서 장충단 공원의 뒷산에서 낙엽을 태우며 시간을 보냈다. 어떤 자는 화투를 가지고 놀며 육백권六百拳, 노름의 일종이라는 승부에 열을 올렸다. 그리고 교섭자리에 가 있는 히시지마와 가토가 돌아오기를 기다렸다. 밤이 되면 히시지마 부인이 배아쌀로 주먹밥을 만들어 대접했다.

　"언젠가는 배아쌀 주먹밥을 먹었다는 게 틀림없이 좋은 추억이 될 거에요."

살이 오른 부인이 그렇게 말하며 주먹밥 접시를 돌렸다.

"마흔일곱 의사義士들의 습격유명 복수극 「가나데혼추신구라仮名手本忠臣蔵」를 빗댐 준비 같군."

누군가가 주먹밥을 입에 가득 넣은 채 말했다. 실제로 그런 기분이었다. 히시지마와 가토는 아직 돌아오지 않았다.

"마흔일곱 의사도 좋지만 요즘 완전히 기가 죽어서 안 되겠어."

응접실에 열 몇 명이나 들어가 있으니 운신하기도 힘들었다.

"귀여운 여급도 대놓고 만나러 갈 수 없고 말이야."

한 사람이 농담처럼 내뱉었지만 그 목소리는 묘하게 공허한 웃음을 머금었다. 그러자 다른 한 사람이,

"거짓말 마. 어제도 만났잖아?"

"아니지. 만났어도 이쪽이 룸펜 입장이니 즐겁지 않아. 묘하게 분위기가 가라앉아서 말이야."

"괜스레 비관적이군."

"그렇지. 아무래도 나루시마라는 놈 체념을 잘 못해. 이래가지고는 좀 오래 끌 것 같다는 기분을 떨칠 수가 없어."

"제군들, 잘 안 되면 대체 어떻게 할 거야?"

구석에서 강담講談잡지인지 무언지 열심히 읽고 있던 스기모토가

대화에 끼어들어 의자를 정 가운데로 밀며 나왔다.

"그렇게 생각하고 덤비면 어쩌자는 거야? 그런 거면 이미 틀렸어. 모두에게 의욕이 없다면 이미 끝난 거라고."

정의파 니시하라가 정색을 하며 따지고 들었다.

"아니. 가정을 하자면 말이야."

"실제로 그 때 생각도 할 필요는 있지. 우리 집 같은 경우는 이제 쌀 살 돈도 위태로워졌다고. 오래 끌 것 같으면 우선 마누라와 아이를 데리고 나와 이 댁에라도 들어올까 싶은데, 하하하……"

다카스가 농인지 아닌지 모를 농담을 내뱉었다. 뭔가 진지한 실감이 그 말에 담겨 있었다. 모두 제각각 가슴 속에 품은 불안한 모습을 분명히 의식한 듯한 느낌이 들었다. 실제로 교섭이 결렬될 경우를 생각하니 말로 표현 못할 불안이 슬며시 등줄기를 달리는 것이었다. 히시지마와 가토를 절대적으로 신뢰하고 일체 모든 것을 맡긴 마음으로 안심하고 있던 그들이기는 했지만, 그 교섭 내용이 분명하지 않은 만큼 이 불안감도 딱히 규정할 수 없는 불확실한 것이었다. 그리고 반반 정도로 교섭의 성패를 의심도 하고 믿기도 하던 그들의 마음이 다카스의 자포자기하는 듯한 그런 절망적 말을 듣고 보니 갑자기 비관의 정도를 농후히 띠는 것이었다. 누구도 히시지마가 길보를 가지고 돌아오리라고는 믿지 않았다. 그리고 '너희 집은 돈이 있으니 좋겠다', '나는 농사나 짓겠다', '나는 고향에 가련다'는 식의 잡담으로 끝났다. 모두 침통하고 진지한 표정으로 경직되었다. 부인은 어느 사이엔가 응접실에서 나갔다.

열 . .

히시지마와 가토는 12시 가까이 되어 겨우 돌아왔다. 그러나 두 사람 모두 우울 그 자체의 표정으로 응접실로 들어섰다. 무언의 보고였다. 아무도 그 결과를 물으려 하지 않았다. 히시지마는 나루시마가 아무래도 조인을 하지 않는다는 것, 아주 집요하게 주장을 한다는 것, 또한 만 원 정도의 요구를 덧붙여 해온 것, 오늘밤 안으로 세노오 변호사로부터 최후의 회답이 온다는 것 등을 안경 너머로 눈을 깜박이면서 기운 없이 보고했다. 그들은 모두 풀이 죽어 입을 다물고 있었다.

"만 원 정도는 양보하면 어때요? 그 정도라면 모두가 분담해서 벌면 되지 않겠어요?"

야마모토가 만 원을 양보해서라도 빨리 결착이 나는 쪽이 낫다며 제안했다.

"아냐. 만 원이라고는 하지만 상당히 고통스러운 금액이라고. 게다가 지금 만 원을 내놓으면 또 얼마를 요구할지 뻔해. 그냥 맡겨주면 좋겠어."

히시지마는 흥분해서 야마모토의 말을 반박하더니 방에서 나가버렸다.

"제군들. 마침 때가 공교로웠는지 내가 들어오면서 슬픈 광경을 마주했네. 이 집 부인이 지금 울고 있더라고. 모두의 마음이 무정하다며 말이야. 누가 마누라 데리고 같이 이 집에 들어오겠다고 했다며?……"

가토가 방 가운데 서서 얼굴을 숙이고 무거운 어조로 신음하듯 말했다.

"제군들. 좀 생각해 주게나. 자네들 마음도 당연히 알아. 하지만 사소한 좌절에도 벌써 와르르 무너져 버리는 자네들이 한심해. 내가 그 이야기를 들었을 때 이제 끝이라고 여겨지더군. 손을 빼야겠다는 생각이 들 정도야. 누가 그런 말을 했는지 알고 있어. 하지만 말하지

34

않겠네. 생각들을 잘 하라고. 부인은 걱정이 되어 매일 밤 다리를 뻗고 잔 적이 없다고 나에게 말하더군. 괴로운 건 서로 마찬가지야."

"아니죠. 그렇게 말씀은 하시지만 우리들 실제 마음도 생각해 달라는 말입니다. 우리는 당신이 나와 달라고 해서 경기일보를 나왔어요. 게다가 모두 당신들에게 다 맡겼단 말입니다. 그리고 그 교섭이 잘 되지 않는다고 해서 우리에게도 그 책임을 지라고 하는 듯한 말투는 과연 맞는지 생각해 볼 문제라고요. 또 우리에게도 작지만 하나의 가정이 있으니 먹여 살려야 하지 않겠습니까? 그러니 이런 불안한 상태에 놓여 있는 우리들 입장도 생각해 달라는 말입니다."

야마모토는 아주 웅변조로 가토에게 덤벼들었다. 이런 경우에 분명한 태도를 보이는 것은 그뿐이었다.

"자, 자.……"

다카스가 개입하여 말렸다. 세 사람은 서로 쳐다본 채 잠자코 있었다. 확 깨진 공기가 방안에 불길한 침묵과 함께 감돌았다. 큰 갭이 깊이 패어서 그 분위기를 원래대로 되돌릴 방법은 이미 없었다.

열 하나 ••

야마모토, 다카스, 기다, 이시모토 네 명이 그로부터 요정 하마고
메㉐㉐*의 안쪽 방에 모여 앉은 것은 그럭저럭 심야 1시 반 정도였을
것이다.

"엉망진창으로 취하고 싶어."

술잔과 술주전자를 해삼창자 안주와 같이 여종업원이 밥상 위에
올리자, 야마모토가 술주전자를 들어 자기 술잔에 따르며 말했다.

"애초부터 가토는 너무 뭘 모른다고. 우리 기분을 지나치게 가벼
이 여겨. 저렇게 머릿속으로 멋대로 해석해서 강압하려고 하면 안
되는 거지."

야마모토는 흥분한 기색이 아직 가시지 않았다. 실제로 그들이 그
처럼 극도로 생활의 불안을 느끼는 것은 이치를 따지지 않더라도 수
긍할 수 있는 일이었다. 야마모토가 말로는 좀 과했다 싶게 실수한
것일 수 있지만, 저런 식으로 실감을 노골적으로 드러낸 데에는 그
매수교섭이 자기 손으로 어떻게 할 수 없는 것인 만큼 이른바 부글
부글 끓는, 둘 데 없는 울분을 정직하게 폭발시킨 것임을 기분 상으
로는 충분히 누구든 시인할 수 있었다. 또한 가토 입장에서도 자기

가 온갖 노력을 다 하면서 그 현장에 있는데, 정작 중요한 그들에게
그러한 절망적인 기분이 파고들자 '뭐야, 부모 마음 자식이 몰라주는
거랑 똑같잖아……'하는 식의 답답함을 느껴서 천성적인 폭군 기질
로 단숨에 그런 분위기를 청산하려 한 것에 불과했다. 그러나 사실
상 그런 것 때문에 모든 계획이 끝이라는 가토의 사고방식은 다소 과
장된 것이었다. 두 입장에서 각각 서로 다른 마음을 말하고 그 마음
이 일치하지 못하는 것은 조금만 냉정히 생각하면 당연한 일이었다.

"하지만 그 교섭은 결국 안 되지 않을까? 난 그런 생각이 들어."

야마모토는 벌써 눈 주변이 벌겋게 되어 가지고 다카스 쪽을 향해
말했다.

"음, 아무래도 잘 안될 것 같은 느낌이 강해."

"어때? 안되면 잡지라도 해 보는 게. 그래도 이 정도나 되는 인원
인데 말이야. 내가 내지로 가서 보증금을 물색해 올게."
라며 야마모토가 다소 진지한 표정으로 말했다.

"잡지? 그것도 괜찮지."

"재미있을 거야. 그럼 조선의 중앙공론 정도 되는 것을 만들자고."

"좋아, 하자."

이시모토가 의욕을 보이며 신문보다야 흥미로울 거라는 식으로

맞장구를 쳤다. 세 사람 모두 이론은 없었다. 그러나 구체적인 계획을 생각하기에는 모두 교섭에 일말의 희망을 걸고 있었으므로 기분이 더 내키지 않았다.

"뭐 안 되면 그렇게 하는 걸로 하고 일단 비밀로 해 두지."

그리로 요란한 복장과 화장으로 단장을 하고 짙은 흑색의 올린 머리도 요염한 젊은 연배의 모모치요桃千代, 기쿠타로菊太郎, 오쓰야お艶가 들어왔다. 세 사람 모두 잘 아는 사이였다.

"어머, 역시 맞았어요. 룸펜 무리일 거라고 지금 이야기했거든요."

나이가 위인 기쿠타로가 털썩 앉으며 말했다.

"룸펜이라 미안하구만."

"아녜요. 룸펜이라도 이렇게 노실 수 있으면 상당한 신분이신 걸요."

젊은 오쓰야가 억지를 쓰듯 말하더니 술잔을 들었다.

"호호호……. 좋아하는 사람을 만나니 오쓰야가 꽤 명랑해지네. 방금 전까지 울적한 얼굴을 하고 있더니만."

모모치요가 폭로전술로 기다와의 사이를 떠들어대니 오쓰야도 가만히 있지 않았다.

"그야 저는 룸펜을 좋아하니까요. 그런데 언니, 동래東萊가 좋더라며 얼이 빠져 있던 사람이 누구였죠?"

"이 바보! 조용히 해."

누군가가 웃으며 소리쳤다.

"그런데 그 뒤로 어떻게 된 거에요? 아직 신문 시작 안 했어요?"

"음, 모처럼 자네들까지 힘을 보태주었는데도. 아직 룸펜이야."

"큰일이네요.……"

"룸펜이 아니라면 이렇게 뻔질나게 만나지 못할 테니까. 알만 하지요."

"걱정 마. 이제 곧 일을 시작하게 되면 떳떳하게……가 아니라, 자네들 화대가 두 배로 뛸 만큼 불러 줄 테니."

"그럼, 그런 의미로 건배……를."

하며 기쿠타로가 장난스럽게 잔을 올렸다.

"아, 맞다.……"

오쓰야가 떠올린 듯이 이야기를 시작했다.

"어제였나? 경기일보 사람들이 불렀어요. 그러더니 내가 있는 줄도 모르고 모두의 소문을 떠들어대는 거에요. 가토라는 녀석 못된 놈이야. 다카스 군은 뭐 똑똑한 편이니까 잘해 나가겠지만, 야마모토 군과는 도저히 잘 풀릴 것 같지 않다고요. 그리고 기다 씨, 당신

얘기도 나오더라고요. 실력은 확실한데 바보 같은 녀석에서 휘밀렸다고 했어요—…… 그리고 이제 1년만 끌면 된다고, 히시지마에게 그런 큰돈이 있을 리가 없다며 그런 말을 했어요.……"

"누구야, 그런 말 한 게.……"

"이름은 몰라요. 저는 그저 잠자코 듣고 있기만 했어요."

"그들 중에 내 애인이 있어요……라고 말하지 그랬어?"

"어떻게 그래요."

열 둘 ••

실제로 경기일보의 간부들이 탈퇴한 자들에 대해 좋은 감정을 가지고 있을 리가 없었다. 특히 마쓰시타 사장이 키우던 고양이에게 손을 물렸다는 식의 울분으로 히시지마의 계획을 이면에서 이리저리 훼방놓고 중상모략한다는 것은 그들 귀에도 들어왔다. 또한 사실 히시지마가 취한 행동……특히 우수기자들만을 여덟 명이나 빼돌린 것은 어쩔 수 없는 일이었다고 해도 신사적인 방법은 아니었다. 그

만큼 경기일보뿐 아니라 문필계 일부에서는 적지 않은 비난도 있었다. 그리고 재력 면에서 1년도 가지 못할 것이라는 예상은 탈퇴한 그들의 머리에도 어쩌다 슬쩍 떠오르는 어렴풋한 기우이기는 했지만, 그 정도까지 자금적으로 낙관하는 히시지마나 가토의 말에 거짓이 있으리라고는 도저히 생각할 수 없었다. 그러나 만 원 정도의 흥정에 쩔쩔 매고 있는 것을 보면 그가 말하듯 이십만 원, 삼십만 원씩이나 준비해서 덤벼든 일 치고는 딱 맞아떨어지지 않는 점도 있었다. 그런 우울한 생각에 어두워져 있는 터에 설령 경기일보 측이 퍼트리는 말이라 하더라도, 그런 소문을 듣고 보니 모처럼 술로 잊으려던 무거운 기분이 다시 뭉글뭉글 고개를 쳐들어서, 그들은 말수도 적게 무턱대고 술만 들이켰다.

그리고 한 사람 쓰러지고 두 사람 쓰러지더니 이리저리 누워 잠들며 조용해진 것은 이미 동틀 무렵 가까워서였다.

꽃피는 흐린 날 花曇

하나 ..

초조와 불안 속에 그들은 또 반달 정도를 보냈다. 끊어질 듯 끊어
지지 않으면서 교섭이 길어졌는데 그렇다고 결렬되는 것도 아니었다.

이윽고 드문드문 꽃소식이 들리고 겨울 칩거로부터 해방된 사람
들이 장충단이나 창경원으로 발걸음을 자주하게 되는 그런 무렵이
되었다.

잎을 다 깎인 플라타너스 가로수에 녹색 싹이 움트고, 회색빛이던
남산도 생생한 푸른 잎의 색으로 바뀌었다. 그 3월 15일에 동아일일
신문사를 히시지마가 매수하는 계약이 성립된 것이다.

43

엉킨 실타래가 풀렸다. 바로 지금이 꽃피는 봄, 봄의 절정이구나 하는 느낌이 룸펜 그룹을 희열하게 만들었다. 계약이 어려운 교섭의 결과였던 만큼 히시지마의 부담이 상당히 큰 것 같았다. 하지만 모두가 앞날을 기대하며 기쁨에 가슴을 적셨다.

계약 내용은……히시지마 다쿠야가 나루시마 세이키치에게 빌린 채권 만 팔천 원을 결산할 것, 동아일일신문 외의 채무 구만 원은 히시지마가 인수할 것, 이 외에 히시지마는 나루시마에 대해 현금 사만 삼천 원을 발행권 대가로 건넬 것, 건네는 방법은 사만 삼천 원 중 삼만 원은 즉시, 나머지 만 삼천 원은 5월 31일에 어떻게든 현금으로 교부할 것……등이었다. 히시지마는 나루시마에게 줄 삼만 원의 현금을 잘 갖추어 그 날 나루시마의 자택에서 건넸다. 조인은 끝났다.

이렇게 나루시마가 주재하는 동아일일신문은 완전히 해소된 것이었다. 그 날 그들은 아침 일찍부터 히시지마 저택에 모였다. 그 날부터 석간을 내기 위해서였다. 오후 1시경 히시지마에게서 전화가 걸려 오자 모두 일제히 동아일일신문사로 달려왔다. 오래된 벽돌의 볼품없는 단층짜리 서양식 건물이 그것이었다.

원래 어떤 고관대작의 저택이던 그 건물을 무리하게 구획을 지어 편집국과 영업국으로 나누었다. 사장실과의 경계는 여태 두꺼운 종이로 바른 미닫이문으로 구별되어 있고, 그 내부는 완전히 너덜너덜한 이음새 투성이의 옷 같았다. 천장은 거미줄이 가득한 벽지가 발라져 있었는데, 몇 군데나 찢어져 있었고 빗물 자국인 듯 갈색 얼룩이 지도처럼 그려져 있었다.

둘 ··

좁은 두 방은 옛 사원들과 새 사원들로 넘쳤다. 편집국은 때마침 석간을 마감하는 순간이었으므로 편집자가 무어라 공장 쪽으로 고함을 쳐대면서 무턱대고 종잇조각을 만지작거리며 돌리고 있었다. 경제부 책상 위의 전화가 2~3분 간격으로 울어대며 주가와 쌀 시가가 들어왔다. 기자들은 원고를 다 썼어도 좁은 편집국 안을 우왕좌왕하며 수선스러웠다. 이미 포기하고 책상 안의 서류를 꺼내서는 쫙쫙 찢는 중년의 기자도 있었다. 그 속에서 급사만이 멍하니 이 소란을 쳐다보고 있었다. 일이 없어진 조선인 문선文選, 활자를 뽑음 직공 두세 명이 걱정스러운 얼굴로 편집국 창문 안을 들여다보고 있었다. 영업국도 미찬가지였다. 광고부장이 광고를 인계하였다. 젊은 서무 여사무원은 백분(白粉)이 떨어지는 것을 염려하면서 산판(算板)을 따닥따닥 넣고 있는 정도였고, 외근 광고부원들은 괜스레 소리를 지르고 있었다. 완전히 혼란스러운 거래소처럼 정돈되지 않은 목소리의 단편들이 끊임없이 온 방을 날아다니는 꿀벌 떼같은 집단적 소음의 교향곡이었다.

"대체 나보고 어쩌라는 말이야."

벌써 어디에서 취해서 온 것인지, 젊은 기자가 책상 위에 구두를 신은 채 앉아서 앞뒤 가리지 않고 저주의 목소리를 내뿜었다.

"결국 빼앗았군."

이전부터 면식이 있던 기자가 각각 새롭게 온 사람들의 손을 잡고 한탄을 했다.

"나는 얌전히 성문을 열고 넘겨주겠어. 자자, 그럼 일 해."

하나의 종이 꾸러미를 끌어안더니 한 기자는 새로운 사람들에게 내뱉듯 말을 남기고 횡하니 현관으로 뛰어나가 버렸다. 새롭게 온 그들은 이 광경을 참담한 기분으로 보는 수밖에 도리가 없었다. 설마 그 날까지 자기생활이 파탄나리라고는 생각하지 않았을 것이다.

떠나가는 사람들의 마음을 '내 탓이 아니야'라고 속으로 변명하면서 형식적이라 할지라도 어쨌든 그들 생활을 파괴되는 형태로 만들어 버리고 말았다. 이 하나의 변혁에서 자신도 그 변혁자의 한 사람이 라는 것을 의식하자, 그들에게는 미안한 마음이 끓어 올라왔다. 그 리고 석간이 다 인쇄될 무렵에는 옛 사원들은 한 사람, 두 사람 떠나 버려 아무도 없게 되었다.

셋 ..

"자, 우리 세상이 왔어."

누군가가 크게 소리쳤다. 그 소리에 얻어맞기라도 한 듯 모두 새 로운 일이 시작된 것을 갑자기 의식하기 시작했다. 그리고 편집하는 사람들은 2~3일 전부터 준비해 둔 회심의 소재를 꺼내 원고를 썼다. 조간 원고였다. 오랜만에 그들은 연필의 매혹을 흥분 상태로 맛보았다.

"한 동안 글을 쓰지 않으면 펜이 무거워져서 안 된단 말이야."

모두 그런 기분이 들었다. 공장 직공들은 전부 인계한다는 것을 미리 알려주었기 때문에 불온한 움직임은 없었다.

'이번에 온 녀석들은 돈이 있을 것 같아. 예전 놈들은 급료도 제대로 지불하지 않았잖아'

직공들은 그런 기대를 가지고 있는 듯했다. 그들은 조용히 각자의 담당 구역에서 일했다. 정리부의 우치야마와 이시모토가 가장 고생을 했다. 활자의 호수號數가 완전히 달랐기 때문이다. 옛날 호만을 사용했던 것이다. 문선 주임을 불러 한바탕 설명을 하게 한 다음에야 겨우 알만했다.

"이거 큰일이야. 활자가 다 닳아 빠졌고, 없는 글자도 많다고."

우치야마가 이상한 소리를 지르며 쓴웃음을 지었다. 그 활자는 십년 동안 한 번도 바꾼 적이 없는 심한 상태였다. 교정에 사람이 너무도 부족했으므로 모두들 원고를 다 쓰면 도왔다. 재교정을 한다고 했더니 직공이 놀라며 토로했다.

"재교정은 하지 않기로 되어 있습니다. 사람손이 부족하니까.……"

"멍청아! 오늘부터는 다르다고."

나카가와가 소리 지르며 맞받아쳤다. 이렇게 어쨌든 10시 반쯤 되어 초판이 인쇄되었다. 종이 면이 더러워서 도저히 읽을 수가 없었다. 모처럼 의욕을 불어 넣어 쓴 기사가 도중에 끊어져 판독하기도 곤란했다. 교정이 엉망진창이었다. 광고는 무료인 것들만이 판을 치고 있었다.

"이러면 비관적이지."

모두들 이 상태에 우울해졌지만 잠자코 내일에 대한 기대감으로 희석시키고 있었다.

"아아, 한 잔 해야지."

아사오카가 깊은 한숨을 내뱉었다. 모두 피로로 녹초가 된 몸을 각자 자기만의 위안이 되는 곳으로 끌고 갔다. 가는 초승달이 봄밤치고는 드물게 맑은 하늘에 떠 있었다.

넷 ..

이튿날부터 그들은 기계처럼 일했다. 오랜만의 타성이 자칫 고통스러운 느낌을 줄 수도 있었지만 모두 생각을 모은 듯이 펜을 굴렸다. 편집은 우치야마와 이시모토가 조간, 석간 모두 담당했다. 타사의 기자들이 아직 아침 잠자리에 있을 시간부터 그들은 담당부서로 출근했다. 총독부와 재판소를 마쓰야마가 맡았다. 시회부장 자리에는 야마모토가 앉았다. 네 경찰서에는 스기모토, 니시하라가 주축이 되어 거의 1시간 정도 간격으로 얼굴을 들이밀었다. 경제부는 다카스가 부장자리에 오르고, 기다가 은행과 회사를 담당했으며, 아사오카는 주가와 쌀의 시가를 맡았다. 그 외의 자리는 누구랄 것 없이 손이 비어 있는 사람이 돌아가며 책임졌다. 이로써 일단은 외근을 정한 형태가 되었지만, 인원은 타사의 반 정도 비율밖에 되지 않았다. 하지만 양보다는 질이라는 표어를 각자 머릿속에 내걸었다. 그것은 사람 힘으로 할 수 있는 만큼의 능력이었다. 그들은 거리의 잠수함처럼 건물에서 건물로, 사람에서 사람으로, 온갖 신경을 곤두세우고 돌아다니다가 잉크로 범벅이 된 책상에서 펜에 묻은 잉크 찌끼를 문질러가면서 열심히 기사를 썼다. 광고부에서도 그 방면에 활약한 적이 있는 하마자키가 부장으로서 지휘를 한 그 날부터 쇄신기념호 광고를 필사적으로 모았다. 판매부는 몇 천 부 이상의 확장擴張지를 인쇄하여 한 집 한 집 권유하며 다녔다.

그리고 그 달 말에 『조선마이아사朝鮮每朝』라고 신문명을 바꾼 시점에 지면에는 생기가 넘쳤고 이전과 전혀 다른 활기가 춤을 추었다. 민첩하고 실력 있는 사회부 기자에 의해 특종이 몇 번이나 사회면 톱으로 장식되었다. 독자들은 급격한 추세로 증가되었다. 겨우 한 달 만에 경성 안에서 몇 천이나 되는 새로운 독자들을 획득했다. 그것은 물론 판매부원들의 활동에 의한 것이었지만, 외근 기자들도 돌아다니는 곳이나 근처 부인들에게 구독을 열심히 권했기 때문이기도 했다. 이러한 기세는 필연적으로 경쟁지들의 응전을 불러일으켰다. 경기일보에서는 편집국의 진용을 새로 짜서 요소요소를 경계했다. 조선조보朝鮮朝報도 가만히 있을 수 없게 되었다. 맹렬한 보도전이 어지럽게 펼쳐졌다. 그러나 조선마이아사는 분명히 다른 신문을 리드하며 이제 부동의 한 세력을 점차 심어나가고 있었다. '신흥 조선마이아사'라는 찬사가 격려의 투고와 함께 쏟아져 들어오고 독자들 모두 호의를 보여주는 듯 했다.

"어때? 훌륭한 반향이지 않아?"

가토가 하루에 몇 번씩이나 총무실에서 편집국으로 얼굴을 내밀고 만족스러운 듯 회심의 미소를 흘렸다.

다섯 ..

특종을 뽑아낸 젊은 경찰서 담당 기자가 득의양양한 듯 총무의 얼굴을 올려다 보고 일장연설을 한 다음에,

"그런데 가토 총무, 활자를 바꾸는 것이 선결문제입니다. 지금이야 기사에 이끌려 독자들이 읽지만, 아무래도 지면의 체제에서는 어두운 느낌이 들어서 쓸 의욕이 없어진다니까요. 어떻게 안 되겠습니까?"

라며 진지하게 털어놓았다. 실제로 지면은 지저분했다. 새로이 보충한 활자와 옛 활자의 길이가 달랐으므로, 아무리 기계부 쪽에서 '두드리기'를 충분히 해도 인쇄하면 옛 활자 부분이 선명하지 않았다. 매우 읽기 어려웠다. 모처럼 의욕을 넣어 쓴 원고인데 활자화되니 기자의 기분을 무겁게 만들었다.

"음, 그렇군. 하지만 지금 주조기鑄造機까지 같이 사게 되면 큰일이야. 조금만 더 참아줘."

가토는 그런 식의 이야기를 들으면 쓴 것을 먹은 떫떠름한 얼굴을 하고 힘없이 대답했다. 원래 활자를 바꾼다는 것은 그들이 입사할 때에 가토가 계획의 하나로서 그들 앞에서 약속한 것 중 하나였다.

52

더구나 활자가 불비不備한 만큼 신문지로서 매우 불리하다는 것은 첫
날부터 너무 잘 알고 있을 정도였는데, 그런 말을 들을 때마다 가토
가 적당히 뜨뜻미지근한 어조로 늘 이렇게 내뱉는 것은 젊은 사원들
입장에서 납득이 가지 않는 일이었다. '어쩌면 재정상태가 나쁜 게
아닐까?' 그런 희미하고 어두운 그림자가 슬쩍 떠오르기도 했다. 하
지만 그런 기분 나쁜 상상은 입 밖으로 내는 것조차 불쾌하다는 듯
모두 입을 다물었다. 그저 '보다 좋은 상태'를 조선마이아사의 앞날
에 확신함으로써 스스로를 위안했다.

하지만 …… 조선마이아사가 탄생하고 한 달 정도 경과한 4월 중
순의 일이었다. 이왕가李王家의 왕궁 정원이던 창경원의 벚꽃이 만개
에 가까워지고, 봄 느낌에 사람들이 들떠 있었다. 조선은행 기자실
을 나와 전기통신일보電気通信日報의 경제기자와 상공회의소 쪽으로 돌
려고 나란히 걷고 있던 기다에게 느닷없이 그 기자가 주위를 경계하
듯 속삭였다.

"이봐, 자네 회사가 부도났다고 하던데."

"뭐?"

"정말이야. 관계은행은 상공은행이지? 둘 합해서 천 원 정도라지."

"자네…… 정말인가?"

"정말이야. 어제인 것 같아. 하지만 발표되지 않게 막은 것 같더군."

기다는 뒤통수를 망치나 무어로 쾅 두들겨 맞은 느낌이 들었다. 그것은 맑은 하늘의 날벼락이었다. 하지만 예기된 것이 마침내 온 듯한 느낌도 들었다. 손대지 말자, 손대지 말자며 아픈 상처를 만지는 듯 불안한 사태에 정면으로 딱 마주한 기분이었다. 회의소 쪽으로 돌자 마침 경제부장인 다카스가 있었다. 발표를 듣는 둥 마는 둥 기다는 다카스를 끌고 밖으로 나오자마자 그 이야기를 했다.

"그래? 결국 나오고 말았군. 2~3일 전에 그런 비슷한 이야기를 듣기는 했는데 정말일 줄은 몰랐지."

다카스는 그렇게 내뱉고는 고개를 떨구었다.

"그래도 모두에게는 입 다물자고. 걱정할 테니까."

그렇게만 말하고 두 사람은 묵묵히 회사로 돌아왔다. 말로 표현할 수 없는 우울감이 두 사람을 완전히 포로로 삼아 버렸다.

여섯 ••

석간을 마감하자 다카스와 기다는 총무실로 들어가 가토에게 어음 부도의 진위를 확인했다.

"벌써 다 정리되었을 거야. 약간 방심하고 있었거든. 어쨌든 약간의 어음이 나루시마 시절에 몇 개나 발행되었어."

가토는 아주 시원하게 그것을 긍정했지만, 특별히 걱정하고 있는 것 같지도 않았다. 두 사람은 바람이 빠진 꼴이 되었다. 적어도 크게 발표되지 않은 게 다행이라고 생각했다. 그러나 그 때문에 두 사람은 결코 조선마이아사가 경제적으로 낙관할 수 있는 상태가 아니라는 진상을 어렴풋하게나마 알 수 있었다. 그것은 그들 입장에서 새로우면서도 분명한 불안감이었다.

그러나 그 불안감은 생각지도 못하게 이번에는 명료한 현실의 모습으로 드러났다. 그달 말 25일은 월급날로 정해져 있었다. 그래서 그날까지 젊은 사원들은 그날 밤에 갈 카페를 어디로 할지 생각 중이었다. 텅텅 빈 지갑도 그날 저녁만큼은 속이 두둑해져 묵직한 감촉을 주머니에 느끼게 해 줄 것이라 믿고 있었다. 마치 빈속을 끌어안고 연회가 시작되기를 기다리는 초대 손님과 같은 느낌이었다. 하지만 하필 그날 오후에 회계담당 다케이는 자리에 없었다. 저녁에 월급을 줄 거라면 지금쯤 지폐를 세면서 봉투에 넣고 있어야 할 시각인데, 도대체 어떻게 된 일인지 모두 궁금했다. 석간 원고를 다 쓸 무렵이 되자 평소처럼 외근하던 기자들도 밖으로 나가지 않았다. 그들은 안정되지 않는 마음으로 한 명 한 명 영업국을 들여다보고는 우울한 표정으로 좁은 편집국 안에서 숙덕거리고 있었다. 초조한 기분이 그들을 짜증나게 만들기 시작했다.

"오늘은 안 나오는 모양이야."

영업국으로 탐방을 갔던 한 젊은 사원이 편집국으로 돌아오자 한 사람 한 사람에게 작은 목소리로 전하고 돌아다녔다.

"안 나오다니 돈이 없는 거야?"

"글쎄, 어떻게 된 건지 모르겠는데 아무튼 사장님도 회계담당도 없으니 문제 아니겠어?"

"이거 참 난감하군. 나는 6시에 약속이 있단 말이야. 그 애랑……"

여급인지 기생인지와 만날 약속을 하고 온 기다가 울음이라도 터뜨릴 듯 호소했다.

"무슨 말 하는 거야. 여자 운운할 일이 아니라고. 나는 오늘 아침에 마누라가 꿍쳐 둔 수중의 돈을 모두 다 들고 나왔다고. 싸움까지

하고는 말이야.……"

반 년 정도 전에 갓 결혼한 니시하라가 분개했다.

"그렇게 투덜거리지 마. 한심하다고. 월급 받은들 눈 깜박할 사이에 흘러나가 버리잖아."

스기모토가 포기한 듯 담배를 피우면서 가라앉은 말투로 빈정거렸다. 사실은 그도 월급을 기다리는 사람 중 하나였다. 현관에는 양복점이나 서점주인, 카페의 주방장 같은 일고여덟 명이 와 있다고 급사가 알려주었다.

"참나, 양복 월부금이 아직 남아 있다고. 이봐, 급사. 여기 월급날은 월말이라고 그렇게 말하고 와. 정말 성가시구먼."

소유권이 완전히 넘어오지 않은 감색 춘추복을 입은 젊은 편집자가 소리 질렀다.

"대체 어떻게 되려나."

결국 그날 밤 7시 경 회계인 다케이가 어딘가에서 돌아왔지만 공장 직공들에게만 급료가 지불되었다. 사원들 쪽은 1주일 정도 기다려 달라는 사장님의 전언이 있었다고 다케이가 불쌍하게 보고했다.

"에잇, 바보 취급하는 것도 아니고."

그 말을 듣고 그들은 의외로 얌전히 체념하고 귀가했다. 하지만 그들 뇌리에 심어진 불안감은 이제 움직일 수 없는 사실이 되었다.

일곱 ..

회사가 월급도 지불할 수 없을 정도로 궁핍하다는 것을 그들은 이제 확실하게 알았다. 왜냐하면 수입의 대부분을 차지하고 있는 광고 수입은 매월 10일에 돈을 받기로 광고주와 약정되었으므로 그 달 광고료는 이미 다 들어온 터였고, 그날부터 1주일 정도 지나도 다음 광고료는 들어오지 않는다. 게다가 판매대금 등은 확장을 위한 무대지無代紙가 많았고 설령 월말까지 어느 정도의 돈을 모았다 해도 도저히 그것만으로 인건비는 충당되지 않았기 때문이다. 결국 인건비만큼은 어디로부터인가 빌려오든가 해야 할 방침이었다. 사실 히시지마 사장은 그 날 한 번도 회사에 나오지 않았고, 그 지역에서 그와 동향인 대금업자나 유력자들을 만나고 돌아다니며 돈을 마련했다. 하지만 모두 급전을 대주지는 못했다. 결국 직공들 급료 만큼의 현금을 손에 쥘 수 있을 뿐이었다. 그리고 5월에 들어서 사원들 급료도 다섯 명씩 잘라서 몰래 지급되었다. 하지만 회사의 안 좋은 재정 상황을 알아차린 사원들은 회사의 어려운 경제적 사정을 단편적으로 여기저기에서 더 듣게 되었다. 회사 금고에 들어오는 수입의 대부분은 십만 원이나 되는 과거 빚의 이자로 충당된다는 사실을 어렴풋하게 알게 되었다. 새로운 기자견습생들도 어느 사이엔가 네댓 명 입사했다. 그들은 학교를 졸업한 아마추어들 뿐이었으므로 회사로서는 비생산적인 분자들이었지만, 그럴 여유가 있을 만큼 경제 상태도 좋아진 것인가 여겼던 그들의 상상도 결국 합리적이기는 해도 진상을 모르는 자들의 추측에 불과했다. 그것은 완전히 채산을 무시한 편집국의 결함 보충책이었다. 그러나 그러한 인건비의 증가에 비례해 광고수입이나 판매수입이 조금씩 증가해 간 것도 사실이었다. 그렇다고 해도 과거 빚의 이자 지불에 어느새 회사의 금고가 비었다는 것은 뭐니뭐니해도 큰 고민거리임에 틀림없었다. 그런 일로 자칫 최악의 사태가 우려될 때마다 사원들은 어두운 회색빛 불안감에 휩싸이는 것이었다.

그러나 사원들은 완전히 절망하지는 않았다. 그들은 이러한 난국에서 어떻게든 선처를 할 것이라며 히시지마 사장의 수완과 가토 총무의 뚝심을 최소한으로나마 신뢰하면서, 그래도 일에 관해서는 그런 불안이나 불평은 다른 세계의 것인 양 펜을 놀렸다. 독자의 호평을 얻을 만한 보도를 창조하고 이상적인 신문을 만들어내는 것은 회사의 자랑일 뿐 아니라, 경성 사람들의 기대를 등에 업고 경기일보를 뛰쳐나온 그들 자신 입장에서도 꼭 해야만 하는 하나의 채무인 것처럼 여겨졌으며, 뭐니뭐니해도 젊은 신문인들의 커다란 즐거움이기도 했기 때문이다. 그러한 회사의 역경에서 오는 그들 자신의 고뇌를 표출하는 것은 어떤 희생을 치르더라도 참아낼 수 없는 것이었기 때문이었다. 그것은 고통스러운 허세였을지도 모른다.

하지만 그날이 끝날 무렵에는 또 하나의 커다란 위기가 그들을 기다리고 있었다. 그것은 동아일일신문 양도조건의 한 항목……현금 사만 삼천 원 중 만 삼천 원을 5월 31일에 나루시마에게 지불하는 것……이었다. 그리고 이 계약을 불이행할 경우에는 발행권은 다시 전 사장인 나루시마에게 환원해야 한다는 계약조항이 부가되어 있었다. 그 발행권이 나루시마에게 환원된다는 것은 동시에 사원들 전원의 실직을 의미하였다. 그것은 이렇게 부진한 회사의 실적을 싫을 만큼 보고 있던 히시지마는 물론 사원 전체 입장에서 절망에 가까운 암묵이었다. 그들은 사형을 선고받은 사형수 무리들이었다. 사장인 히시지마는 그 달에 들어서 거의 출근하지 않았다. 어쩌다 출근하면 곧바로 서둘러 외출했다. 그의 얼굴에는 하루하루 고뇌의 빛이 창백한 표정과 더불어 짙어졌다. 하지만 사원들은 히시지마를 믿었다. 회사의 위급함을 구할 정도의 재계인 한 사람 정도는 히시지마가 데려올 것이라며 헛된 기대이기는 했지만 믿고 있었다.

여덟 ••

어느 날—

"내 손으로는 도저히 안 되겠어.……"

히시지마는 신음하듯 비통한 목소리를 짜냈다.

"네?"

가토와 다카스가 동시에 소리쳤다. 그것은 5월 20일, 운명의 날까지는 열흘 밖에 남아 있지 않았다—늦은 봄날 밤도 깊은 히시지마 자택 응접실이었다. 세 사람뿐이었다.

"사장님, 지금 무슨 말을 하는 겁니까?"

다카스가 미친 듯 히시지마를 추궁했다.

61

꽃피는 흐린 날 花曇

"화내지 말아줘. 나로서는 모든 방법을 다 썼다고."

히시지마는 죽은 사람처럼 목을 툭 떨구어 버렸다.

"어떻게 되는 겁니까? 가토 총무, 그럼 당신은 어떠냐고요."

팔짱을 끼고 한 마디도 하지 않던 가토는 눈을 감고 고개를 들고 있었다.

"이제 와서는 나로서도……"

다카스의 두 눈에서 뜨거운 눈물이 한 방울 무릎 위로 떨어졌다. 무거운 침묵이 찾아왔다……탁상시계가 가는 소리만 조용히 흘렀다.

부서진 배 破船

하나 ··

히시지마의 이 슬퍼할 고백은 이튿날 누구로부터라고 할 것도 없이 사원들 사이에 전해졌다. 엄청난 경악이었다. 비할 바 없는 거대한 힘에 의해 갑자기 나락으로 밀려 떨어진 듯한 느낌이었다. 믿던 자에게 배신을 당한 분노가 그들에게 불타올랐다.

"이런 말도 안 되는 일이 있을 수 있어!"

"사장 정말 무책임한 거 아냐!"

"이제 와서 순순히 나루시마에게 성문을 열어주고 넘기다니 그런 약해 빠진 작자가 어디 있어!"

그것은 모두 동시에 가진 분노의 목소리였다. 분노, 비애, 불안,

초조, 저주, 증오, 앙분……그런 감정이 잇따라 그들을 엄습했다. 누구도 일이 손에 잡히지 않았다. 방심한 듯 묵묵히 흰 원고용지를 바라보기만 하는 것이었다. 5월 말일, 그 날이 중대한 계약이행의 날—회사의 부침에 관한 날—이라는 것은 조선마이아사가 태어나는 그 날부터 지나치게 잘 알고 있지 않았던가? 그런데 벌써 열흘도 안 남고 임박한 지금에 와서야 휙 하니 숟가락을 던져버리다니, 너무 무책임하기 짝이 없는 처사 아닌가? 각자가 그런 생각을 품기 시작하니 히시지마에 대한 증오와 분격이 끓어올랐다.

하지만 그들은 조금씩 흥분상태에서 벗어나자 히시지마에 대한 증오와 분노는 어떻게도 할 수 없는 것임을 의식했다. 무엇보다 전후책이 필요하다고 생각했다. 생활을 바닥부터 뒤집을 위기가 온 것이다. 거기에는 이미 히시지마에 대한 신뢰도 존경도 없었다. 우리 힘으로 무슨 일이든 해보자, 그런 반동적 기분으로 자리 잡혀 갔다. 하지만 그들이 그런 결론에 당도했다고 해도 과연 만 삼천 원의 돈을 어디서 어떤 식으로 가지고 올 것인가 하는 현실적인 문제와 부딪히자 그들은 털썩 주저앉았다. 그들에게는 너무도 작은 힘밖에 없었다. 무겁고 어두운 무언가가 회사 천장에도 책상 위에도 기어 돌아다니는 것처럼 느껴졌다.

"기사가 없어. 석간 못 내겠어."

정리부장인 우치야마가 터질 듯 불쾌한 기분을 발산하듯 편집국이 쩌렁쩌렁하게 소리 질렀다. 기자들은 당황하여 시계를 올려다보았다. 1시 20분이었다. 그들은 잊어버린 것을 떠올리기라도 한 것처럼 미친 듯 써댔다.

어떻게도 못 할 불안 속에서 3~4일이 지났다. 히시지마는 도무지 출근하지 않았다. 가토는 하루 종일 총무실에 틀어박혀 아무와도 말하지 않았다.

둘 ● ●

쉴까 생각도 했지만 앉아 있을 수도 없고 서 있을 수도 없는 초조함에 밀려 다카스는 25일 아침 쿡쿡 쑤시는 맹장을 누르며 경성역으로 달려갔다. 인천으로 갈 목적이었다. '인천의 그 사람에게 이야기하면 혹시……'하는 일말의 아득한 희망이 문득 그날 아침밥을 먹고 있던 다카스의 머릿속 어딘가에서 떠올랐기 때문이었다. 그는 11시쯤 쓸쓸한 인천역에 내리자 곧바로 인력거를 인천미두米豆회사로 달리게 했다. 그곳 비서역인 후타기 이치노신二木市之進은 다카스의 중학교 동창으로 그보다 1~2년 선배였는데, 출신 현県 관계자나 경제방면 관계로 그들은 최근 2~3년 친한 사이였다. 후타기는 열 홉 스무 홉은 아무렇지도 않게 마실 정도의 술고래였고, 또한 정력가이기도 했으므로 그런 점을 싫어하지 않았던 다카스와 만나면 술이나 여자에 관해 허심탄회하게 자기 비밀을 서로 말할 만큼 흉금을 털고 지내는 사이였다. 그래서 원래 다카스의 조선마이아사 입사에 관해서도 잘됐다며 찬성의 뜻을 보여주기도 했으므로, 사정을 잘 털어놓으면 이번 만 삼천 원의 마련도 발이 넓고 비교적 자금력이 확실한 유력 미곡상인들 중 몇 명을 알고 있는 후타기에게 부탁해서 다시 의외의 자본가라도 발견하게 될지 모른다는 것이 다카스의 속내였다. 회사 전화를 빌려 회사 쪽 일을 기다에게 부탁하고는 그는 진지한 어투로 후타기에게 처음부터 경위를 자세히 호소했다.

"그래서 어떻게 생각해? 어떻게 좋은 방법이 없겠나? 일단 사장이야 어떻게 되든 젊은 사원들이 사느냐 죽느냐 하는 문제라서 정말 난감하다고."

"그거 참 안 됐군. 하지만 이번 달 말일이라고 해야 고작 닷새야.

아무리 그래도 만 삼천 원이라는 돈이 생길 턱이 없잖아. 좀 더 시일이 있으면 모르겠지만.……"

아직 젊은데 뺨에서 턱에 걸쳐 시커멓고 북슬북슬한 구레나룻을 엄지와 검지로 만지작거리면서 후타기는 자신 없는 듯한 표정으로 대답했다.

"하지만 사원들이 너무 불쌍해. 그렇게 되면 젊은 사람들의 장래를 완전히 망칠 테니까. 어떻게든 좋은 생각이 없나?"

"……"

"제발 생각 좀 해 주게나."

라고 말은 했지만, 다카스는 실제로 무리한 주문이라고 생각하니 마지막까지 품고 있던 유일한 서광도 이제 꺼져 버린 것이라 생각했다. 하지만 포기할 수는 없었다. 점심을 근처 요리집에서 얻어먹고 나서도 그는 구구하게 푸념처럼 어려운 상황을 집요히 호소했다. 이제 누구에게 원망을 듣더라도 누구에게 미움을 받더라도 괜찮다, 자기 손으로 5월 31일만 타개할 수 있으면 좋겠다고 생각했다.

저녁 가까이 다카스는 미두회사를 나왔다.

"여하튼 나도 어떻게든 생각해 볼게. 2~3일 내로 곧 경성에 올라갈 테니까.……"

현관까지 다카스를 전송하고 후타기는 위로하는 표정으로 말했다.

"고마워, 꼭 좀 부탁하네."

다카스는 후타기의 손을 부서뜨릴 듯 부여잡더니 갑자기 눈가가 뜨거워지는 것을 느꼈다.

셋 ••

그 다음다음 날, 후타기로부터 다카스에게 전화가 걸려왔다. 할 이야기가 있으니 메이지초明治町의 레스토랑 매월梅月까지 왔으면 좋겠다는 전화였다. 경제면의 조판 작업을 기다에게 부탁하고 그는 황급히 뛰어나갔다.

"이야, 잘 된 건가?"

그곳 스페셜 룸의 나사羅紗, 두툼한 모직물를 씌운 큰 의자에 몸의 반 정도를 묻고 젊은 여급 하나를 상대로 위스키를 홀짝이고 있는 후타기의 모습을 보고 갑자기 그는 큰 기대감으로 말을 걸었다.

"자, 자, 일단 앉아."

"그건 그렇고 지난번에는 내가 너무 실례를 했지.……"

하며 다카스가 의자에 앉으니,

"잠깐만, 우리말이야 지금부터 어떤 여자를 어떻게 부를지 의논을 좀 해야 해서 저쪽으로 가 주겠어? 착하지."

후타기는 그런 농담을 섞어가면서 여급에게 조심스러운 듯이 당부했다.

"이 불량 노인이 또 시답지 않은 의논을 하자고 하는 거군요.……"

요코葉子라 불리는 여급이 그렇게 심술 맞은 말을 하면서도 얌전히 문 밖으로 사라졌다.

"사실 그날 밤 집으로 돌아가서 생각을 해봤어. 자네에게는 그런 식으로 부탁을 받고 해서. 그래서 결국 사장 개인을 구하는 것이야 생각해 볼 일이지만, 열 몇 명이던가? 그 사원들을 구하는 게 좋은 일이라는 생각에 강력히 동정하게 되었지. 정말 가엽지 않은가? 그렇게 문득 운노海野씨 말이야, 그 운노 선생이 떠올랐어. 그래서 마시던 술까지 반쯤 희생해서 곧바로 운노 선생을 찾아갔지."

"그래서 운노 선생이……?"

"선생을 만났지. 그 다음에는 자네를 대변했다고. 자네에게 들은 대로 줄줄이 1시간 정도 떠들어댔어. 선생은 처음에는 머리를 그냥

들고 있더니 너무도 내 얘기가 진지하니까 마침내 생각해 보겠다고
말을 하더군."

운노라는 사람은 인천미두회사 중역을 맡고 있고 자금력도 상당
히 있었으며 이 회사의 비서역인 후타기 입장에서 보면 이른바 대장
격이었다. 와세다^{早稻田} 출신의 젊은 실업가였다. 후타기의 추측에 따
르면 운노는 원조할 의사가 확실히 있다는 것, 그리고 그가 그 돈을
융통해 주더라도 그에게 신문사 경영에 야심이 있는 것처럼 여겨지
면 곤란하다는 것, 다만 히시지마라는 잘 알지도 못하는 한 개인을
구제하는 의미가 아니라, 절대적으로 사원의 어려운 상황을 두고 볼
수 없다는 의미에서라면 융통하는 것에 반대는 아니라는 것……운노
는 그런 생각이라고 덧붙였다.

"그래서 내가 너무 진지하게 말을 하니, 대체 너는 조선마이아사
와 어떤 관계가 있길래 그러느냐고 하지 않겠어? 무리도 아니지. 나
는 조선마이아사와는 관계가 없다, 알고 있는 것은 당신도 알고 계
시는 다카스라는 사람 뿐이다, 다카스와는 친구지만 어쨌든 나는 젊
은 사원들이 자금 때문에 생활을 못하게 되는 비참한 상황을 보고
있을 수 없다고 말했어. 실제로 그랬으니까. 선생은 그 점에 마음이
움직이신 것 같다고."

"그래! 고마워."

다카스는 기뻐서 견딜 수가 없었다. 눈꺼풀 안쪽에서 뜨거운 피 같은 눈물이 무턱대고 솟아나왔다.

"후타기, 내가 이렇게 고마운 지경이네."

다카스는 일어서서 후타기의 손을 잡았다. 단단하고 믿음직한 커다란 손이라는 느낌이 들었다.

"뭐, 괜찮아. 하여튼 운노 선생으로서도 만원 정도 되는 현금은 그리 쉽게 빼기 어려우니 어음을 발행해서 누군가 이서를 할 사람이 필요하거든. 그런데 이게 또 의외로 순순히 찾아졌어. 남대문 대로의 다이쇼도大正堂말이야. 거기 주인인 나가이長井에게 오늘 아침에 이야기를 좀 했더니 자네도 알다시피 열혈한 아닌가. 당연히 해야 한다면서 승낙을 해 주었어. 그 정도 사내라면 신용할 수 있지."

71
부서진 배 破船

넷 ..

천우天佑였다. 며칠을 불안에 떨며 보낸 그들은 아직 버려지지 않
았다. 아니, 그것은 후타기의 의협심이었을지도 모른다. 운노의 동
정심이었을지도 모른다. 나가이의 이해심이었을지도 모른다. 하지만
그날 자기가 후타기를 문득 떠올리지 않았더라면 어땠을까……다카
스는 그렇게 생각하니 등골이 오싹했다.

"신세를 지네. 이렇게 되면 모두 기뻐할 거야."

다카스는 몇 번이고 몇 번이고 그렇게 감사의 말을 했다.

"어쨌든 내일 한 번 더 운노 선생과 만나게 되어 있으니 그 다음
다시 보고하겠네. 그리고 이건 그런 의미에서 비밀이야."

후타기는 명랑하게 웃는 얼굴을 하고는 큰 목소리로 아까의 여급
이름을 불렀다.

그리고 다음 날 다카스는 운노의 융통이 확정되었다는 전화를 받았
다. 그 다음 다카스는 히시지마와 가토에게 비로소 그 일을 알렸다.

"현금을 쥐어보지 않고는 아무래도 나루시마라는 놈은 어떤 책동
을 부릴지 모르니까."

히시지마는 그 이야기를 듣고도 불안한 얼굴을 했다. 실제로 나루

시마 측에서는 히시지마에게 돈이 생길 것이라고는 생각하지 않았다. 히시지마가 돈을 마련하려고 돌아다니면 꼭 끼어들어 그것을 망쳤다. 나루시마는 발행권에 대한 집착으로 가득했다. 히시지마에게 돈이 생기지 않을 것을 알자 다시 신문을 시작할 준비를 하고 있다며 사원 한 사람이 어디에선가 듣고 와서 파랗게 질린 얼굴로 말했다. 그러니 만 삼천 원의 현금을 직접 보지 않는 이상 불안했던 것은 히시지마만이 아니었다. 그래서 사원들에게는 일체 그러한 경위를 발설하지 않았다. 혹시 비밀이 새나가지는 않을까 하는 불안감이 있었기 때문이었다.

그리고 5월 말일이 왔다.

말할 수 없는 불안감에 휩싸인 채로 사원들은 아침 일찍부터 출근했다. 하지만 누구도 진상을 몰랐다. 과연 돈이 생긴 것인지 생기지 않은 것인지. 미칠 듯 근질근질한 초조감이 그들을 몰아세웠다. 사장은 나오지 않았다. 가토는 총무실과 편집실 사이를 마뜩치 않은 얼굴로 조바심나게 왔다갔다 했다. 아무도 어떻게 되었는지 그에게 묻는 것이 무서워 입을 다물고 있었다.

정확히 오후 1시, 전화벨이 울렸다.

"아, 그렇습니까? 지금 당장 가겠습니다."

사장실의 전화에 들러붙어 있던 가토가 그렇게 대답하더니 서둘러 뛰어나갔다. 아무도 알아차리지 못했다.

몇 분 후, 시계 도매상인 다이쇼도의 2층 응접실에 운노, 후타기, 나가이와 히시지마, 가토, 다카스 여섯 명이 모였다. 운노와 히시지마, 가토, 나가이와 히시지마, 가토와의 사이에 첫 대면 인사가 이루어졌다. 엄숙한 긴장감이 방안을 무겁게 했다. 모두 침묵하고 있었다.

"그럼 이것을……"

운노는 녹이 슨 듯한 목소리로 그렇게 말하더니 큰 현찰 다발을 둥근 테이블 위에 놓고 히시지마 쪽으로 조용히 쌓아올렸다. 히시지마가 말없이 그것을 받으면서 안경너머로 눈길을 자꾸 던졌다. 그 옆에 서 있는 가토의 양 다리가 희미하게 떨렸다.

"감사합니다."

짧은, 그러나 무겁고 괴로운 히시지마의 목소리였다.

"그럼 내가 좀……"

운노가 엄숙한 표정을 계속 유지하며 입을 열었다.

"사실은 여러분들 앞입니다만, 이 돈은 결코 당신들 개인을 구제하는 의미가 아닙니다. 제 뜻은 젊은 사원들의 딱한 처지라고 해야 할까요? 거기에 동정을 표하는 점에 있습니다. 부디 그 점을…… . 그리고 이 때문에 제가 신문에 무슨 야심이 있는 것으로 여겨지는 것을 사실은 내심 매우 겁내고 있습니다. 그러한 의미가 절대로 없음을 말씀드리는 바입니다."

"그리고 히시지마씨, 사실은 그 안에 만 오천 원이 있습니다. 이천 원이 더 많은 셈인데, 다카스군에게 듣자니 사원들 월급도 충분히 주지 못했다고 하더군요. 뭐 그런 노파심에서 어쨌든 이천 원 여분으로 마련했습니다.……"

후타기가 그 말을 이어 이렇게 말했다.

"아, 죽어도 은혜는 잊지 않겠습니다. 사실은 아내가 점쟁이에게 물어보니 도저히 돈이 생기지 않을 거라고 해서 완전히 비관하고 있었는데, 두 분에 대해 저로서도 거듭 감사의 말씀을 드립니다."

히시지마, 가토, 다카스 모두 억누를 수 없는 감격으로 울었다. 사선을 빠져나온 사람의 환희가 감사의 마음과 뒤섞여 형언하기 어려운 감격의 극에 달해 있었다. 후타기는 이 돈이 노는 돈이 아니고 자신들로서도 무리하게 마련한 것이므로 기한까지는 꼭 변제해 주도록 당부했다. 그리고 차용증서가 양쪽 사이에 만들어졌다. 그것은……

1. 만 오천 원은 7월 30일에 변제할 것
2. 만 오천 원 변제가 불능일 경우에는 조선마이아사신문사의 발행권은 운노 산지海野贊治에게 옮겨질 것
3. 이를 실증하기 위해 조선마이아사신문사 발행겸 편집인 명의변경 원서를 히시지마가 스스로 쓰고 서명 날인을 해 둘 것
4. 또한 이 행위를 신속히 하기 위해 히시지마의 실제 인감을 신탁해 둘 것

그런 공정증서였다. 거기에 총무 가토는 만약 히시지마가 지불 불능일 경우에는 자기가 고향인 가고시마鹿児島시의 소유지를 매각해서 지불할 의무를 진다고 하는 증서를 넣었다.

대차계약이 완전히 끝났다.

"그럼 저는 지금부터 나루시마에게 지불하고 오겠습니다.……"

라며 서둘러 히시지마가 방을 나간 것은 오후 2시 반경이었다. 가토와 다카스는 이 기쁨을 사원들에게 전하기 위해 회사로 돌아갔다.

다섯 ··

"다행이야."

사원들은 새삼 포옹을 하며 기쁨의 눈물을 흘렸다.

"나는 죽어도 일할 거야."

모두 그런 마음이었다. 고난의 고비를 돌파한 탐험가들처럼, 부활한 빈사 상태의 사람인 것처럼 사원들은 뛸 듯 기뻐했다. 함께 밝게 웃는 소리가 편집국과 영업국 여기저기에서 오래간만에 터져 나왔다. 그리고 그들은 아직 본 적이 없는 구세주 같은 자본가와 서로 술잔을 주고받을 기대에 부풀어 그날 밤 급히 열리게 된 전사원 축하연에 출석하기 위해 요정 한양산장漢陽山莊을 향해 가벼운 발걸음을 옮겼다. 남산 산허리에 있는 이 요정에는 이미 꽃이 져서 잎이 핀 벚나무 아래에 몇몇 설동등雪洞燈이 밝게 밝혀져 있었다. 주연은 늦은 밤까지 요란하게 이어졌다.

홍련 <small>紅蓮</small>

하나 ••

6월에 들어서자 경성은 이미 더웠다.

거리의 보도자에게는 견디기 괴로운 뜨거운 날씨가 몇 날이나 계속되었다. 밖에서 회사로 돌아오니 스트로 해트^{맥고모자}의 안쪽이 땀으로 흠뻑 젖어 있었다. 겨드랑이 아래에서 흥건히 땀이 배었고 와이셔츠가 축축이 젖었다. 연필을 잡은 손바닥에서 구슬 같은 땀이 솟아 연필이 미끌미끌했다. 편집국 주위에 나중에 덧붙인 양철지붕으로부터 조악한 공장에서 연판을 녹이는 듯한 미지근하고 냄새나는 공기가 흘러와서 편집자의 콧구멍에 들러붙었다. 개폐가 잘 되지 않는 방은 어디에서도 바람이 들어오지 않았다. 마치 지옥의 불가마

속 같은 생활이었다. 젊고 폐가 약한 교정부원의 얼굴은 나날이 창백해졌다. 그는 몇 번이나 방을 뛰쳐나가 작열하는 듯한 초여름의 공기를 마치 금붕어처럼 호흡했다. 일하는 사람들 입장에서 가장 고통스러운 여름은 하루하루 그 열기를 높여만 갔다.

이러한 고통을 겪기 시작한 그들은 다시 마음 어딘가에 이완을 느꼈다. 그것은 생리적인 이완만은 아니었다. 5월 말일을 넘겼다는 긴장감에서 당연히 그 뒤에 오는 심리적 슬럼프였다. 있는 힘껏 팽팽히 당겨져 있던 연줄은 바람이 조금 잠잠해지면 느슨한 포물선을 그린다. 그거였다.

석간을 마감하고 거리로 나선다. 불을 땐듯 부글부글 끓던 아스팔트가 조금씩 저녁 바람에 식고 거리에 약간의 선선함이 흐를 무렵이 되자 그들은 지금까지 느끼지 못했던 피로를 의식하기 시작했다. 하지만 집으로 돌아가고 싶지는 않았다. 무언가 자극이 필요했다. 무언가 신경을 태울 만한 정신적인 것을 원했다.

술, 여자, 그런 것이 올봄부터 상당히 거리가 먼 것이었음을 새삼 알아차렸다. 그런 생각이 들자마자 벌써 카페나 바의 문을 열고 들어갔다.

그리고 안됐지만 그들이 그러한 기분으로 전환하려고 한 순간에 경성의 카페도 새롭게 커다란 두 세력의 틈입에 의해 전환시대에 들어서려고 한 것이었다. 그것은 상당히 소문이 난 오사카大阪의 큰 카페인 '일본좌日本座'가 혼마치本町 중심지에 훌륭하게 근대화된 화려한 전구장식을 달고 조금이라도 첨단에 서고자 하는 듯 예쁘고 많은 여급 무리를 군림시키더니, 곧바로 땅까지 가진 유명 요리집을 경영하던 아오야기青柳가 어마어마하게 넓고 떡 벌어진 건물을 신마치新町 화류가에 세우고 '살롱 서울'이라고 이름 지었다. 그리고 도쿄에서 마흔 명 정도 되는 여급을 여객기로 실어왔다. 오사카 자본과 도쿄 자본의 대립이 오랫동안 잠들어 있던 카페 거리의 꿈을 흔들어 깨웠다. 실제로 세련된 도회풍 여급들의 서비스나 무섭도록 에로틱한 그녀들의 미태는 촌스러운 경성의 젊은 카페맨들의 호기심과 매혹을 선동했다. 뒤처지려는 경성의 작은 카페들이 황급히 이를 뒤쫓았다. 손때로 더러워진 의자나 테이블을 폭신폭신한 소파로 바꾸었다. 도쿄나 오사카의 댄서라는 미인들을 상품의 상표처럼 운반해 왔다. 맹렬한 선전 전쟁이 소용돌이쳤다.

둘 ••

　그러나 새롭게 끼어들어온 일본좌와 살롱 서울은 처음부터 '조선
마이아사'와 묘한 교섭이 있었다. 카페에 관한 뉴스라면 놀랄 만큼
의 반향이 있던 경성에서 신자본의 유입으로서의 일본좌 출현을 다
른 회사 모두가 모르는 사이에 사단四段 일호 활자로 화려하게 뽑아
낸 것은 경찰기사를 담당하는 스기모토였다. 그런 관계로 일본좌의
마쓰야마松山 지배인은 그로부터 자주 회사를 찾아와 오사카 사람다
운 교활함으로 선전을 잊지 않았다.
　"모쪼록 저희 쪽 편을 좀 들어주시기를 부탁드립니다. 개점하면
특별히 서비스해 드릴 테니까.……"
　그런 식으로 스기모토에게 추종하는 말을 늘어놓았다. 스기모토
는 어떤 이름의 어떤 얼굴을 한 여급이 오기로 되어 있다는 것까지
조사해 와서 편집국의 젊은 사원들에게 말하고 다녔다. 개점도 하
기 전부터 편집국은 그 이야기로 꽃이 피었다. 일본좌가 개점하고
는 매일 오후부터 입구에 만원이라는 패찰이 내려져서 쉽게 손님이
들어갈 수 없었다. 젊은 향락자들 무리가 와글와글 소란스럽게 입
구 앞에서 들어갈 수 있는 시간을 기다렸다. 엄청난 인기였다. 그래

도 '조선마이아사'의 그들은 매일 밤 한두 명이 스기모토를 데리고 들이닥쳤다. 스기모토의 얼굴 때문에 다른 손님들은 못 들어가는데 특별히 넣어 주었다. 멤버가 아주 익숙한 박자로 씨네마 여배우의 예명과 비슷하게 지은 여급 이름을 끊임없이 불러댔다. 빅트롤라_{축음기}는 거친 바람처럼 재즈를 불러제꼈다. 2층이 전혀 없는 그 홀은 환락의 도가니처럼 들끓었다. 나가사키長崎 방언이나 하카타博多 방언에 익숙한 카페맨들의 귀에 오사카 방언으로 떠들어대는 그녀들의 애교 섞인 목소리가 꿈을 꾸듯 감미로운 도취감 속에 들렸다. 그날 야마모토와 기다, 스기모토는 가장 안쪽 박스를 차지하고 맥주를 들이켰다.

"멋지군."

야마모토가 감격했다.

"아, 어서 오십시오. 오늘 밤에는 세 분이십니까? 덕분에 경기가 아주 좋습니다. 여급들도 몹시 좋아하고요……."

스기야마杉山 지배인이 어느 샌가 그들을 발견하고 다가왔다.

"어이, 여기 담당 누구야? 누구 안 오나?"

스기야마가 마침 그리로 지나가던 두 사람의 여급을 붙들고 그들 테이블의 보조의자에 앉히며 말했다.

"이쪽이 지토리 마사코千鳥正子, 이쪽은 아쓰미 나오에厚見直江라고 합니다. 그러니까 우리 가게 넘버원이지요. 하하하……이쪽은 조선마이아사 분들, 엄청 신세를 지고 있지.……"

"잘 부탁드려요.……"

두 명 모두 미인이었다. 지토리 쪽은 키가 작은 홍련같은 느낌이었다. 아쓰미는 키가 후리후리한 도라지 같은 느낌이었다.

"우리 담당 테이블이 두 개나 있는데, 이런 식이면 도저히 몸이 배겨 내지를 못할 거야."

나오에가 마사코에게 흰 얼굴을 찌푸려 보이며 일어났으므로 야마모토가 소리쳤다.

"이봐, 도망치지 말라고."

"잠깐만 기다려 주세요."

나오에는 슬며시 야마모토의 손을 빠져나와 달려갔다. 나오에는 곧바로 돌아왔다. 세 사람은 점점 취해갔다. 그리고 두 사람의 여급을 상대로 경성의 손님들은 촌스럽냐 라든가, 이름을 딴 씨네마 여배우와는 전혀 닮지 않았다 라든가, 쓸데없는 이야기를 서로 나누었다. 꽤나 서로에게 친밀함이 생긴 듯했다. 두 여급은 자기들 담당인 다른 테이블을 보면서 안절부절 못했다. 무언가 불안정한 카페의 광경이었다.

"대체 너희를 독점하려면 어떻게 해야 하지?"

야마모토가 취기로 새빨개져서는 물었다.

"그런 말도 안 되는 이야기를. 그렇다면 이번에 우리 순서를 그냥 통과시켜도 되겠어요? 우리도 힘드니 여기에서 움직이지 않을래요."

마사코가 그렇게 말하고 세 손님의 얼굴을 순서대로 쳐다보며 말하자 나오에가 동감이라는 식으로 덧붙였다.

"맞아요. 우리도 그러고 싶다고요. 순서를 건너뛰겠다고 해도 되죠?"

"그래. 그렇게 건너뛰는 걸로 하지. 건너뛰고 와."

기다가 취해서 배짱이 커졌는지 시원하게 그녀들의 주장을 승낙했다. 나오에는 그 이야기를 듣더니 그 옆을 지나던 멤버 보이를 붙들어 양해를 얻었다. 그녀들도 이 젊은 남자들의 시끌벅적한 테이블 분위기에 빠져들어 몇 번이나 맥주를 마시고 잔을 비웠다. ……그들이 일본좌에 대해 가진 인상은 만점이었다. 자기 이름까지 그녀들이 완전히 외워버린 것에 그들은 기분이 한껏 고조되었다.

이런 식으로 일본좌에 매일 밤 반복적으로 드나들었다. 야마모토와 기다가 가장 자주 갔다. 두 사람은 어느 쪽이 돈만 손에 있으면

서로 같이 가자고 이야기하여 동행했고 거의 매일 다녔다. 땀으로 흠뻑 젖은 근로의 피로를 위무하기에는 최적의 숨겨진 낙원이었다. 긴장되고 진지한 일에서 해방된 젊은 신문인 입장에서 그것은 다시 없을 기분의 도피처이기도 했다. 그들의 일본좌 애용은 회사 내에서도, 일본좌에서도, 그리고 그리로 가기 시작하고 나서 거의 연회 이외에는 모습을 보이지 않던 아사히초旭町의 여급들 사이에서도 소문이 났다. 밤에 회사에서 무언가 돌발사건이라도 일어나면 편집자는 그들이 일본좌에 있다는 것을 잘 알고 전화를 걸어왔다. 일본좌에서는 두 사람이 들어가면 다른 여급들이 나오에와 마사코의 이름을 불러댔다. 가끔 다른 여급들을 만나면 일본좌는 어떠냐는 식의 놀림을 받기도 했다.

셋 . .

하지만 회사로 출근하면 우울해졌다. 그들 회사의 재정은 그달에 들어서도 결코 유복해지지 않았다. '여름철 불경기夏枯'라는 말은 언뜻 아무런 관계도 없을 것처럼 보이는 신문사에도 영향을 주었다. 창간 당시의 약 열 배나 된 판매부수도 조금씩 감소했다. 그것은 여름이 되면 매년 어느 회사에서든 볼 수 있는 현상이었으므로 특별히 신경 쓰일 것도 없는 일이었지만, 사양길에 접어든 것처럼 느껴질 수 있는 시기였고, 어쨌든 황량한 기분이었다. 광고도 증가하지는 않았다. 단가가 싼 일본 광고가 게재되는 일이 증가했다. 언뜻 보기에 회사 수익감소는 문제가 되지 않을 만큼 작은 일이라 괜찮아 보였지만 사실 전혀 여유가 생기지 않았다. 일견 이치에 맞지 않는 것 같아도 조금만 차분히 생각해 보면 좋아질 리 만무한 것이 분명했다.

과연 5월 말일의 고비는 넘었지만 그것은 회사의 매월 수지와 아무런 관계가 없는 일이었고 과거 빚의 이자 지불액은 조금도 줄어들지 않았을 뿐 아니라, 미봉책으로 무리하게 돈을 조달해서 작은 채무가 새롭게 사원들 아무도 모르는 어느 틈엔가 수지 장부에 기재되어 있었다. 그래서 그달도 25일에는 아무도 봉급도 받지 못했다. 25일이 오자 사원들은 모두 우울해졌다. 그리고 매일 회계 책상 위를 들여다보고는 오늘은 받을지 아닐지 불안한 표정을 하며 쓸데없는 육감을 발휘하였다. 회계인 다케이는 사원들에게 추궁을 받는 것에 신경쇠약이 될 지경이라며 쓸쓸한 미소를 보였다.

이런 사원들의 울적함은 어딘가에서 희석되든가 폭발하지 않으면 안 된다. 봉급을 받지 못하는 것을 알자 한 사람 두 사람 몰래 회계에게 매달려 빈약한 금고에서 용돈을 가불했다. 그런 것들이 모두 카페나 바의 팁으로 소비된 것은 말할 필요도 없었다. 그들은 점점 향락적이고 찰나적으로 변해 갔다. 내일은 또 어떻게든 되겠지 하는 자포자기의 심정을 갖지 않을 수 없었다. 무리하게 돈을 변통해서는 바나 카페를 들락거리는 것이었다. 한 잔의 취기를 사지 않고는 견딜 수 없는 기분이었다. 그래서 누군가 하룻밤의 유흥비 정도는 번갈아 주머니 속에 지니고 있었다. ……이런 식으로 사원 중 누군가가 매일 밤 일본좌의 한 구석에 앉아 있었다.

마침 그럴 때에 예의 그 살롱 서울이 개업한 것이었다. 그것도 영업주인 아오야기와 특별한 사이였던 야마모토가 개업에 관한 일체의 선전을 의뢰받은 관계로 회사 편집국원까지 그 내용에 관해서는 일찍부터 알 수 있었다. 그리고 특히 '조선마이아사'와 이상한 교섭을 갖게 된 경위는 이러했다. 그들 회사에서는 사업부가 주최가 된 바람에 특별한 연고를 가졌는데, 도쿄의 도시대항 야구에 출장해서 돌아온 타이완 팀을 그 주장인 마나베 다이조真鍋太造가 2~3년 전에 경성부청 팀에 있으면서 경성 야구계를 좌우했던 인연으로 경성에 초빙한 것이었다. 그 환영회를 공교롭게도 개점전의 살롱 서울에서 열어달라는 아오야기의 간청으로 개점 이틀 전 새로운 연회장에서 개최한 것이었다. 물론 그 때 도쿄에서 와 있던 여급들도 그 환영회에서 서비스를 했다. 그리고 그날 밤 연회를 마치자 야마모토와 기다는 3층 홀의 한 구석에 자리를 잡았다. 아무도 없었다. 네댓 명 여급이 그들을 둘러싸고 규율이 없는 소란스러운 작은 연회가 시작되었다.

"마담은 누구지?"

"지금 온다고 했어요."

올린 머리에 약간 나이든 입매를 한 별로 예쁘지 않은 젊은 여급이 경박하게 대답했다.

"아아, 네가 게이코. 음, 아리타 스미코有田すみ子라고 하는군. 나이는 스물하나?"

야마모토가 상의 윗주머니로부터 종잇조각을 꺼내 무언가 쓴 것을 보고 읽더니 주머니에 쓱 넣어 숨기며 실실 웃었다.

"어머, 이 분, 어디에서 조사해 온 거에요?"

본명이 거론되자 깜짝 놀란 게이코라는 여급이 야마모토의 종이를 빼앗으려고 덤벼들었다.

"안 되지. 나는 형사라서 말야. 에— 그리고 다음 사람, 이름은?"

이 야마모토의 장난은 그녀들이 그들에게 가지고 있던 호기심을 자극하기에 충분히 효과가 있었다. 경찰에 내는 여급 신고서를 그날 경찰과를 담당한 스기모토가 베껴 왔고 그것을 받아온 것이었다. 그곳에 마담이라 불리는 아담한 미인이 왔다.

"참 명랑도 하셔라. 어머, 어서 오세요."

그녀는 그렇게 말하며 그들에게 가볍게 고개를 숙여 인사하더니 기다와 야마모토가 앉아 있는 긴 의자의 가운데로 파고들었다. 그녀는 얇은 비단 같은 긴 원피스를 품위있게 입고 있었다. 얼굴은 어느 쪽인가 하면 이성적이고 삼가는 듯한 용모였는데, 서늘한 눈매와 야무지게 다문 입가에 매력이 있었다. 언뜻 보아도 다른 여급들과 어딘가 다른 기품과 지성이 있었다. 그들이 야오야기로부터 전에 들은 적이 있었는데, 그녀는 도쿄의 서쪽 긴자銀座, 도쿄의 유흥지에 상당히 큰 바를 열었었다. 살롱 프로스트의 여주인이었다. 그녀는 여학교 시절을 경성에서 보낸 관계로 여기 아오야기와도 원래 알고 지내던 사이였고 이번에 이 가게를 열 때 여급을 감독하는 한편 개점을 도우러 온 여자였다. 게다가 그녀의 후원자가 수련睡蓮부인으로 유명한 사토 덴자에몬佐藤傳左衛門, 유명 배우의 동생뻘인 아미고로網五郎로, 아직 만나기도 전부터 재미있는 여자가 올 것이라고 기대를 품던 여인이었다.

넷 ··

우비강Houbigant, 프랑스 향수의 향기가 옆에 앉은 그녀에게서 그들 콧속으로 들어왔다. 그런 경력을 모르는 얼굴로 맥주컵을 들이키면서 여자에게 대부분의 손님이 처음 하는 듯한 평범한 대화가 그들 사이에 이어졌다.

"여러분들은 언론인들이시죠? 형사라니 애들 겁주는 것도 아니고……"

그녀는 야마모토와 기다가 신문인이라는 것을 알고 있었다.

"마스터에게 지금 들었어요. 평판이 좋으시더군요, 우수한 기자님들이시라고요. 부디 우리 가게 선전을 잘 부탁드립니다."

"우수한 기자인 거야 괜찮은데, 선전은 거절이요. 우리는 여급 선전 담당이 아니거든. 여급 감상 담당 쪽이지.……"라고 야마모토가 말했다.

"어머나 공교로워라. 그 감상의 대상이 저일 수도 있고요.……"

"하하하……"

"그럼 감상 담당자님, 더 신나게 놀아보시지요. 저는 오늘밤 실컷 마실래요. 경성에서의 첫날밤이니까요. 자, 건배……"

그녀가 컵을 높게 들더니 단숨에 다 마셔버렸다. 그들도 잔을 비웠다.

"이건 어때요? 연애주식회사를 만들어보지 않을래요? 물론 내가 사장이고요."

"그게 뭐야?"

"당신이 주주가 되는 거죠. 넘버원으로 해 드릴께요. 자, 여기에 사인을 하시고.……"

라고 말하더니 그녀는 여자들이 쓰는 비단으로 만든 부채를 꺼내 그 부챗살에 이름을 쓰라며 기다 앞에 내밀었다. 기다는 만년필로 자기 이름을 로마자로 썼고, 그 다음 야마모토가 부챗살에 펜네임을 나란히 썼다.

"자, 썼어. 그런데 주주의 이익 배당은 어떻게 되는 거지?"

"어머, 좀 기다려 봐요. 아직 주주가 다 차지 않았잖아요. 주주를 다섯 명 만들고 나서요.……"

"그래서 어떻게 되는 건데?" 라고 물으며 기다는 이런 놀이가 유행할 지도 모르겠다고 여겼다.

"제가 경성에 있는 동안 다섯 명의 애인을 만들어 놀려는 계획이에요. 당신들도 그 중 한 명이지요."

"그녀를 둘러싼 다섯 명의 사내란 말이지? 멍청한 역할이군."

야마모토가 내뱉듯이 쓴 웃음을 짓자,

"어머, 당신 이니셜이 T인가요?"

"그래, 이건 룸펜 연립주택에 사는 토공株公을 상징하는 거야."

라며 옆에서 야마모토가 농담을 했다.

"그래요? 토공이시군요. 그럼 토짱이라고 부를께요, 앞으로. 그 대신 나도 마담이라고 불리는 건 불쾌해요. 저를 토미라고 불러 주지 않겠어요? 이니셜이 같은 것도 기쁘네요."

"토미? 강아지 같군. 포인터나 세터야?"

기다도 거들며 놀리는 말을 했다. 밤이 완전히 깊었다. 젊은 여급들은 나오는 하품을 억지로 참는 듯 그들 이야기를 듣는다고 할 것도 없이 듣고 있는 듯했다.

"따분하지. 자, 돌아갈까?"

하품을 꾹 참고 있는 여급 한 명에게 야마모토가 말하더니 일어섰다. 벌써 12시를 지나고 있었다. 매끈매끈한 인조석 계단을 두 사람이 내려가자 토미는 어느 사이엔가 기다의 우측에 딱 들러붙어 작은 작은 목소리로 속삭였다.

"내일 안 올래요?"

"아직 개점하지 않았잖아."

"괜찮아요. 특별히 마스터에게 그렇게 말해 둘께요."

"음, 와도 되기는 하지."

"샐리가 좋아한다고 했어요."

"누구를?"

"치, 모르는 척 하기는요."

기다는 혼혈아에 터무니없이 키가 큰 샐리라는 여급이 아까 아무도 모르게 그의 손을 테이블 아래에서 꼭 잡았딘 것을 떠올렸지만, 그의 마음은 오히려 토미에게 향해 있었다. 그들은 달콤 시큼한 감상을 안고 집으로 돌아갔다.

그리고 다음날 오후에 기다가 회사로 돌아와 은행 예금리 인상 원고인지 뭔지를 쓰고 있자니까,

"기다, 여자한테 전화."

아사오카가 괜스레 큰 목소리로 외쳤다. 전화는 토미에게서 온 것

94

이었다.

"오늘 올 거지요?"

"응, 몇 시쯤 갈까?"

"언제든 괜찮아요. Y도 같이 올래요?"

"음, 이야기해 보고."

그렇게 되어 결국 석간이 인쇄되는 것을 보고 야마모토와 기다는 그리로 다시 갔다.

다섯 ‥

그날은 그곳 영업주가 개점 피로연 때문에 경성의 문필계 사람들을 초대하였다. 하지만 초대객은 연회장에 있었으므로 1층 홀에는 그 손님들 중 두세 명이 주변의 장식품이나 그릇 등에 끝없이 감탄하거나 칭찬하고 있을 뿐이었다. 토미는 입구 쪽에서 그들이 가기를 열심히 기다렸지만, 그들은 미소 지으며 맞이해 준 그녀들을 동반하고 마치 초대객인 양 손님이 우글우글하는 2층 유리로 된 방에서,

거기 있는 사람들의 시선을 느끼며 모르는 척 3층 홀로 올라갔다. 그들이 어제 앉았던 좌석에 앉자 그녀도 지난 밤 거기 계단에서 미끄러져 무릎을 다친 것이 아직 아프다며 환자처럼 조용히 슬쩍 그리로 앉았다. 인텔리라고 스스로 자랑하는 미국 여배우 클라라 보우Clara Bow(1905~1965년)같은 커트머리를 한 돌리가 혼혈아 샐리와 함께 조잘조잘 떠들며 계단을 뛰어올라왔다. 연회가 시작할 때까지 여기에 있겠지만 도중에 빠져 나올 테니 기다리고 있어 달라고 돌리가 빠른 말로 인사도 하지 않고 재잘댔다. 더우니 맥주가 좋겠다며 야마모토가 말을 꺼냈지만, 처음에는 모두 칵테일로 건배하자고 이야기가 되었다. 취해도 좋으니 마시겠다며 토미가 말했다. 명랑하고 밝게 작은 파티의 건배가 끝나자 맥주를 각자 잔으로 하나씩 들이켰다. 돌리와 샐리가 2층으로 내려가 버리자 갑자기 조용해졌다.

"토미, 연애주식회사의 창립총회는 언제지?"

야마모토가 어젯밤 그녀의 놀이를 떠올리고 말했다.

"그거요? 부채가 없어졌어요. 어제 저녁에 내가 많이 취했거든요."

"뭐? 버린 거로군.……"

기다가 설령 놀리는 말이라도, 그리고 부채 자체야 어찌 되었건 그들 이름이 취객의 약속처럼 새까맣게 잊혀져 버린 것에 약간의

불만을 품으며 말했다. 그러자 토미가,

"노, 노! 버린 게 아니에요. 행방불명이 된 것 뿐이에요. 하지만 괜찮아요. 주식회사는 제가 그만 두었어요. 당신들 두 사람만으로 벅차요. 그러니까 됐죠?"

"되긴 뭐가 돼. 우리 이름이 잊힌 것 같잖아."

"그래도 이름은 완벽하게 다 외웠어요. 봐요, 토쨩. 당신은 기다 토이치, 당신은 야마모토 미쓰조. 애인 이름을 잊는 여자 친구가 어디 있어요?"

"머리가 좋구먼. 토미 입장에서는 그렇겠지……하지만 토미, 경성에 우리보다 스마트한 젊은 애인들이 많이 있을 거야. 내일부터 틀림없이 밀려올 거라고. 그래도 주주는 우리 둘이면 되겠어?"

카페에 딱 어울리는 넌센스한 대화다. 기다가 이렇게 말했지만 결코 진지한 것이 아니다. 그렇다고 물론 실감을 수반하지 않은 호기 부리는 말만도 아니다. 그녀도 아마 그럴 것이다.

"그거야 뭐라고 아직 말할 수 없지요. 하지만 어쩌면 ……아니, 단연코 두 사람이면 충분해요. 당신들은 아주 인상적이거든요."

"인상적이라고? 흥, 어차피 그렇겠지. 우리 낯짝이 웃기게 생겨서 잊을 수가 없다는 말씀이냐고. 당신은 아주 예쁘시니까. 어차피 이

쪽은 추임새나 넣는 역할에 조연이고 추종자일 뿐이니 '자, 자. 분위기 띄우고 띄우고'하며 춤이나 추고 있으면 된다는 거겠지. 이거, 이거, 미안하군.……"

라며 야마모토가 놀랄 만큼 유창하게 특징있는 얄미운 말투를 쏟아내면서 토미의 '인상적'이라는 말에 점점 이유와 의미를 붙였다. 토미는 그의 웅변조의 농담에 끼어들 기회를 놓치고,

"꽤나 명랑하신 분이군요. 당신은……"

"성격이 밝은 애인이지."

기다가 이렇게 말한 순간 돌리와 샐리가 구두소리를 숨기며 돌아왔다. 연회가 이제 끝날 것 같아서 화장실로 가는 척하고 도망쳐 왔다며 샐리가 술에 취해 벌개진 눈가를 하고 말했다. 그리고 여기 남녀들의 작은 파티는 맥주병을 가운데에 두고 전보다 훨씬 밝고 떠들썩해졌다.

왜 그녀들은 야마모토와 기다와 같이 어느 모로 보나 그녀들의 흥미의 대상이 될 것 같은 영웅적인 존재가 아닌 자들에 대해, 보통의 여급 대 카페맨보다 더한 호의나 흥미를 보인 것인가. '개점 전의 손님'이라는 독점적인 존재, 특히 어젯밤 그녀들과 멋진 첫 대면에서 그들의 어딘가 도회적인 세련됨이나 사교적인 매력을 그녀들이 느

98

낀 것에 틀림없다고 완전히 도취되어 있었다. 그들이 만약 조선마이아사라는 신문사에 없었더라면 이렇게 멋진 그녀들과의 만남도 존재하지 않았을 것이다. 그런 묘하게 운명적인 생각에 빠져 있자니 기다와 야마모토는 갑자기 봉급도 제대로 받지 못하는 비참한 샐러리맨인 자신의 모습을 마주하고 생각지 못하게 쿡쿡 터져 나오는 뱃속의 웃음을 의식하게 되었다. 지갑 속은 가난에 허덕이며 더러운 유령의 집같이 황폐하고 볼품없는 편집국 안에서 타이프라이터 인조인간처럼 펜을 잡고 써대는 자신들의 어두운 이면, 그러한 우울감이 맥주를 마시고 있는 그들 머릿속에 떡하니 모습을 드러내기도 했다. 일순 급속도로 우울해졌다. 하지만 그녀는 그들의 그런 복잡한 마음을 모를 것이다. 오늘 밤 이 지갑도 고민하며 빌려 온 돈일 것이라고는 꿈에도 생각지 못할 것이다. 이런 생각이 들자 그런 우울함을 지우려는 듯 열심히 맥주를 들이켰다. 명랑하고 밝은 별세계에 그런 우울함 따위의 악귀는 어디에도 없어야 했다.

"상관있겠어? 하는 거야. 까짓 거.⋯⋯"

반항적인 기분이 기세를 올리고 다시 향락의 도취 속으로 털썩 내던져진다. 자칫하면 이유를 알 수 없는 어두운 기분이 착종된 소용돌이 속에 휘말려 버리지만, 결국 밝은 그녀들의 세계로 떠오르면 이번에는 아무 일도 없었던 듯 명랑한 한 사람의 향락자처럼 들뜨고 싶어지는 것이다. 그녀들과의 세상은 그들 입장에서 이제는 세 끼 식사보다도 중요한 양식이 된 것이다…….

여섯 ●●

네 명 모두 술기가 어지간히 돌았다.

"이봐요. 지금부터 어딘가로 데려가 주지 않을래요? 시원시원한 맛이 좀 아쉽네요."

갑자기 토미가 벌써 취해서 붉어진 얼굴에 취기로 촉촉하면서도 예리한 눈동자를 빛내며 제안했다.

"좋지, 찬성."

그런 식으로 그들의 기분이 어느 정도 가라앉던 때에 부추기는 듯한 그녀의 제안에 앞뒤 따질 것도 없이 동의의 소리를 높이는 그들이었다.

"하지만 무단으로 나가면 안 되지 않아?"

"매니저에게 그렇게 말하면 신경 안 써요."

"그래. 기요짱도 같이 데리고 가지. 별 탈 없을 거니 그게 좋겠어."

그렇게 말하고 야마모토가 일어서더니 그 말을 하러 아래로 내려갔는데, 금방 기요짱이라 불리는 젊은 매니저를 데리고 올라왔다.

다섯 명이 타는 차에 마지막으로 기다가 타자 야마모토가 물었다.

"어디로 가지?"

"일본좌日本座로 가요."

생각지도 못하게 토미가 그렇게 외치자 차체는 벌써 미끄러져 달리기 시작했다. 그들에게 일본좌라니 의외였다. 민감한 그녀들이 그들이 말하지 않으려던 비밀을 알아채는 것이 아닐까 하는 작은 걱정이 들었다. 물론 그들은 일본좌에서 비밀이라고 할 만한 아무 짓도 하지 않았지만, 그저 그들이 어젯밤 딱 하루 가지 않았을 정도의 단골이라는 것을 알면 그녀들은 또 어떤 여자다운 상상을 할지 모를 일이다. 그런 곳에 사람도 많을 텐데 남보다 배는 도회풍의 화려한 젊은 여자들을 데리고 가서 만약 서로 불쾌한 일이라도 일어난다면 모처럼 발견한 두 개의 낙원을 동시에 잃게 되는 것은 아닐까? 입 밖으로 내지는 않았지만 기다는 그런 식으로 생각했다.

하지만 어느 쪽 여자에게든 내가 여자 세계에서 갖는 우월한 지위

101

는 이것이다 하는 방탕아다운 가벼운 자부심을 보여주어도 나쁘지
는 않다. 여자란 결국 질투하는 존재니까 그것 때문에 도리어 그녀
들의 경쟁심을 부추기게 될 지도 모른다고 여겼다. 그래서 토미의
제안에 잠자코 있었다.

일본좌로 들어가려 하자 마사코와 나오에가 뛰어나왔다. 여성을
동반한 그들에게 의외로 얌전했고 적의를 품고 있지 않는 듯했다.
그도 그럴 것이, 토미는 그녀가 오사카에서 생활하던 시절에 나오에
와 마사코를 알고 있었던 것이다. 그녀들은 야마모토와 기다를 쳐다
보지도 않고 오사카 시절 이야기를 빠른 말투로 서로 떠들어댔다.
기대가 반쯤 어긋난 듯 야마모토와 기다는 돌리와 샐리를 상대로 잠
자코 맥주를 들이켰다. 두 여자 역시 마시기는 했지만 아까처럼 떠
들지는 않았다. 묘하게 어울리지도 않고 용해되지도 않는 공기가 그
들을 답답하게 만들었다.

그래서 야마모토가,

"재미 없구먼. 다른 데로 가자고."

"그러지. 그럼 요리집으로 갈까? 여성분들 어떤가?"

여자들의 호기심을 부추기듯 기다가 말하자 토미가 나오에, 마사
코와 하던 이야기를 툭 끊더니 이쪽을 보고 말했다.

"멋져요! 그리로 가요."

그들은 도망치듯 그곳을 나와서 거꾸로 다시 신마치로 택시를 달리게 했다. 그들이 자주 가는 요정의 안쪽 방은 선선했다. 무거운 대나무 발이 움직일 정도의 밤바람이 슥 들어왔다. 이 방에는 어울리지도 않는 양장을 한 여자 손님이 다리를 옆으로 내놓고 자단목으로 만든 큰 테이블 근처에 앉았다. '무희들이 보고 싶다'고 한 여자들의 희망에 따라 나이 어리고 예쁜 두 명의 무희들과 서른을 몇 년 전에 넘은 늙은 여급이 두 명 불려왔다. 이런 연령의 여급이라면 그녀들과 이야기가 맞겠다고 생각한 남자들의 배려였다. 여자와 여자, 여자와 여급, 여자와 무희, 여자와 남자, 남자와 남자는 취한 대화가 왁자지껄 흥청거리는 속에서 춤을 추었다. 맥주가 쏟아지고 금세 테이블 위가 흥건하게 젖었다. 이번에는 모두가 아주 즐거웠다. 각자의 모습들이 점점 무너지고 자기 멋대로 취하게 되었을 무렵, 매니저 아오야기 기요짱은 혼자 늙은 여급을 붙들고 스스로는 자랑으로 여기지만 사실은 대단하지도 않은 도도이쓰都々逸, 7·7·7·5조의 일본속요를 눈을 감고 읊조렸다. 아무도 듣지 않았다. 야마모토는 잠시 휴식이라고 말하더니 드러누워 버렸다. 돌리와 샐리는 젊은 두 무희들을 상대로 재잘거리며 가위바위보인지 뭔지를 하고 있었다.

홍련 紅蓮

일곱 ● ●

토미가 어느 샌가 기다와 나란히 맥주를 마시게 되었는데,

"나도 조금 속이 안 좋아요."

라고 말하더니 기다 무릎에 기대오며, 그대로 올린 머리를 그 위에 놓고 누웠다. 기다의 눈 아래에서 그녀의 눈이 그의 턱을 올려다보는 듯한 포즈로 젊은 남자가 맥주를 들이키는 동작을 보고 있다.

"세군요. ……일본좌의 애인이 걱정할 거예요."

"뭐?"

내려다 본 기다의 눈에 토미의 심술궂은 듯한, 그러나 정취가 있는 큰 눈동자가 비쳤다. 그 눈동자는 원망하듯, 슬픈 듯, 깔보는 듯, 책망하는 듯……

"토짱 당신, 나에게 숨겼더군요. 매일 밤 매일 밤 찾아갔다고 하던데요. 마사짱이.……"

"아무것도 아니야. 그건.……"

깜짝 놀라 손대고 싶지 않은 것에서 당황하여 도망치듯 가볍게 부정은 했지만, 아까 일본좌에서 그녀들에게서 듣고 온 듯한 기다와 야마모토의 행동을 이렇게 분명하게 토미 입으로 듣자니까 순간 알

수 없는 당혹감을 느꼈다. 하지만 그렇게까지 여자다운 섬세한 감정을 써서 말한다는 것은, 그녀 입장에서 어쨌든 그가 남보다 훨씬 문제시되는 존재인 것처럼 여겨져서 간질간질한 꿈이라도 꾸고 있는 듯 유쾌한 기분이 되었다. 그러더니

"됐어요. 화내지 않을 테니까요.⋯⋯"

라며 토미는 갑자기 하얀 두 팔을 남자의 목에 둘렀다. 놀라 아래를 본 기다의 눈과 취해서 생기는 없지만 진지한 토미의 눈이 마주치고, 붉은 그녀의 입술이 바로 앞에 잘 익은 꽈리처럼 다가오는가 싶더니 우비강의 강한 향기 속에 뜨거운 촉감이 느껴졌다.

아무도 알아차리지 못했다.

여덟 ● ●

우울한 회사 공기에서 조금이라도 도망치려고 의식적으로 들어간 자극의 세계이기는 했지만, 이 두 낙원은 이미 그들의 생활을 완전히 점령해 버렸고, 언뜻 보기에 그들의 밤과 낮의 생활은 전도된 듯

한 모양새였다. 하지만 밤늦게 아무리 취해서 돌아가도 일만큼은 마치 숙명적인 과제인 것처럼 여겨져 아침이 오면 그들은 출근을 했다. '우리만 일하면 회사의 어려운 상황도 조만간 어떻게든 타개할 수 있을 때가 올 것이다.' 그런 희미한 희망을 일할 기력이 없어져 오로지 술과 여자에 취해 지내는 때조차 마음 속 어딘가에 버리기 어려운 마음가짐으로 모두 그렇게 품고 있었다. 무엇보다 기자가 일을 해서 독자를 매료시킬 만한 청신한 신문을 만든다, 그 매력으로 독자를 흡수한다, 부수가 증가한다, 광고가 는다, 따라서 재정이 호전된다, 급료도 25일에는 넉넉히 지불받을 수 있다, 이런 식의 간단한 발전 과정은 원동력인 기자만 열심히 일한다면 쉽게 도달할 수 있다.……

그런 축복된 꿈을 꾸는 자는 결코 없었지만, 그렇다고 해서 전혀 일하기를 포기할 마음도 도저히 들지 않았고, 여기까지 만들어 올린 것에 대한 집착이나 또한 앞으로 절대적으로 성장하지 못할 것도 아니라는 희망, 거기에 조만간 어떤 기적적인 자본의 출현이 있을지 잘라 말할 수 없다는 소극적 희망부터, 역시 일하는 것 외에는 생활의 보람이 없다는 마음까지 있었다. 특히 뭐니뭐니해도 신문인이라는 직업 자체가 동시에 그들의 취미이기도 하다는 것은 간과할 수 없었다.

　급료에 대해 투덜투덜 불평하면서 노동의식을 고조시키고 있어도 돌발사건이라도 일어나면 그들은 무엇이 어찌되었건 펜을 쥐고 뛰쳐나갔다. 이미 거기에는 노동자 의식은 없었다. 사장이라는 자본가적 존재도 날아가 버리고 일에 대한 관심 그 자체가 몸 가득히 퍼지는 것이다. 그들은 신문보도라는 자본주의적 조직의 최하층에 깔려 허덕이는 순 프롤레타리아트의 형상을 갖추면서도 노동자가 될 자격이 없는 피고용인이기도 했다. 자본가와 노동자의 중간에 끼여 스스로 사회의식을 파괴하면서도 알아차리지 못하는 샐러리맨 같은 프티부르주아적 존재도 아니었다. 그렇다고 해서 물론 자본가는 더더욱 아니었다.

　이처럼 기괴한 노동자인 그들이 직업 때문에 일하는 것도 아니고 일하지 않는 것도 아닌 불가사의한 의식을 가지면서, 태양이 하늘에 걸린 동안은 노동자와 같이 땀에 젖고, 태양이 서쪽으로 떨어지면 자본주의 말기와 같은 현란한 카페의 프티부르주아적 분위기를 아무렇지 않게 추구하러 갔다고 해서 무엇이 이상하겠는가? 특히 조선 마이아사의 경우는 자본가 그 자체가 지금 당장이라도 타락할 것 같은 불안한 위기 상태에 있었던 만큼 사원들의 신음이나 괴로움이 그

러한 사회의식적인 불안에 오뇌懊惱하고 있었다는 것 이외에, 더 현실
적인 고민이 뿌리깊게 얽혀 있었던 것이다. 그래서 그 참을 수 없는
괴로운 마음을 술이나 여자로 마모시키고 도망치려는 비겁하고 약한
마음도 또한 시인할 수 있는 것이며, 한편으로 일해야 한다는 의식이
끊임없이 작용하고 있었던 것 역시 부정할 수 없다.

그런 식으로 밤의 향락에서 오는 타성도, 또한 회사 자체의 어려운
처지에서 오는 우울감도 신문면의 어느 곳에도 그 그림자가 드리워
져 있지 않았다. 평소와 다름없는 화려한 활자가 춤을 추고 있었다.

아홉 ••

살롱 서울의 개업 이래로 일본좌는 잊혀진 듯 가지 않던 기다와
야마모토에게 매일같이 전화가 걸려왔다.

"요즘 전혀 오시지 않는군요. 매일 오던 사람이 오지 않으면 적적
해요. 오늘 밤에는 어때요?"

수화기 저쪽에서 마사코의 작은 목소리가 원망하는 듯이 들려올때

마다 기다는 열심히 휘갈겨 쓰고 있는 야마모토를 보고는 씩 웃으며,

"이봐, 안 올 거냐고 묻는데?"

"뭐, 간다고 말해 둬."

야마모토는 그런 식으로 대답했지만, 실제로 일본좌보다 살롱 서울 쪽이 그들에게는 보다 유혹적이었다. 딱딱 떨어지는 맛의 여급들의 도쿄 방언, 인텔리다운 대화, 홀에 여유가 있어서 다른 테이블에 신경 쓰지 않고 놀 수 있는 것, 그런 느낌도 좋지만 뭐니뭐니해도 토미의 존재가 매혹적이었다. 일본좌의 그녀들에게도 또한 다른 끌림을 느끼기는 했지만, 그런 식으로 비교하다 보면 아무래도 살롱 서울 쪽으로 발길이 향하는 것이었다.

"요즘 좀 바빠. 갈 수 있으면 갈게.……"

일본좌로부터의 전화에 그런 식으로 얼버무리고 수화기를 내려놓는 일이 이삼일 계속되었다.

"내가 좀 이상한 이야기를 들었어요."

그날 밤 살롱 서울로 혼자서 간 기다가 1층과 3층 테이블이 모두 찼기 때문에 2층의 썬룸 한 구석의 등나무 의자에 앉자 토미가 상기된 얼굴로 옆 등나무 의자를 끌어 왔다.

"뭔데? 진지한 얼굴을 하고……나에 대해서야?"

"네, 당신들 회사 일이요."

"회사?"

"힘들다면서요?"

기다 머리에 어두운 그림자가 슥하고 스쳤다.

그녀의 이야기는 결국 그런 것이었다. 걱정스러운 얼굴로 말하는 그녀의 이야기—어젯밤 두 사람의 이름은 모두 잊었지만, 상당한 곳의 관리인 듯한 두 사람의 사내가 3층의 가장 구석 테이블로 와서 서로 이야기하던 것을 단편적으로 슬쩍 듣게 되었는데, 조선마이아사 광고부의 어떤 사람이 경성 내의 유력한 식량품 장수의 비리를 미끼로 공갈을 하고 있다는 사실, 경찰서에서는 현재 취조중이지만 당사자가 구인되면 모처럼 조선마이아사가 이룬 발전에 어두운 그림자가 드리워진다는 거정, 사원들이 그런 짓까지 할 만큼 회사의 경제가 한계에 부딪친 듯했다. 그리고 사원들의 급료가 지불되지 않는 것은 물론 매일의 롤지紙 대금조차 위태로울 수 있다. 사장인 히시지마는 벌써 경성의 재계에서는 아무도 상대해 주지 않았고 완전히 무능력자가 되어 있었으므로, 이제 한두 달 사이에 회사도 몰락하는 수밖에 없을 것이다.—

"대체 그게 정말이에요?"

그녀는 대강의 내용을 이렇게 말하더니 불쌍하다는 눈으로 사원의 한 사람인 기다의 옆얼굴을 들여다보았다. 광고부원 공갈 사건 이야기는 기다로서는 처음 듣는 이야기였다. 그는 광고부원들 한 사람 한 사람을 머리에 떠올리며 곱씹어 보았지만, 그 위법자가 누구인지 좀처럼 알 수가 없었다. 어쨌든 그런 사실이 사회에 폭로됐을 때 조선마이아사의 모습은 그야말로 비참할 것이다. 대체 누구일까? 궁굼하여 비썩 마르고 쇠약해진 아내와 아이를 품은 남자의 모습이 상상되었다. 이번 달도 급료를 받지 못한다. 먹을 쌀도 없다. 아이들은 영양실조가 되어 콩나물 같이 허약한 모습을 하고 있다. 그것을 보고 있던 남자가 문득 자기 직업을 의식한다. 매월 받으러 가는 광고주의 숨겨진 정사가 떠오른다. 그것으로 공갈 협박을 하면 이백 원쯤은 내어 줄지도 모른다. ……그럴 마음이 들지 않을 거라고 누가 장담 수 있겠는가? 회사가 잘못한 것이다. 그의 죄가 아니다. 그렇다고 해도 그의 정신력은 얼마나 약해진 것일까. ……그렇게 생각하자 기다는 소름이 끼쳤다.

"그런 일은 없을 거야. 우리 쪽에 그런 바보 같은 놈은 없어."

이렇게 말하고 토미에게 부정은 해 보았지만 가능성이 없는 것은 아니다. 어둡고 무거운 그림자가 드리워지는 느낌이었다.

"이봐, 토미. 나는 말이야 조선마이아사에 없었다면 토미와도 이렇게 친해지지 못했을 거야. 이것도 뭔가 기이한 인연일 테니 이야기하는 것이지만, 회사에 관한 이야기를 하면 실제로 우울해지거든. 정말 말 그대로야. 술이라도 마시지 않고서는.……"

기다는 이런 회사 안의 사정이 벌써 퍼져 있을 정도라면 도저히 안 될 것 같다는 기분에 이 우울한 거죽을 벗겨내어 누군가에게 내동댕이치면 조금은 개운한 마음이 들 거라고 생각하며 토미에게 비밀로 해 달라고 약속하고 대강의 경위를 상관없을 정도로 말했다. 토미는 하나하나 진지한 모습으로 이 젊은 신문인의 고백을 들었다.

"……이렇게 된 거야. 술잔을 든 이 손에도 이런 울적함이 배어 있다고."

"불행하군요. 사장에게 결국 속은 셈이네요. 당신들이.……"

"맞아. 나는 지금에서야 후회해. 하지만 이제 와서는 방법도 없다고."

"그럼 그만 두면 되잖아요. 조만간. ―"

"그것도 못하지. 나에게는 동지들이 있거든. 동지들을 버리고 나 혼자 나가 버릴 수는 없는 노릇이야. 모두 입 밖으로는 내지 않아도 마지막까지 함께 하자고 맹세한 거니까."

"구닥다리 의리군요. 도쿄로 가면 돼요."

"어떻게."

"왜냐하면 우리 집에는 저널리스트들이 많이 오거든요. 그 사람들에게 부탁하면 돼요."

토미가 그렇게 간단히 정리하듯 말하는 마음도 모르는 바는 아니었지만, 실제로 그들의 비장한 기분은 아무도 모를 것이었다. 배신당한 자의 비분강개, 그렇다고 어떻게 할 도리도 없어 마지막까지 괴로워하며 가겠다는 부글부글 미칠 듯한 괴로움이었다.

"네? 도쿄로 가요. 어떻게든 될 거에요.……"

토미는 열심히 기다에게 상경할 것을 권유했다. 물론 도쿄로 나선다는 것에 미혹을 느끼지 않는 것이 아니었지만, 도쿄에서의 신문기자 자리가 그렇게 쉽사리 발견될 것이 아니라는 것은 너무 잘 알고 있을 만큼 납득하고 있었다.

"고마워. 뭐 조만간 가게 되겠지."

"꼭이요.……"

기다는 전혀 취하지 않았다. 어두운 우울함에 완전히 주눅이 들어버린 자기 마음을 밝은 쪽으로 억지로 비틀기라도 하듯,

"술이다, 술."

하고 기운껏 소리치며 공허한 헛웃음을 마구 터뜨렸다.

열사 熱砂

하나 ● ●

타는 듯한 여름날이 이어졌다.

총무 가토가 고향 가고시마로 돈을 마련하기 위해 돌아간 것은 7월도 벌써 말이 다 되어서였다. 자본가 운노가 의협심에서 융통해 준 자금 결제 기한이 임박했던 것이다. 5월 말일의 고난의 고개는 단 두 달 연장되었을 뿐이며 조선마이아사 입장에서 그 난관은 여전히 넘을 수도 없을 것 같은 높고 험준한 고개였다. 다만 이 두 번째 난관은 채권자가 채권의 확보를 위해 신문 발행권을 담보로 넣어 두었다고는 해도 채권자 자신이 신문경영에 아무런 야심도 가지고 있지 않다는 것을 처음부터 천명하고 있었다는 점, 그리고 원래 그 융자가 의협심에서 나온 것인 만큼 채무의 결제 기한이 와도 조금은 유예를 해 줄 것이라는 생각이 히시지마에게도, 가토에게도, 그리고 사원들에게도 있었으므로 5월 말일 나루시마를 상대로 한 경우보다는 어느 정도의 안심감과 낙관이 있었다. 하지만 또 다른 면에서 생각해 보면 이 변제에는 의리라는 것이 포함되어 있는 만큼 이전보다 무언가 더욱 도덕적으로 무거운 부담감과 채무를 느끼게 했다.

히시지마는 그가 할 수 있는 한의 돈을 마련하며 돌아다녔지만, 내심으로는 완전히 자포자기 상태였다. 그러한 히시지마의 마음상태는 그 일로 가토나 다카스가 협의할 때마다 명백히 알 수 있었다. 채무자인 히시지마가 이렇게 완전히 무능력자라는 것을 알게 되자 계약 조건에 따라 싫어도 총무인 가토가 공동책임자로서 돈을 마련해야만 하는 입장이 된 것이다.

하지만 가토는 어찌된 셈인지 처음부터 이러한 분규에서 도피하고 싶은 태도를 보이고 있었다.

"이제 사장님에게 의지하기는 틀렸습니다. 가토 총무가 일단 무언가 생각해 주셨으면 합니다."

이런 식으로 다카스가 몇 번이나 가토에게 돈을 마련해 볼 것을 종용해 보았지만, 가토는

"괜찮아. 아직 내가 나설 때가 아니야."

라는 식으로 항상 도망을 치곤 했다. 하지만 그 달 20일도 지나 사장에게 돈 마련이 불가능하다는 것이 확실해지자 가토도 가만히 있을 수만은 없었다. 책임을 진다는 증서에 이름이 들어간 이상 당연히 자기에게 날아올 문제라는 것을 알게 되자 밍그적거리며 자리에서 일어나야만 했다. 그리고 고향의 토지가옥을 처분하기로 결심을 하고 귀향한 것이었다.

"시골도 불경기일 테니까. 땅값도 인하되었을지 몰라."

그날 밤 역까지 배웅하러 간 사원들이 많이 무리지어 있는 플랫폼에서 가토는 아직 결정을 내리기 어렵다는 뜨뜻미지근한 태도로 자신 없는 듯 말을 뱉고는 쓸쓸한 표정을 지었다. 너무도 희생을 강요받은 듯한, 너무도 쓸데없다는 듯한 개운치 않은 말투였다.

"최소한 오천 원이라도 괜찮아요. 나머지는 저도 어떻게든 해 보겠습니다. 그리고 조금이라도 갚으면 성의를 보이는 셈이 되잖아요."

가토를 격려하듯이 다카스가 이렇게 말했다.

역에 갔다 돌아오는 길에 기다는 야마모토와 단 둘이 되자 아주 오래간만이니까 일본좌로 가자고 말을 꺼냈다. 일본좌에서 향락을 누리고 싶다는 희망보다 무언가 그와 둘이서 각자 생각 속에 품고 있던 어둡고 음울한 불쾌함을 쏟아 내듯 날려버리고 싶은 기분이었다.

나오에와 마사코가 그들 테이블로 곧장 달려왔지만, 평소와 달리 인상을 쓰고 있는 두 사람의 얼굴 표정을 보더니 주문만 받고 총총 그 자리를 떴다. 그런 것은 전혀 아랑곳하지 않는 듯 야마모토가,

"가토의 땅도 수상해. 저렇게 내키지 않아 하는 것을 보면 어렵겠어."

"나도 그런 기분이 들어. 어쩌면 땅이나 건물도 가지고 있지 않은 걸지도 모르지."

"뭐 그렇지야 않겠지만. 어쨌든 나는 뼛속까지 진저리가 나."

야마모토는 가토 역시 아무래도 절망적이라는 식으로 짙은 한숨을 담배연기와 함께 뱉어냈다.

"때도 때인데 그게 누굴까? 광고하는 놈에게 공갈협박을 한 녀석이 있다지 않아?"

"뭐?"

놀란 야마모토에게 기다는 토미로부터 들은 한 건을 소곤소곤 이야기했다.

"그거 난처한 일이군. 하지만 그런 짓을 할 사람이 없지 않아?"

"어지간히 간이 크지 않고서는.……"

그리로 나오에와 마사코가 왔으므로 두 사람은 그대로 입을 다물어 버렸다.

"무슨 일이에요? 기분들이 좋지 않은가 봐요."

마사코가 불쾌해 보이는 두 사람의 얼굴을 바라보며 이상한 듯 물었다.

"기분이 안 좋은 것이면 괜찮지. 우리도 이제 머지않았다는 이야기를 하고 있었어."

라며 애써 웃는 표정을 지어 보이며 농담으로 섞는 기다의 말에도 전혀 실감이 포함되지 않은 것은 아니었다.

둘 ••

"아, 술이다, 술. 오늘은 실컷 마시는 거야."

야마모토와 기다는 맥주를 함께 쭉 들이컸다.

"자, 서로 생각해 두기로 하지. 미래의 일은!"

야마모토는 아직 머릿속에 집요하게 들러붙어 있는 울적함에 얽

매이며 이렇게 말하더니 기다를 보고 쓸쓸히 웃었다.

"만약 회사가 망하면……"

야마모토의 말에 문득 그런 생각이 기다의 머릿속을 엄습하자 그날 도쿄로 가라고 말한 토미의 얼굴이 떠올랐다. 도쿄로 간다. 자극이 많은 기자 생활, 긴자 뒷거리의 바, 그런 두서없는 단편적 상상들이 멍하니 떠올랐다. 정말 갈까! 아냐, 토미가 그냥 듣기 좋은 말을 한 게 틀림없어. 하지만 그렇게 보기에는 진지한 표정이었지.

"뭘 그렇게 골똘히 생각하고 있어요?"

나오에의 말에 퍼뜩 현실로 되돌아오자, 스스로 생각하기에도 용기가 없는 유약한 정신의 모습을 발견하여 알 수 없는 이상한 기분이 끓어올랐다.

"하하하……잠깐 애인 생각을……"

"어머, 오늘 어떻게 된 거 아녜요?……"

마사코 목소리다. '너희들이 내 기분을 안다면 못 참지. 나는 미칠 것 같다고' 그렇게 말해주고 싶었지만 아무것도 모르는 사람들에게 분풀이해 보았자 뭐가 어떻게 되겠는가. 그런 짜증나는 불쾌함을 억지로 숨기듯 맥주를 벌컥벌컥 들이켰다.

그리로 멤버 보이가 회사에서 전화가 왔다고 알려왔다. 기다가 수

화기 있는 곳으로 가서 받자 편집을 하는 나카가와가 상당히 당황한 듯 템포 빠른 작은 목소리로,

"좀 와 줘. 큰일 났어. 동반자살이 일어났어. 엄청 큰 건이야. 특종 같으니까 아무 말 하지 말고 조용히, ……야마모토에게도 그렇게 말해 줘."

금방 간다고 답변을 하고 테이블로 돌아와서 야마모토 귀에 입을 대고 그 일을 알려주었다.

"자자, 바쁘다, 바빠. 계산하지."

"지금 막 왔잖아요."

그렇게 말하며 억지로 못 가게 하는 여자들을,

"일이야, 일 해야지."

라고 하며 두 사람은 일본좌를 나와 회사로 차를 달렸다.

"동반자살이라니, 오랜만이군."

"재미있어. 여급일까? 보통 사람일까?"

방금 전까지 머리 한 구석에 자리 잡고 있던 우울함이 완전히 사라졌다. 생각지 못한 흥미로운 사건의 돌발로 모두 머릿속에 있던 잡념이 싹 걷혔다. 어지럽게 얽힌 남녀의 모습이 비쳤다. 아비산亞砒酸인지 뭔지 모를 독약 병이 아무렇게나 겹쳐져 쓰러져 있는 남녀의

시체 옆에 뒹굴고 있는 정경이 그려진다. 붉은 띠로 허리가 묶여 있으려나, 부모는 있을까? ……호기심과 엽기심이 끝없이 꼬리를 물고 그들을 다그쳤다.

셋 ˙ ˙

정사 사건은 경성의 젊은 대학생과 그 애인인 여자가 금강산에 죽을 장소를 골라서 가던 도중에 철원의 한 숙소에서 약을 복용하고 두 사람 모두 죽었다는 것으로, 철원 경찰서에서 혼마치本町 경찰서로 보고되어 온 바였다. 다행히 밤늦게 우연히 혼마치 경찰서에 들른 경찰서 담당의 젊은 기자 외에는 다른 신문사 아무도 모르는 것 같다는 이야기였다. 그 젊은 기자는 지금 여자 집을 방문하는 중이라고도 했다.

그 자리에서 기자의 분담이 정해졌다. 남자 사진을 찾는 사람, 여자의 여학교 시절 친구를 찾아가 인터뷰하는 사람, 남자의 동생이라는 사내를 찾아가는 사람. 기다, 스기모토, 니시하라 세 사람이 여름

밤의 어둠 속을 달려갔다. 네 명의 기자가 각각 목적을 이루고 돌아온 것은 12시를 조금 넘어서였다. 모은 재료를 서로 들고 야마모토가 최대급의 센티멘털리즘을 발휘하여 유려하고 아름다운 주요 기사문을 썼다. 신선이 사는 듯한 금강산의 신비경을 앞에 두고 한여름 밤의 고원 객사에서 젊은 상태로 스러진 남녀의 깨끗한 죽음—그런 의미의 말들로 정사를 찬미한 것이었다. 관계자들의 담화나 사진의 동판을 만들 무렵은 이미 오전 1시를 지나고 있었다. 그래도 오랜만에 보람이 있는 일과 마주하게 된 기쁨으로 그들은 명랑하게 돌아갔다. 거기에는 시끄러운 잡념도, 생활에서 오는 우울함도 모두 깨끗이 불식되었고, 말할 수 없는 만족감으로 가득 찼다. 한여름 밤의 하늘에 박혀 있는 무수한 별빛들이 기분 좋게 망막에 새겨졌다.

넷 ··

그달 말이 되어도 고향으로 돌아간 가토로부터는 돈이 마련되었는지 어떤지 아무런 소식도 없었다. 그래서 다카스가 저쪽과 이야기를 하여 운노에게 할 변제는 유예받기로 하여 어떻게든 급한 국면을 넘겼다.

8월에 들어 며칠 지나 가토는 표연히 돌아왔다. 하지만 그의 손에는 아무런 선물도 없었다. 그 지역 은행 두세 군데를 목숨을 건 노력으로 절충해 보려 했지만 때가 좋지 않았다. 가고시마 부근이 그해의 장마에 홍수 같은 천재지변을 겪어서 땅 자체가 매우 황폐해졌고, 그의 소유지는 담보물건으로서의 가치가 현저히 하락했기 때문에 불경기에 따른 은행의 대출 유보, 또한 그의 대출 목적이 조선에 자금을 가지고 가는 결과가 된다는 것을 알자 자금을 현 밖으로 도피시키는 것을 염려한 은행이 그의 신청을 극력 거부했다……고 그는 보고했다.

"내지는 생각보다 불경기가 심각해."

그렇게 말하고 그는 무능하다는 말을 듣는 것은 아닐까 하는 염려와 두려움 때문인지 변명을 늘어놓았다. 결국 가토에게 건 희망은 어쩔 수 없는 일로 체념하는 수밖에는 없었다.

그래서 운노 쪽에 울며 매달리듯 사정을 호소해서 기한을 연장받았다. 그 사이의 금리와 기타 수수료 같은 것까지 채권자 측에서 대신 지불하기로 했다. 딱한 채무자들은 의리 위에 의리를 얹어서 빼도 박도 못하는 채무와 도덕적 속박을 두 배로 느꼈다.

그러나 문제는 앞으로다. 중요한 채무책임자 두 사람이 이제 한 푼도 만들어낼 수 없는 무능력자가 되어 버린 것이 만천하에 다 드러난 것이다. 히시지마의 능력으로는 절대로 안 된다는 것은 모두 잘 알고 있었다. 가토의 소유지도 만약 그가 말한 대로라면 불경기가 이어지는 동안에는 돈으로 바꿀 수 없는 것이 분명하다. 그리고 회사의 재정에서 그것을 빼내기란 마술이라도 사용하지 않는 한 절망적이었다. 결국 만 삼천 원을 빼내려면 다른 곳을 찾아야 한다.

그렇게 뻔히 들여다보이는 회사의 장래를 생각하니 사원들은 둘째치고 히시지마와 가토는 쫓기는 듯한 초조감을 느끼기 시작했다.

가토가 회사로 돌아오고 나서 2~3일 지난 다음, 기다가 회사에서 귀가하려는 데 가토가 볼일이 있다며 붙들어 세웠다. 좁은 총무실 안에서 무릎을 마주 대듯 서로 앉자 가토는,

"자네가 도와주었으면 하는 일이 있어."

라며 옆에 서 있는 다카스와 둘이서 주식회사로 조직을 변경할 계획을 이야기했다. 회사의 핍박한 재정을 다시 세우려면 요즘은 회사 밖의 유력한 자본가들을 주주로 하여 주식회사로 만드는 것 외에 방법이 없으므로, 자본금을 이십만 원으로 하고 이십오 원 주식을 전

액 납입한다는 방안이었다. '히시지마는 현물출자로 주식의 약 반수인 사천 주를 출자하고, 우리도 그 몇 부*를 부담하는 것으로 하여 이미 사내에서 네 명의 발기인, 사외에서 세 명의 발기인도 정했다. 이 지주도 회사 설립을 하는 데에 있어서 업적 여하에 따라서는 일반 사원들에게도 공로주로서 몇 부를 분양한다……는 식의 대체적인 계획이니 자네가 경제부에 있는 관계로 일하는 틈틈이 창립사무를 봐 주었으면 한다'는 것이 가토의 부탁이었다.

"그야 하겠습니다만, 어떻습니까? 실제로 전망은 있습니까?"

기다는 주저했다. 계획으로서는 아주 괜찮은 발상임에 틀림없었지만, 실제로 주식을 모집한다고 하여 비생산적인 신문 사업에, 더구나 이 불경기의 한가운데에서 과연 출자할 사람이 있을지 없을지, 그리고 히시지마의 절반의 현물출자와 이십오만 원 전액 납입이라는 조건도 사외 주주 입장에서 보자면 상당히 뻔뻔한 조건인 것처럼 보인다. 그런 의문과 불안을 품지 않을 수 없었던 기다였지만, 아아, 진지하게 골머리를 앓았던 것 같은 가토의 계획에 처음부터 트집을 잡는 것도 안 될 일이라고 생각했다. 또한 사원인 기다 따위가 알 턱이 없는 고등한 정책이 있어서 그 계획에 관해서도 어떤 의도가 있을지도 모른다고 생각하니, 너무 주제넘게 깊이 끼어드는 것도 삼가야겠다고 생각하고 기다는 잠자코 있었다. 게다가 실현되면 이런 축복할 일도 없는 셈이니……

그 계획은 가토가 제창한 것으로 그가 돌아오자마자 곧바로 히시지마와 다카스에게 이야기하여 이미 취의서趣意書같은 것을 써서 주주가 될 두세 명의 유력자와 교섭을 개시한 것이었다. 그리고 사원들에게는 비밀로 하기로 되어 있었는데, 기다가 그 내용을 문득 야마모토에게 이야기하니

"그런 말도 안 되는 일이 잘 되겠어? 시기가 나쁘다고."

라며 그는 일소에 부치고 우울한 표정을 지었다. 실제로 시기가 나쁜 모양이었다. 자금난에 빠져 이차二次 미불입 징수를 시행한다고 하여 주주들로부터 맹렬한 반대를 받고 결국 유야무야가 된 회사가 경성에만 해도 몇이나 있었을 정도였으니까.

다섯 ••

　"오늘 밤 도쿄로 돌아가요.……"

　돌아간다 돌아간다 하면서 4~5일이나 출발을 연기하던 토미로부
터 회사에 있던 기다에게 이렇게 전화가 걸려온 것은 8월도 중반 무
렵의 어느 저녁이었다. 트렁크 정리도 모두 다 했고 역 쪽으로 부쳤
으며, 지금 살 것을 좀 사고 아카기도^{赤木堂} 식당에 있는데 이대로 역
으로 갈 것이라 저녁이라도 함께 먹자는 내용이었다. 기다는 곧 아
카기도로 인력거를 달리게 해서 2층으로 올라가니 스페셜 룸에 토미
가 기다리고 있었다. 순백의 상의와 주름이 잘게 들어간 흰 비단 스
커트를 입고 진홍색 모자를 쓰고 있었다.

　"이대로 한 번 쯤 다시 오지 않아도 되겠어?"

　"괜찮아요. 지금 미쓰코시^{三越, 백화점}에서 여학생 시절 친구들과 작별
하고 왔어요. 9시에 모두 역으로 오기로 했어요.……"

　"그럼 다행이지만."

　"드디어 작별이군요."

　토미가 절절하게 감개무량한 듯 중얼거리고 두 손으로 턱을 괴면
서 기다의 얼굴을 들여다보았다.

"아아."

토미에게 그런 말을 들으니 지금까지 그렇게 의식하지 않고 있던 쓸쓸함이 갑자기 몸 안으로 스며들어오는 것처럼 여겨졌다. 겨우 2주일 남짓한 교제였지만 정욕적인 집착이나 연애적 매력도 느끼지 않았음에도, 이 여자라면 속을 털어놓아도 이해해 줄 것 같은 육친과 같은 애정, 완전히 지쳐버린 영혼과 괴로움에 몸부림치는 마음도 이 여인에게만 던지면 침착해질 것 같았다. 그런 기분을 느끼게 하는 여자였는데……. 회사의 궁핍한 사정과 자기의 우울한 마음속을 냉정히 털어놓아도 진지하게 생각해 준 여자가, 앞으로 어쩌면 그 이상의 우울함과 고통이 나에게 닥쳐와도 호소할 수 있었던 여자가, 어쨌든 내 눈앞에서 사라지는 것이다. 그것은 참을 수 없는 고독임에 틀림없었다. 하물며 회사의 불안한 상태, 생활의 우울함이 급속도로 자신을 괴롭히기 시작한 때인 만큼 그런 느낌이 강하게 울렸다.

"이제 올 기회는 없겠군."

중년의 조선인 보이가 가져다 준 정식定食의 동그란 빵을 씹으며 기다는 감상을 넣어 말했다.

"그러니까 도쿄로 오시라고 했잖아요.……"

"싫어."

"회사는 괜찮아요? 걱정되네요."

"뭐 갈 데까지는 가 봐야지. 나도 각오는 하고 있어."

"만약의 사태가 벌어지면 알려주면 좋겠어요."

"회사가 망했습니다, 라고 웃겨서 어떻게 말하겠어? 아무리 그래도 나는 남자야. 여자에게 울며 매달리는 건 보기 좋은 꼴이 아니야."

"호호호……. 잘난 체 하시네요. 하지만 그 정도로 기운이 있다면 안심이에요."

"뭐, 도저히 머리가 안 돌아가서 일을 못하게 되면, 주방장으로라도 고용해 달라고. 친했던 사이니까."

"이런 건방진 주방장은 필요없네요."

"아무래도 상관없어. 가끔 긴자 소식이라도 알려주면 그걸로 충분해."

남향 창문에서는 이미 흐릿하고 뿌옇게 안개 낀 남산의 큰 그림자 속에 불빛이 하나 둘 깜박이고 쌀쌀해진 밤공기가 흘러들어왔다. 두 사람은 정식을 다 먹고 오렌지 주스, 레몬 주스, 플레인 소다……를 각자 빨대로 빨아올리면서, 부산행 급행 시간이 다가올 때까지 이야기에 열중했다. 역에는 대여섯 명의 여학생 시절 친구라는 젊은 여자들이 배웅을 하러 나와 있었다. 토미가 '친구인 기다씨.'라며 일일이 그녀들에게 소개를 시켰지만, 자기 혼자만 남자인 것을 알고 쑥스러워하며 한쪽 구석에서 그녀들의 이별 인사를 멍하니 보고 있었다.

　"꼭 오세요. 기다릴께요. 안녕히.……"
라며 그녀가 한켠에 있던 기다를 보며 귀에 입을 대고 이렇게 속삭이면서 기다의 튼실한 손을 꼭 잡았다. 그도 힘껏 마주 잡았다.

여섯 ● ●

　토미를 보내고 역을 나서자 그날 밤 야마모토와 일본좌로 갈 약속을 해둔 것을 떠올리고 기다는 그리로 발길을 향했다. 갑자기 혼자가 되어 버린 듯한 이별의 감상과 아무래도 떼어지지 않는 무거운 기분을 이대로 집까지 가지고 돌아가는 것은 도저히 견딜 수 없는 쓸쓸함이었다. 야마모토가 와 있지 않으면 회사로 전화를 걸어야겠다고 생각하며 들어섰는데, 야마모토는 이미 취했는지 벌건 얼굴을 하고 안쪽 테이블에 자리 잡고 있었다. 그 테이블로 기다가 앉으려

131
열사 熱沙

고 하자 마사코가 뛰어와서 오늘은 따로따로라며 억지로 거기에서 두세 개 떨어진 박스로 데리고 갔다.

"이상하군."

"괜찮아요, 괜찮아. 마침 우리 담당이에요. 당신 담당이 된 건 처음이에요!"

마사코는 그렇게 말하고 기다를 나사로 덮은 긴 의자에 앉히더니

"맥주지요?"

하며 나갔다가 금방 맥주를 들고 돌아왔다. 긴 의자는 딱 두 사람이 간신히 앉을 수 있을 정도의 것이었으므로, 마사코가 기다의 옆에 딱 들러붙어 앉자 얇은 면사綿紗의 촉감을 통해 여자의 체온이 전해져 그녀가 뿌린 것 같은 커비프랑스 향수의 향이 강하게 코를 감돌았다.

"어때? 오사카로 돌아가고 싶지 않아?"

"오사카요? 오사카는 이미 질렸고 경성 쪽이 얼마나 더 나은지 몰라요."

"그럼 이제 돌아가지 않겠군."

"네, 쭉 경성에 있으려고 하긴 하는데 재미 없어요."

"뭐가?"

"일하는 거요. 싫어졌어요. 괴로워서 못살겠다고요."

132

"그럼 그만두게 해줄까? 하하하……"

무의식적으로 기다는 농담을 하며 웃었지만 퍼뜩 생각했다. 기다는 문득 얼마전 마사코보다 나이가 많은데 사이좋게 지내는 이시다 가오루石田かほる로부터 내밀하게 들은 이야기를 떠올린 것이었다. '마사코는 처음부터 기다에게 호의를 갖고 있었고 내내 언니 같은 나에게 그 말을 털어놓았어요. 그래서 당신만 승낙한다면 기꺼이 결혼할 거에요. 거기까지 진지하게 생각하는 모양입니다. 하지만 마사코는 이쪽 사회에서는 보기 드물게 내성적인 여자로 적극적으로 그런 일을 나서서 할 수 없는 성격이고, 남몰래 고민하는 여자여서 다른 여급처럼 타산적인 사랑은 하지 않아요. 만약 당신에게 그럴 마음이 있다면 진지하게 생각해 보기를 바라요……' 이시다 가오루의 이야기라는 것은 대략 그런 의미의 이야기였다. 기다는 이시다가 자기를 놀리는 것이라 생각하고 아예 문제로 삼지 않았지만, 오늘밤만 보아도 야마모토와 떨어지게 하고 따로따로 묘하게 차분히 이야기를 하는 여자의 태도가 이상하게 여겨지더니, 뭔가 자기에게 호소하고 싶은 마음이 있는 것이라 직감했다. 그렇게 생각하니 역시 이시다가 말한 것도 전혀 거짓말이 아닌 것이라 느껴졌다.

그것을 어떻게 하겠다는 것과는 별도 문제로, 한 여자로부터 그런 식으로 의지를 받는 것은 결코 기분이 나쁘지 않았다. 기다의 농담에 잠자코 아래를 쳐다보는 여자, 사랑에 빠진 마사코가 분명히 느껴졌다. 가엽게도 이렇게 더러운 세계에 이런 거짓과 무지와 퇴폐와 엉터리 세계에 이런 순정적인 사랑이 굴러들어 오리라고는⋯⋯. 여자가 조용히 움직이는 어깨의 완만한 선이 몹시도 아름답게 보인다. 꼭 끌어안고 싶은 충동을 꾹 누르며 기다는 잘 정돈된 마사코의 옆얼굴을 쳐다보았다.

"알아, 잘 알고 있어."

이대로 그냥 내버려두면 손을 댈 수가 없어질 것이라고 여겨졌는지 그 자리의 무거운 공기를 북돋우기라도 하는 것처럼 마사코의 어깨를 툭툭 두드리고 기다는 이렇게 말하며 밝게 웃었다.

"우리도 마시자."

튕겨지듯 마사코가 얼굴을 들고 맥주 컵을 입에 댔다.

"신나게 가보자고."

특별히 이유가 있는 것도 아니고 스스로에게 말하기라도 하듯 기다는 중얼거리며,

"야마모토 있는 데로 가지."

하며 일어섰다.

그날은 기다 입장에서 기묘한 하루였다. 회사의 우울하고 제대로 고단한 얼굴의 피로, 바쁜 일로 인한 신경의 피로, 거기에 덧붙여 토미와의 이별, 마사코로부터의 감정까지 부담이 컸다. 머릿속 신경세포가 엉망진창으로 찢어지는 것 같은 기분이 들었다.

추랑 秋冷

하나 ••

건디기 힘든 노동이 그들에게 계속되었다.

그리고 그들은 변함없이 밤의 향락을 계속 쫓았다. 그런데도 그들 생활은 결코 좋아지지 않았다. 한 달 전, 두 달 전과 조금도 다르지 않은 우울한 기분이 집요하게 그들을 몰아세웠다.

하지만 회사 공장에 쨍쨍 내리쬐며 작열하는 태양은 과연 대륙의 8월답게 조금씩 그 직사하는 힘이 약해졌다. 어디보다 성급한 신문은 벌써 사회면에 가을 실업야구리그의 예상기사를 싣고, 가정면에는 올 가을의 최신 유행을 소개했으며, 실제로 백화점의 쇼윈도에는 가을 양산, 숄, 모자, 모직물 같은 유행품이 가을을 예고하고 있었다.……

7월 말일에 지불해야 하는 예의 그 만 오천 원도 다시 한 달 연장 받기로 채권자의 양해를 얻었다. 사원들 봉급도 그 달 중에는 나오 지 않고 달을 넘기더니 일부 지불되었다.

가토가 주창하는 주식회사로의 변경계획도 중요한 발기인 모임까 지 가자 분명히 출석하기로 되어 있던 사외 주주들이 꽁무니를 빼며 나오지 않았다. 몇 번이고 몇 번이고 발기인 모임을 개최했지만 결 국 유야무야하는 사이에 흐지부지되어 버렸다.

"이십만 원이면 충분한데. 이 넓은 세상에 독지가 한 사람 정도는 있을 법도 하건만.……"

그런 꿈같은 기적을 진지하게 모두 생각하며 긴 한숨을 흘렸다. 가능성이 없는 가공적 희망을 몽상하는 것 자체가 이미 현실적인 타 개책이 없다는 것을 보여주는 것이다.

조선마이아사는 이제 이대로 몰락해 버리는 것이 아닐까하는 생 각마저 들었다.

새로운 회사의 채무 구좌가 장부 면에 많이도 만들어졌다. 그것은 옛날 빛의 변제조차 불가능한 가난한 회사 입장에서 당연한 귀착이 기는 했다.

138

"대체 우리의 적립금 같은 것은 어떻게 된 일일까?"

편집국에서 누군가가 문득 그런 생각을 떠올리며 이상하게 여겼다. 아무도 몰랐다. 그래서 이상하다고 여기며 누군가가 파고들어 조사해 보니 매월 봉급의 백분의 오를 적립하던 사원들의 적립금이 천원 가까이 될 텐데 아예 그 장부조차 모습을 드러내지 않았다. 일단 적립금 같은 것은 퇴사할 때 받으면 된다, 적립한 금액도 일목요연하며 당연히 청구권은 있을 테니까……그런 생각으로 약간 불안한 기분만 들었을 뿐이지 아무도 문제삼지는 않았다.

하지만 생각지도 못하게 사원 입장에서 불쾌하기 짝이 없는 작은 사건이 일어났다.

회사에서 점심을 먹으려고 사회와 특약이 된 식당에 젊은 사원이 전화를 걸자 지금 안 되겠다며 주문을 거절했다는 것이다.

"괘씸하지 않아? 그 식당 주인이 거절하다니 이런 말도 안 되는 일이 있을 수 있냐고."

젊은 사원이 그렇게 말하고 편집국에 말을 전하고 돌아다니며 분통을 터뜨린 것도 무리가 아니었다. 원래 그곳은 번거로운 절차를 생략한다며 전표를 사용하기로 특약을 맺었고 사원들은 매월 봉급에서 식대가 차감되었으므로 계산은 한꺼번에 지불하기로 되어 있었다.

"거래 정지야?"

그 젊은 사원이 회계담당에게 그 건에 대해 추궁하자 회계에게서
는 한 번도 지불한 적이 없다는 사실을 알게 되었다.

"이러면 안 되는 거 아냐? 우리는 매월 차감을 받고 회사는 지불
을 안 했다니 완전히 사기 아니냐고."

그는 파랗게 질려 회계 담당 노인에게 덤벼들었지만 그의 죄가 아
닌 것을 알자 놀라 당황한 그 노인이 도리어 가여워졌다.

"어쨌든 어떻게라도 해 주어야지 다른 비용과 달라서 밥 먹을 방
법까지 없어지면 곤란하다고. 우리도 한 달 내내 용돈이 충분한 것
도 아니니까."

결국 어느 날 갚겠다고 기한을 지어서 회계가 그 식당에게서 양해
를 얻어 낙착은 되었지만 말할 수 없는 불쾌함이 모두의 마음을 자
극했다. 그들의 우울함은 이제 어떻게 할 수 없는 절망을 수반하였
고 하루하루 어두운 그림자가 더 짙어져갈 뿐이었다.

둘 ..

만보산萬寶山 사건1931년 7월 길림성에서 일어난 한·중 농민 충돌이 일어났다.

이어서 조선의 사건들이 그들을 눈코뜰 새 없이 바쁘게 했다. 거기에다가 이번에는 나카무라中村 대위 사건스파이 여행중이던 나카무라 대위 등 세 명의 일본군이 중국군에게 사살된 사건까지 더해졌다.

만몽滿蒙, 만주와 몽골의 사태는 긴박해졌다. 만주에 가까운 조선과 이웃하고 있는 대륙의 절박한 여러 움직임이 민감하게 전해졌다. 극도로 파쇼화된 만몽경영론이 만주에서 어느샌가 조선으로 밀려들어와 여론을 매우 자극했다. 신경질적인 신문의 감정선이 팽팽히 드러나지 않을 수 없었다.

전보통신사나 연합통신사의 긴급속보가 전선을 통해 전기 같은 속력으로 날아오면 경성의 신문사들은 초호初號, 특호特號라는 큰 활자를 내세우며 만몽의 위기를 대중들 시각에 제시했다. 맹렬한 호외전이 개시되었다. 활자판 만드는 직공들은 하루에 몇 번씩이나 오호五號활자 이상의 큰 활자판 앞에 서서 일했다. 배달주문이 방울소리를 울리며 회사의 발송하는 방에서 튀어나갔다. 각 회사의 속보판이 게시글로 가득 찼다. 새로운 뉴스가 인쇄판 밖으로 터져 나올 정도였다.

편집 정리부는 완전히 혼란 상태에 빠져 세 사람의 부원이 아침 밤 할 것 없이 계속 철야를 했고 교대로 한밤중까지 경계를 늦추지 않았다.

"야근수당 따위는 받은 적도 없지만 이래가지고는 도저히 견딜 재간이 없군."

종잇조각이 가득한 지저분한 편집국에 셔츠 한 장으로 며칠을 때우던 젊은 야근 기자가 투덜투덜 불평을 말했지만, 통신사로부터 계속 시끄럽게 전화벨이 울려대면 허둥지둥 수화기에 매달렸다.

"배달 비율이 터무니없게 많아져서—어떻게 호외를 줄일 수는 없을까?……"

경리 담당이 짤깍짤깍 주판을 튕기며 얼마 안 되는 사이에 걷잡을 수 없이 팽창한 경비 계산서를 보며 말하자 편집 경리부장이 정면으로 반박하며 소리를 질렀다.

"호외를 내고 안 내고는 편집 권한이야. 돈이 든다고 해서 그런 말도 안 되는 일을 생각할 수 있는 거야?"

양쪽 다 일리는 있었다. 극도로 궁핍해진 예산과 그 이상으로 도저히 수용할 수 없는 노동력에 의해 어쨌든 어쩔 수 없이 보도전을 하고 있는 소자본 신문 입장에서 그런 식으로 끊임도 없고 쉴 틈도 없이 호외를 내면 롤지 값, 잉크 값, 거기에 따르는 인건비 팽창 등만으로도 어마어마한 부담이었다. 특히 한 푼의 현금이라도 급한 조선마이아사에서 그것은 어쩔 도리 없는 임시 지출이었다. 거기에 경리부의 경악과 고민이 생기는 것이다.

편집자 입장에서는 그런 경리상의 문제에 전혀 무관심할 수는 없었지만, 그런 것보다 호외도 내지 않고 다른 회사의 활동을 멍하니 방관하고 있다는 것은 참을 수 없는 고통이었다. 1분을 다투는 보도자에게 시간이 늦어진다는 것은 억지로 견뎌본다고 해도, 전혀 손도 쓰지도 않고 모처럼 보도의 가치가 있는 큰 사건을 순순히 본지에 싣는다는 것은 독점사업이 아닌 한 도저히 못 할 일이었다. 특히 조선마이아사의 경우는 보도의 신속함과 정확함의 측면에서 겨우 기반을 다져나가는 도중이기도 하고, 다른 두 회사가 자본력을 앞세워 이 신흥세력을 궤멸하려는 데에 혈안이 되어 기회를 엿보고 있는 시기이기도 했으므로 더욱 그랬다. 여기에 편집부의 입장이 있었다.

결국은 무엇을 희생해도 호외전에는 전투준비를 하기로 되었다.

그런데 나카무라 사건의 발발 이후 만주에서 일본 외교당국과 동삼성東三省 정부의 외교절충은 날이 갈수록 어지럽게 착종해갔다. 군사령부를 담당하던 기자가 지금에라도 군사행동이 개시될 것 같은

추랭 秋冷

분위기를 극도로 첨예화된 참모들의 언동에서 명백히 읽을 수 있다며 흥분했다. 갑자기 만몽으로 향한 대중의 관심이나 흥분을 앞에 두고 신문이 무언가 해야 한다는 책무가 느껴졌다. 그러한 세상 분위기 속에 조선마이아사가 갑자기 '만몽문제의 검토'라고 제목을 내어 세 가지 새로운 계획을 공지한 것은 8월도 말엽에 가까워져서였다.

- 만몽문제에 관한 현상논문 모집
- 만몽문제의 강연회 개최
- 특파원을 현지에 파견하여 실정 조사

이것이 신계획 슬로건이었다. 결국 회사의 폐색상황을 타개하려는 하나의 정책이었던 것은 말할 나위도 없었다. 다른 회사가 거의 여론화된 이 문제에 손을 뻗기 전에 선수를 쳐둔다면, 문제의 성격상 그 효과로 보아도 대중의 지지를 받을 것이 분명했으며, 그 시국이 더욱 진전되어 마지막 상태가 일본과 중국 간의 전면전으로 전개된다고 하더라도 미리부터 이 문제에 관하여 독자의 주의를 끌어 두는 것은 결코 나쁜 결과를 초래하지는 않는다는 강점이 있었기 때문이었다.

정말로 반향이 있었다.

시데하라幣原외교1920년대 자유주의 체제의 국제협조노선에 속을 끓이고 있던 군부가 결과에 따라 그 기관지처럼 휘두르던 신문의 행동을 기뻐하지 않을 수가 없었다. 단편적인 뉴스 이외에 알 수 없는 만몽문제에 답답함을 느끼고 있었을 대중 입장에서도 그것에 큰 기대감을 가지고 있었는지 사람들은 이 빈약한 신문의 신계획에 찬성을 표했고 격려하는 것처럼 보였다. 사실상 군부관계의 중국통通, 역사가로서 유명한 만주통, 만몽의 철도정책에 정통한 어느 고급관리를 강연자로 하여 공회당에서 연 강연회는 그런 진지한 강연회로서는 드물게 입장객들로 회장이 가득 찼다. ―그것은 예상밖의 수확이었다.

"대단하군."

깨질 듯한 청중들의 박수 폭발음을 들으며 사회자인 야마모토와 총무 가토가 제어할 수 없는 감격을 억누르며 신음하듯 혼잣말을 했다. 그것은 바로 직전까지 머릿속에 자리 잡고 있던 우울함을 다 때려 부수기라도 하듯 해소하는 성공자의 유쾌한 웃음이었다. 그리고 신문사 사람들은 지금이라도 몰락할 듯 빈약한 자신들의 회사를 잊은 듯 망연히 청중들의 감격에 빨려들고 있었다.

추랭 秋冷

셋 ‥

특파원으로는 정치부의 마쓰야마와 경제부 기다 두 사람이 선택되었다. 마쓰야마는 남만주 및 청도靑島, 북평北平 방면을 주로 하여 군벌의 움직임, 배일排日의 실상, 청도 사건의 조사를 목적으로 했다. 기다는 북만주, 마적단 습격의 위기 여하에 따라서는 도남洮南, 치치하얼, 하얼빈 방면의 오지로 들어가 나카무라 사건의 진상조사, 소비에트의 적화운동, 조선농민의 핍박상태, 만보산 사건을 조사할 예정이었다.

이 계획은 특파되기로 한 두 사람 모두 발표될 때까지 모르고 있었을 만큼 급히 가토와 야마모토, 다카스와 같은 간부들에 의해 만들어진 것이었다. 그래서 마쓰야마는 발표된 그날 밤 황급히 출발했을 정도였다.

기다도……그 전날 밤 늦게까지 카페를 취해 돌아다니며 그대로 죽을 사람처럼 아무것도 모르고 잠들어 버렸기 때문에 이튿날 술 깨는 물이라도 마시려고 머리맡의 주전자를 집다가 문득 배달된 자기 회사의 조간 일면에 초호활자로 새겨진 자신의 이름을 발견하고 깜짝 놀라 벌떡 일어났던 것이다.

146

어젯밤의 취기가 아직 어딘가에 남아 불쾌한 혀의 까끌함을 느끼며 다 식어버린 된장국을 들이마시고 어느 샌가 만주로 가게 되어버린 우연의 운명에 관해 멍하니 생각한달 것도 없이 생각하던 기다였다. 끝도 없는 황량한 광야, 키 크게 자란 수수밭의 파도, 그 그늘에서 총구를 향하고 숨어 있을지도 모르는 마적의 무리, 하얼빈 밤의 에로, 망치와 낫이 그려진 훈장을 단 모자쓴 소비에트 청년, 만보산 조선농민의 흰 옷, 그런 단편적인 생각들이 잇따라 때로는 공포를 수반하고 때로는 엽기심을, 불안을, 쾌감을 연상시키며 머릿속에 떠돌았다.

가만히 있을 수 없는 흥분.

그러나 그런 두서없는 생각을 따라가고 있는 사이에 그는 떡하니 하나의 현실에 마주쳤다.

"그래. 만주로 간다면 가는 거고 그녀만큼은 정리해야 해."

지도리 마사코의 얼굴이 떠오른 것이다. 회사의 우울함과 불쾌함을 벗어나기 위해 들어간 향락의 세계에서 우연히 발견한 정열의 꽃, 결국은 길가의 아름다운 꽃이거나 '우울의 산물'이라고 밖에 생각지 않고 크게 마음에도 담아두지 않았던 여자였는데…… 그 여자에게 이제는 무관심할 수가 없었다. 그것뿐이라면 괜찮다. 여자가 그렇게도 열심히 사랑해줄 것이라고는 생각지도 않았다. 썩어서 흐

추랭 秋冷

물흐물해진 욕망과 모멸의 세계에 저렇게나 인간다운 마음이 잠재해 있을 것이라고는……순진한 여자의 정열에 두말없이 이끌려 버린 기다였다. 그녀는 결혼할 것을 바라고 있다. 결혼이 아니라도 어쨌든 지금의 세계를 벗어나 남자의 품에 뛰어들고 싶어 한다.

그런 그녀의 의사를 그녀 자신의 입으로, 그리고 그녀의 친구들 입으로 몇 번이나 들었다. 싫다고도 하지 않았다. 좋다고도 하지 않았다. 하지만 그는 조건만 허락한다면 함께 해도 좋겠다고 생각했다. 그 조건이 갖춰지기 어려운 것이다. 물론 그의 수입만으로 소소한 두 사람의 생활을 하기에는 충분하지만, 매월 정해진 생활을 하는 데에 그의 수입을 반드시 회사가 보증한다고 어떻게 말할 수 있겠는가. 그 때문에 우울하지 않았던가. 혹여라도 그런 불행한 경우가 매월 찾아온다면 여자의 꿈을 한 번에 깨부수는 것이나 마찬가지일 것이다. 그 때 자신의 비참한 모습이 손에 잡힐 듯 보이지 않는가. 그는 그런 식으로 생각하면서 애매한 태도를 취해온 것이다.

"싫다든지 좋다든지 분명히 해 주세요.……"

어젯밤도 그의 손을 힘껏 잡으며 그의 미적지근한 태도를 책망하던 그녀가 아니었던가. 눈물이 고여 있었던 듯도 하다.……

"귀여운 여자야."

148

취해서 머릿속으로 그렇게 기억해 둔 채로 오늘까지 잊고 있었는데, 지금 어젯밤의 꿈을 뜻하지 않게 반추해보니 역시 마사코와는 헤어질 수 없다는 기분이 드는 것이다. 거기에 생각지도 못한 그의 만주행 소식이었다. 20일이나 한 달 정도 경성에 없게 되는 것이다.

그런 생각은 망설이고 있는 그의 마음에 결정을 내리게 하였다.

만주로 여행을 떠나 마음을 정하자. 여행의 고독은 여러 가지를 가르쳐줄 것이다.

그렇다고는 해도 한 달이나 자신이 경성에서 떠나 있는 동안 외부로부터의 강제나 자극이 많은 그런 세계에 있는 그녀의 심경에도 어떤 변화가 생길지 모를 일이다. 그녀의 정열이 그렇게 경박한 것이라고는 생각하지 않았지만, 여자가 진정을 털어놓으며 결혼을 해줄 것인지 아닌지 저렇게까지 다그치는 큰 문제에 대해 한 마디 대답도 하지 않고 경성을 떠나버린 남자에게라면, 어떤 여성다운 감정으로 전혀 남자가 예기하지 못한 방식의 거취를 보일지도 모를 일이다. 그것은 그녀에게도 불행임에 틀림없다. 그녀는 조용한 가정주부가 되지 않으면 도저히 구원받지 못할 것 같은 여자이니까……

어쨌든 여자와 동거하기로 승낙을 하고 출발하자. 여자를 경성에 머물게 하는 것이 어느 쪽이든 필요한 일이었다. 긴 여행 동안 분명한 생활의 태도도 정할 것이고 돌아오고 나서 어딘가에 작은 집이라도 구하자. 생활비의 안정이라는 측면에서도 생각해 보면 또 어떻게든 지혜가 나오지 않으리라는 법도 없다. 그러는 쪽이 자기 여행에서도 새로운 하나의 의의를 발견하는 것이 되리라.…… 그런 식으로 자기 생각을 정리하자 기다는 다 짊어질 수 없는 어깨의 부담에서 겨우 해방된 것처럼 안도했다.

넷 ••

회사로 와서 만주행에 관한 여러 회의를 총무인 가토와 다카스, 야마모토와의 사이에서 거치면서 1주일 후에 출발하기로 결정했다. 석간의 경제면을 다 짜자 그는 일본좌로 달려갔다. 저녁 전의 카페에는 항상 퇴폐적인 쓸쓸함이 있다. 한두 팀의 손님은 있지만 홀은 텅 비어 있었다.

"만주로 간다는 거 정말이에요?"

초조하게 기다리고 있었다는 듯 마사코는 흥분하여 안쪽에서 달려오더니 기다 옆에 바짝 다가앉아 물었다. 벌써 신문을 보고 안 모양이었다.

　"신문 봤어? 죽으러 가는 거야."
라며 기다는 심술궂은 농담을 했다.

　"이봐, 자네 밥은 할 줄 알아?"

　"바보같이. 무슨 말 하는 거에요?"

　"그럼 바느질은 어때?"

　"저 스물 하나라고요. 그런 것도 못할까 봐.……"

　"그럼 안심이야."

　"뭐가요?"

　"나, 마침내 결심했어." 기다는 곁에 있는 예쁜 총애물을 옆으로 포옹하듯 그녀의 어깨에 손을 두르며 열정을 담아 말했다.

　"같이 살자."

　"네?"

　깜짝 놀라며 떠올린 그녀 얼굴의 표정이 한껏 긴장하여 형용할 수 없는 진지함으로 경직되었다.

　"……"

　영문을 알 수 없는 뜨거운 눈물이 안에서 끓어올라 여자는 고개를 숙인 채 감격으로 말도 하지 못했다. 애처로운 마음으로 여자의 부드러운 목선을 보고 있던 기다는 여자가 뭔가 꿈속 성녀처럼 존엄한 존재처럼 느껴졌다. 기쁨으로 울고 있다. 이렇게 기뻐하는 여자였던가? 좋아, 행복하게 해 주자. 울어. 실컷 울어. 울 수 있을 만큼 울어 두라고. 이런 감격은 다시 오지 않을 거야. 가여운 여자. 품에 넣어 두고픈 여자.

"기뻐요."

밀려올라오는 오열과 함께 작게 흘러나온 여자의 목소리. 감사와 환희를 표현하는 최선의 표현이었다.

함께 빨려 들어간 여자의 감격의 세계로부터 깨어나 기다는 다른 사람들에게 들키면 안 된다며 울음을 멈추라고 말했고, 아직 아무것도 주문하지 않은 빈 테이블을 보고 성급히 여사에게 먹을 것을 가져오라고 했다. 위스키를 홀짝이며 기다는 여자에게 동거생활은 만주에서 돌아오고 나서 시작하고 싶다는 것, 그 동안 일체의 준비를 해 두었으면 좋겠다는 것 등을 서로 이야기했다. 곧 다가올 새로운 두 사람만의 생활을 축복하듯 몇 번이나 몇 번이나 잔을 비웠다. 마사코도 평소와 달리 취했다.

두 사람에게는 모든 것이, 모두가 행복한 듯 보였다.

칩거 巢籠

하나 ••

  먼저 출발한 마쓰야마 특파원으로부터 청도 사건의 상세한 통신이 석간 톱의 상단을 장식할 무렵 기다도 출발했다. 마치 출정병을 보내듯 잘 모르는 사람들까지 전송을 해 주었다. 한 노인이 창간 이후의 애독자라며 사과 한 바구니를 차창 안으로 넣어주었다. 하지만 그렇게 전송해 주는 사람들 뒷편에 숨은 듯 배웅을 하는 마사코의 모습을 기다 이외에 아무도 알아차리지 못했을 것이다. 그는 오사카의 덴만구天滿宮 신사의 부적이라고 하며 여자가 준 작은 표찰을 조끼 주머니 안에 느끼며 은밀히 그녀에게 웃어보였다.

  그로부터 십며칠 간 조선마이아사의 정치면은 매일 매일 두 특파원의 기사로 가득했다. 북평에서 무릉도원의 꿈을 꾸는 장학량은 아무렇지 않은 얼굴로 온갖 배일기관을 총동원하여 일본의 민몽진출을 견제하는 이중인격자라고 마쓰야마가 보도하자, 이번에는 마적의 기습에 극도의 불안을 느끼면서 도남桃南, 앙앙치昻昻溪까지 들어갔던 기다가 나카무라 대위가 사망하는 순간의 정경이나 이스기井杉 미망인과의 슬픈 추억을 이야기하는 기사 및 사진을 날려보냈다. 장학량의 관외 진출 이후 극도로 박차를 가한 배일운동의 폭동화를 깊이 있게 다루고, 세세한 내용에 걸쳐 마쓰야마가 보도하자 기다는 장춘에서 길도 없는 길을 북쪽으로 육리, 단신으로 만보산 촌락으로 말을 달려 조선농민을 대상으로 한 박해의 상황을 호소했다.

그런 것들은 대중의 신문에 대한 주목을 끌기에 상당히 효과적이었다. 조선마이아사의 이름이 두 특파원과 디불어 놀랄 만한 속도로 조선 전체에 전해졌다.

이 시기를 타고 신문의 계획에 대해 격려와 찬동의 투서가 매일매일 편집국으로 날아들었다.

그리고 9월 18일 밤, 지나支那 병사의 만철선 파괴를 계기로 포성이 봉천의 어둠을 뚫고 만주사변이 발발했다.

마쓰야마는 이미 돌아왔지만 기다는 마침 대련에 있었다. 그날 밤

늦게 대련의 거리에 사람들을 꿈에서 깨우는 호외의 방울소리에 일어나, 그 미명에 기다는 갖출 것도 제대로 갖추지 못하고 봉천으로 급히 갔다. 동대영東大營의 병영이 일본군 때문에 폭격된 때였다.

기다가 친 급전보가 그 날 석간에 다른 회사들을 제치고 단연 봉천성의 긴 소식을 전하는 첫 번째 기사가 되어 독자들의 시선을 모았다. 봉천이 진정되자 그는 다몬多門사단에 종군하여 장춘으로 날아갔다. 봉천은 조선군에 다른 회사 기자들과 함께 종군해 온 마쓰야마에게 의뢰했다. 길림으로의 대진군, 그는 그가 가진 다섯 감각기관을 가장 유효하게 그리고 최대한도로 동원하여 전보의 속사를 이어갔다. 신문은 연속적으로 호외를 발행했다.

장춘까지 돌아온 다몬사단이 하얼빈의 위기를 위태롭게 여겨 대진군을 개시하려고 한 그때, 국제연맹이사회의 분위기가 용감한 그들의 행동을 억제해 버렸다. 어쨌든 한때 전쟁피해는 수습되는 듯 보였다. 이렇게 해서 제1차 만주사변이 끝나자 기다는 마쓰야마와 함께 경성으로 돌아왔다.

출발하고 나서 25일째였다.

그들은 개선장군처럼 환영받았다.

둘 ● ●

"수고했어, 정말 수고했어."……기차가 멎자 야마모토가 가장 먼저 기다에게 손을 내밀었다. 경성으로 돌아온 것이라는 의식이 비로소 느껴졌다.

"회사 쪽은 어때?"

기다는 야마모토와 어깨를 나란히 하고 출구 쪽으로 나가면서 한동안 잊고 있었지만 어느 구석에서인가 떨치지 못한 묘하고 불쾌한 우울감을 떠올리듯 물었다.

"변함없지. 예의 그 주식회사도 잘 안된 것 같아. 히시지마도 도저히 운신을 못하는 것 같고. 난감해."

"봉급은 어때?"

"물론 잘 안 나오지. 어쨌든 자네가 전보료를 보내라고 소식을 전했잖아. 그 때는 금고에 한 푼도 돈이 없었거든. 너무 심했지."

"아아, 그래. 그 때 정말 힘들었어. 아무리 시간이 지나도 보내주지 않고 결국 저쪽에서 마련했는데 그런 특파원은 아마 이 세상에 나밖에 없었을 거야."

"그거 말고도 여러 가지 할 이야기가 있는데."

156

"그럼 일본좌로 갈까?"

"뭐? 돌아오자 마다 일본좌라고? 음, 일단 같이 가는 걸로 하고,……"
라며 야마모토가 말했지만 내심 대찬성이라는 것을 기다도 느낄 수
있었으므로 그대로 자동차에 탔다. 다른 마중인파는 아직 훨씬 뒤쪽
에 느릿느릿하고 있었다. 자동차 안에서 야마모토는 잘 들리지도 않
을 정도의 작은 목소리로 총무 가토가 지금 치질로 집에 누워 있는
데 아무래도 사직할 것 같다고 했다. 무슨 이유인지 모르겠다고도
했다.

"그러면 곤란하지. 우리를 끌어내고는 자기 멋대로 사정이 안 좋
다고 그만둬 버리는 도리가 어디 있어."

"정말이야."
라며 동감이 뜻을 표한 야마모토가

"뭐 소문이니까. 한동안 잠자코 보려고 하네. 그보다 자네 언제
집을 구할 거야!"
라며 화제를 바꾸어 기다와 마사코의 동거 문제를 언급했다. 물론
야마모토에게는 기다가 처음부터 그 일을 털어놓았었다.

"뭐 낙착이 어떻게 되느냐에 따라 다르지. 어때? 뭔가 마사코에게
변화된 일은 없었나?"

"정숙한 여자야. 걸작이라고."

"나도 이걸로 카페 놀음은 그만두어야겠어."

"말은 잘 하는군⋯⋯. 뭐 처음에만 그럴 거면서. 원래 싫어하는 쪽도 아닌 데다가, 다시 울면서 오지나 말게나."

가벼운 농담을 나누며 그래도 확연히 선선해진 경성의 가을밤 공기를 오랜만이라는 듯 느끼며 조선은행 앞에서 자동차를 내리더니 기다는 야마모토와 번화한 혼마치 대로를 일본좌 쪽으로 걸어갔다.

셋 ● ●

야마모토, 이시다 가오루, 아쓰미 나오에, 그밖에 두세 명의 사람을 뺀 외에는 누구에게도 비밀로 한 채 기다와 마사코가 회사에서 먼 안쪽 거리의 작은 집을 구한 것은 그로부터 얼마 지나지 않아서였다. 정식으로 결혼하기까지 아무에게도 알리지 않고 둘만의 세계를 즐기고 싶다는 두 사람의 의견이었다. 그래서 낮은 조선인 가옥의 초가지붕이 흙만두처럼 둥근 기복을 만들며 뻗어 있는 적적한 거리에 세워진 새로운 대여섯 채의 단독주택을 일부러 골랐다. 냄비며 가마, 그런 일상에 필요한 집기나 가구는 마사코가 미리 여자다운 섬세한 주의를 기울여 갖추어 두었다. 책꽂이나 책상, 의자 같은 것은 기다가 하숙방을 빼면서 받아왔다.

마사코와 일본좌의 관계는 그녀가 따로 주인에게 약간의 빚도 지지 않았으므로 그녀가 기다와 결혼하게 되어 그만두고 싶다고 말을 꺼내자 비교적 순순히 지배인이 양해를 해 주어 대단히 원만하게 이루어졌다. 기다 쪽은 물론 문제될 것이 없었다.

기다가 만주에서 돌아와 2주일 정도는 각지에서 보고연설회를 개최하거나 라디오로 방송을 하거나 하여 걸핏하면 시골 여관에서 숙박해야 할 어쩔 수 없는 사정이 되어 동거생활의 처음부터 외박을 하게 되는 일도 있었지만, 마사코는 특별히 질투심에서 나오는 싫은 소리도 하지 않았고, 어느 쪽인가 하면 기다에게는 오히려 무언가 부족하게 느껴질 만큼 순종하였다.

"신문기자의 가정이라는 게 모두 이런 거지. 참을 수 있겠어?……"
라며 기다가 반은 변명하듯이, 반은 위협하듯이 물으면

"알고 있어요. 믿으니까요. ……그러니까 당신도요.……"

여급생활과 이별하고는 이제 경성말을 이렇게 가까스로 사용하며 마사코는 대답하는 것이었다. 간질간질한 행복감이 두 사람을 웃게 했다. 번잡한 회사의 공기, 어둡고 무거운 회사의 분위기, 그런 것에서 일각이라도 빨리 해방되고 싶은 충동에 사로잡혀 카페나 바에 뛰어들던 기다였지만, 이제는 그럴 필요가 없었다. 양복을 기모노로 갈아입으며, 따뜻해 보이는 하얀 쇠병에서 김이 나오면서 삐삐 뜨거운 물이 끓는 소리를 듣고 있노라니 비로소 가정의 행복함을 의식하게 되었다. 좁은 부엌에서 순백의 앞치마를 입고 바쁜 듯 저녁밥 차비를 하는 아내의 모습이 무언가 위대한 창조물처럼 여겨진다. 말하자면 회사의 우울함이 기다로 하여금 카페로 가게 했고, 거기에서 마사코를 얻게 된 묘한 인연이었다. 그런데도 가정주부가 된 마사코의 모습을 모고 있노라면 우울함 따위의 기분은 어딘가 먼 별세계의 것인 양 느껴졌다.

"명랑한 우울함의 산물인가?"

자기도 모르게 혼잣말을 해버렸다. 크게 흘러나온 자기 목소리를 알아차리고 혼자서 쿡쿡 웃었더니,

"뭐라고요?"

남편이 무언가 떠올리며 알 수 없는 웃음을 터뜨리자 이상하게 여
기며 묻는 마사코의 하얀 얼굴에 변명하듯 기다가 대답했다.
　　"뭐 도와드릴까요? 마님."

전몰 顛沒

하나 ..

　9월 말엽이 와도 운노에게 갚을 채무는 지불되지 않았다. 거듭 석 달이나 연기했는데 백 원도, 아니 십 원도 변제하려고 하지 않는 히시지마와 가토의 성의를 의심한다며 중개에 들어간 후타기와 채권자 운노는 퍼렇게 질려 화를 냈다. 그들이 화를 내는 것도 무리가 아니었다. 하지만 성의가 있고 없고의 문제는 제껴두고, 실제로 히시지마든 가토든 천 원을 마련하는 데에 아무런 방도가 없었던 것이다. 의리도 맥없이 꼬일 만큼 꼬였다. 면목도 완전히 무너졌다. 이 이상 채무자가 채권자에게 해야 할 성의표시를 보일 것이 아무것도 없어져 버렸다. 그저 납작 엎드려 사정사정할 수밖에 방법이 없었다. 울며불며 매달리는 도리밖에 없었던 것이다.

"나는 평생 이렇게 의리없는 짓을 하고 괴로워한 적이 없었어."

다카스는 그렇게 말하고 직접적 책임자인 양 털어놓았다. 돈 때문에 선후배의 귀한 관계에 상처를 주고 싶지 않다며 그는 울었다.

발행권을 처분하는 수밖에 없다는 채권자의 주장을 어떻게 해서든 철회하도록 부탁하기로 하고 마지막 채무결재 기일을 11월 10일로 결정했다. 그 기한에 지불하지 못할 시에는 발행권은 채권자 임의로 처분해도 좋다는 것으로 결론지었다.

이럴 정도였으니 가토가 주장하여 계획한 주식회사 창립안도 어느샌가 어디로 묻혀버린 것이다.

이런 경위를 알게 되자 사원들은 이미 반은 죽은 사람 같은 절망감이 앞서 우울함을 넘어선 고통에 신음했다.

"대체 어떻게 되어 가는 것일까?"

안개처럼 잡을 수 없는 회색빛 불안에 떨면서 최소한 11월 10의 기한까지야 어떻게 될 것이다, 히시지마도 저렇게 고심해서 얻은 발행권을 순순히 내어주는 바보 같은 짓은 하지 않겠지, 우리 생활의 파멸을 생각하지 않을 만큼 바보는 아닐 거야, 그런 희미한 희망에 모두 열심히 매달렸다.

164

회사의 앞날에 대한 불안감에 현실적인 생활의 불안이기도 했다. 매월 봉급은 툭하면 밀리기 일쑤였던 데다가 그 이유로 달마다 무리가 조금씩 덧붙여졌다. 그것이 지금에 와서는 눈에 보이게 커져버린 것이다. 조금만 더 참자고 스스로 말을 하며 여러 군데에서 빌린 돈이 어느새 누적되어 개인 경제를 어렵게 했다. 그것은 사원들 한 사람 한 사람의 사생활에 있어서 공통된 현상이었다. 신문기자는 비교적 개인 경제 따위에는 느슨한 사람들이기는 했지만, 이제 와 냉정히 생각해 보니 그것은 도저히 다 짊어지기 어려운 부담처럼 보였다. 가정을 가진 사람 입장에서는 더욱 그러한 생활고를 통감했음에 틀림없었지만, 독신의 젊은 사원들 입장에서도 그랬다. ……자기 발로 들어온 세계이기는 하지만 그들이 매일 저녁, 매일 밤, 카페나 바에 빠져든 것도 어느 쪽인가 하면 회사의 빈곤이나 불안에서 오는 우울함을 한시라도 쫓아내고 싶었기 때문 아니었던가? 그런 비용도 결코 소소한 용돈으로는 부족했다. 모두 카페나 바의 장부에 채무로 남아 있던가, 친구나 지인으로부터 빌린 돈, 혹은 전당표와 교환되었다.

　　물론 기다 같은 경우는 가장 심한 편이었다.

　　마사코와 동거생활을 시작한 이후로도 그런 독신 시절의 뒷사정

전몰 顚沒

을 알리고 싶지 않았던 만큼 요리집이나 카페의 빚만큼은 집으로 돈을 받으러 오지 말라고 특별히 부탁하고 다녔다. 실제로 기다가 가지고 있던 그런 종류의 빚은 반년치 봉급액에 상당했다. 맺힌 감정이 없는 명랑한 목소리로 쓸데없는 농담을 마구 뿌려대거나 나이 든 요염한 게이샤藝者가 뜯는 샤미센三味線에 맞추어 노래자락도 한 소절 뽑았다. 젊은 저널리스트도 그 이면을 보면 길가에 떨어져 있는 담배꽁초라도 주워 필 만큼 가난뱅이였다. 잘 뽑아내는 위트와 미운 구석 없는 유머, 게다가 천박으로 흐르지 않을 정도의 외설담으로 여급들의 윙크를 받은 상큼한 젊은 신사도 한때는 윗옷 안쪽 주머니에 전당표를 몰래 숨기던 시절이 있었을 지도 모른다. 그것은 생활 능력 이상의 향락이었기 때문이다. 하지만 누가 그것을 그의 벌이라고 말할 수 있겠는가……

푹신푹신하고 큰 날염 무늬의 방석에 쑥 들어앉아서 아내가 바늘을 움직이는 희고 가는 손을 특별히 본다는 의식도 없이 쳐다보면서 그런 생각에 젖어 있노라니, 그만큼의 빚을 앞으로 대체 어떻게 갚아가야 할까 기다는 어두운 기분에 빠져갔다. 하필 앞으로 회사도 그런 무참한 파국에 빠질지도 모르는 지금에 와서……

'그 대신 이런 한 여자를 얻었다.'

누군가가……'너 따위가 그런 불평을 하는 것은 사치야, 나는 대신 얻은 것이라고는 알콜에 대한 집착뿐이니까'……라며 어딘가에서 말하는 듯한 느낌이 들었다. 정말로 이 여자마저 없었더라면 나는 우울함 때문에 미쳐버렸을 지도 모른다. 하지만 아무것도 모르고 날아온 작은 새 같은 여자, 과연 가난한 남편이라는 사실에 정나미가 떨어져 새장을 부수고 도망쳐 버릴 만한 여자일까?……그런 쓰잘머리 없는 상상을 하며 기다는 젊은 아내를 멍하니 바라보고 있었다.……

가을은 완전히 깊어갔다.

둘 ••

도쿄로 돌아간 토미로부터 기다에게 몇 통인가 편지가 왔다. 모두 용건이 아니라 문예춘추文芸春秋에 자기의 가십이 나왔으니 읽어보라든가, 부녀계에 상쾌한 양장 사진이 실렸으니 보라든가, 가게는 날로 손님이 늘어가서 호황이라는 등의 소식뿐이었지만 그 끝부분에는 반드시 도쿄에서 만날 날을 기다리고 있겠노라고 썼으며, 그가 상경할 것을 권했다. 물론 그녀는 기다의 동거생활을 몰랐다. 기다는 아무것도 모르는 토미의 모습을 떠올리며 혼자 쓴웃음을 지었다.

쌀 수확기가 되어 쌀에 관한 경제현상이 조선 경제계의 대부분을 차지하게 되자 신문 경제면에도 그러한 뉴스들이 풍부하게 모였다. 그러한 몇 가지 재료를 품에 넣고 기다가 바쁜 듯 회사로 돌아오자 토미로부터 또 편지가 와 있었다. ─회사는 아직 망하지 않았는지, 당신에 관해서는 각 방면의 신문기자들에게 취직을 의뢰했으니 어쩌면 괜찮을 것 같다, 그보다 빨리 상경하는 게 좋겠다는 내용을 능숙한 필적으로 써내려 간 상하이제의 고급스러운 편지지에 눈을 떨구고 있자니까 아사오카가 슥 옆으로 다가와 잠자코 기다 앞 원고지 위에,

'가토 사표 제출'

이라고 휘갈겨 쓰고는 서둘러 아무도 모르도록 다시 지우고 종이를 마구 구겼다.

"정말?"

"내가 거짓말 하겠어? 이따가 인사한다더군.……"

치질로 오래도록 병상에 누워 있던 가토가 건강 때문에 직분을 다 할 수 없다며 미리부터 사의를 내비친 것은 기다도 알고 있었지만,

이렇게 빨리 사실이 되어 드러나리라고는 예기치 못했던 만큼 그는 매우 놀랐다. 어쩌면 그만 놀란 것은 아닐 것이다.

"모두 알고 있나?"

"아는 것 같아."

아사오카의 대답이었다.

가토가 홀로 회사를 떠나는 것은 신문 제작에 있어서 큰 타격은 아니다. 그는 편집, 영업의 두 국을 총괄하여 통솔했지만 실제로 직접적인 일은 그 이외의 부장이나 사원들이 협력해서 하고 있었으므로 총괄이라는 점에 작은 틈이 생긴다는 염려 외에 당장 특별히 회사의 기능에 굴리는 데에는 지장이 없었다.

그런 것은 둘째치고 그 이유가 무엇일지, 그렇게까지 생사를 서로 약속했던 동지의 한 사람이 아니었던가, 아니 동지라기보다는 그들을 경기일보로부터 끌어낸 통괄자 장본인이 아닌가, 그들에게 보다 좋은 생활을 보장한 것도 그였다. 게다가 그들이 입사할 때 그렇게나 굳게 보증한 회사의 재정이 당초부터 파탄을 일으키고 있었는데, 굳이 그의 생각이 틀린 것을—아니 그것은 처음부터 결과를 알고 있던 그의 구실이었을 지도 모른다—그렇게 관대한 마음으로 체념해 준 것 아닌가? ……그런데도 돌연 그들에게 한마디 양해도 구하지 않고 더구나 아무래도 움직일 방법이 없어진 가난한 회사를 내버리고 이 그룹 안에서 자기 혼자 도피하려고 하는 비겁함, 무책임함, 바보 같은 배짱은 대체 어디서 나온 것일까? 우리는 남겨진 비애를 한탄하는 게 아니다. 그 얄미운 태도가 원망스러운 것이다.……

그런 분노를 억누르며 석간작업을 마치자 각자가 억누를 수 없는 흥분을 품고 우연히 편집국이나 영업국 여기저기에 한 명, 두 명씩 모여 남몰래 분개했다.

오후 6시 정각, 좁고 어두운 사장실에 넘치듯 사원들이 모였다. 히시지마 사장이 우선 가토가 오늘 사직한 것을 보고했다. '일신상의 사정'이라고 했다. 이어서 치질로 초췌해진 것인지 창백한 얼굴을 한 가토가 평소의 모습과는 전혀 다르게 기운이 없는 작은 목소리로 퇴임 인사를 했다. 그도 그의 사임의 이유를 '일신상의 사정 때문에……'라고 간단히 언급했을 뿐이었다. 막연하고 애매한 기분으로 모두 흩어졌다. 그만 둔 이유를 모르는 초조함 속에 사임했다는 엄연한 사실만이 그들의 머릿속에 강하게 의식되었다.

170

셋 ··

"누군가 같이 그만둘 지도 몰라."

문득 그런 불안감이 기다의 뇌리에 스쳤다. 가토 한 사람을 잃는 것은 괜찮다. 그러나 그 때문에 이 중요한 고비에 우리의 동지 한 사람이라도 줄어든다는 것은 참을 수 없는 불안이다. 쓸쓸함이다. 게다가 세상의 온갖 주시를 받고 있는 조선마이아사로부터 와르르 그 일각이 무너져 내리듯 동요하는 것은 뭐니뭐니해도 외부에 대해 체면이 서지 않았으며, 남겨진 자들에게도 참을 수 없는 고통인 것이다. 하물며 그런 일이 회사가 붕괴하는 계기가 되지 않는다고 누가 보장할 수 있겠는가? 우리는 마지막까지 노력해야 한다. 그러기 위해서라도 단결이 필요하다.

그렇게 생각하고 기다는 경기일보에서 나온 그룹만 모여 선후책을 협의해야겠다고 말을 꺼냈다. 모두 이론은 없었다. 협의 결과 가토의 사임이유는 납득이 가지 않는 바가 있으니 그것을 어디까지 물을지, 우리는 어디까지나 단결하여 마지막까지 회사에 머문다는 것, 또한 우리 이외의 새로운 사원들의 동요를 방지하기 위해 모든 사원들의 단결을 더욱 결의할 것을 결정했다. 그리고 그날 밤 음침한 사장실의 어두운 전등불 아래에서 가토를 중심으로 젊은 중견격인 기다, 스기모토, 아사오카, 나카가와까지 다섯 명의 기자기 모였다.

"대체 가토 총무, 그만 두시는 이유가 어떤 관계에서 연유한 겁니까?"

기다가 가장 먼저 입을 열고 가토의 얼굴을 응시했다.

"나는 이유를 말하고 싶지 않네."

"어떻게 된 일이냐고요."

"아니, 이렇게 다들 정면으로 덤벼들면 곤란하지. 어쨌든 내가 그만둔 이유를 말하게 되면 그 김에 회사의 아픈 속사정을 언급하게 되기 때문이야."

"하지만 가토 총무, 회사의 내부사정은 이미 감추실 필요가 없지 않습니까? 우리로서도 당신이 그저 툭하니 사표를 내는 사성을 모르는 만큼 너무도 불안하단 말입니다.……"

"게다가 가토 총무, 그 이유 여하에 따라서 우리 태도도 정해져야 한다고요."

"자, 자. 참아주었으면 좋겠네……그럼, 일단 제군들에게만 내밀하게 일러두기로 하고 내 말하지."

가토는 그러더니 물론 건상상의 문제도 있지만, 무엇보다 큰 이유는 예의 그 만 오천 원의 채무 불이행에 관한 자기의 책임감 때문이라고 당초부터의 경위를 장황하게 설명했다. 거기에는 눈에 보이지 않지만 여러 가지 외부로부터의 압박도 느끼고 있다는 추상적인 의미심장해 보이는 말도 했지만, 아무리 그들이 추궁해도 그 이상 입을 열려고 하지 않았다.

"어쨌든 나는 회사를 그만두네만, 다시 이쪽으로 올 지도 모르지. 제군들은 부디 힘을 합해 마지막까지 회사를 지켰으면 하네."

가토는 그런 식으로 결론을 내고는 쓸쓸한 얼굴을 했다. 무언가 그의 설명에 다 하지 않은 이유가 숨어 있는 듯한 느낌이 들면서도, 그런 말을 들으니 가토의 입장도 알 만하고, 심경도 이해 못할 바 아니었다. 무언가 차갑고 냉랭한 고요함이 그들 마음을 심하게 후볐다. 아까까지 흥분하여 품었던 가토에 대한 증오나 분노도 이렇게 분명하게 그와 대립을 해보니 정면에서 말을 꺼낼 수 없었다. 그들의 그러한 경직된 감정이 무너지고 원망스러운 불평조가 되자 가토는 모두 알고 있다는 식으로 '미안하다, 미안하다'고 말하며 나약하게 변명했다. 이제 더 이상 말할 용기가 그들에게는 도저히 없었다.

그리고 그날 밤 조간 편집을 마치기를 기다려서 혼마치 길가 큰 요정 취월醉月에 열대여섯 명의 주요 편집국원이 모였다. 야마모토가

173

전몰 顚没

좌장격이 되어 즉시 협의를 진행했다. 서로 회사의 마지막 몰락을 보기까지는 일사불란하게 일하기로 결정했다. 모두 찬성이었다.

과연 늦가을의 늦은 밤다운 차가운 밤공기가 소리도 없이 휘하고 방으로 숨어들었으므로 여종업원들에게 장지문을 닫게 했다. 조용하고 말수도 없는 주연이 심야의 몇 시까지인가 이어졌다. 모두는 무언가 절실하고 긴장된 기분으로 취하지 못했다.

넷 ••

10월 말이 되었다.

회사의 모두가 실제로 나쁜 상황에 놓였다. 그 달 봉급은 사원들은 물론이고 직공들 분까지 지불되지 않았다. 저축관념이 적은 조선인 직공들은 월말이 오자 그 달 안에 무턱대고 빌린 빚을 갚지 못했고 잡곡가게는 한 되의 쌀도 꾸어주지 않았다. 내일부터 굶주림이 약속된 것이나 마찬가지였으므로 월말까지 봉급을 받지 못하는 것은 그들 생활의 죽음을 의미하고 파멸을 보여주는 것이었다. 그들은

31일 밤, 야근 이외의 직공들도 밤늦게까지 공장에 우글우글 남아 있었다. 한 명, 두 명 모여서 무언가 서로 불평을 말했다. 회계담당은 이미 진작 귀가를 했는데 말이다……. 특별히 불온한 움직임은 없었지만 기분 나쁜 정적이었다. 그래도 그날 밤 한 사람 두 사람이 먼저 떠나기 시작하여 조간 원고를 마감할 무렵에는 야근하는 사람만 남았다.

이튿날 오후에 경기도청에 출입하던 스기모토가 놀랄만한 뉴스를 듣고 왔다. 파랗게 질려 편집실로 들어온 그는 속까지 창백해져서 흥분해 있었다.

"큰일 났어.……"

신음하듯 낮고 강한 목소리에 편집국에 있던 기자들은 일제히 그에게 시선을 집중했다.

뉴스는 신문 기사거리를 말한 것이 아니었다. 이 회사에 관한 중대사건이었던 것이다. 30일과 31일 이틀, 히시지마 사장이 경기도 경찰부 형사과에 소환당해 이른 아침부터 한밤중까지 무언가 취조를 받았다는 것이었다.

생각지도 못한 큰 충격이었다.

취조 내용은 모르지만 어쨌든 배임사기횡령의 혐의라는 것만 알

전몰 顛沒

려졌다. 믿을 수 없는 큰 경악이었다.

"정말이야? 대체."

"정말이야.……"

그러고 보니 30일과 31일 이틀간 히시지마는 회사로 얼굴을 보이지 않았던 것을 모두가 떠올렸다. 사실인 것이다. 아무도 말을 할 수가 없었다. 눈앞의 공허함이 어두운 땅바닥 같은 느낌이 들었다. 끝도 없는 동굴 속에 거꾸로 떨어져가는 그들 자신의 작고 검은 그림자……소리치고 신음하면서 어디까지고 떨어져가는 그들의 모습이 비쳤다.

추락이다. 전몰이다.

하지만 모두는 무엇보다 취조 내용을 알아야 한다고 생각했다. 작은 힘이기는 하지만 무언가 자신들의 사장을 위해 해야 한다는 것을 느꼈다.

이어서 다카스, 야마모토, 스기모토가 각 방면에서 그 내용을 듣고 왔다. 그 결과로 또 다시 아연실색할 사실에 싫을만큼 얻어맞는 격이었다. 정말 모든 사원 입장에서 도저히 받아들이기 어려운 중대한 사실이 숨어 있었던 것이다. 누구 한 사람 그 편린마저도 몰랐던 기괴한 범죄가 지금까지 회사 안에 묻혀 있던 것이었다.

죄의 역사 _{罪史}

하나 ..

거슬러 오르기를 6년 전—

히시지마 다쿠야는 경기일보사의 지배인으로서 상당히 세력을 떨치고 있었다. 조선 최고를 자부하는 경기일보의 재정 열쇠를 쥐고 있었다.

이 히시지마와 동향이라는 나루시마 세이키치는 동아일일신문사를 경영하고 있었는데, 경영난에 허덕이고 있었다.

무리한 돈 조달이 이어졌다. 그런 나루시마가 동향과 동업이라는 인연을 매개로 히시지마에게 매달린 것이었다.

"높은 나무일수록 바람이 거센 법이지요. 경기일보에도 반대파는 있으니 동아일일을 자매지 입장에 두는 게 유리합니다."

라며 나루시마는 설득했다. 과연 경기일보와 병립하는 조선조보^{朝鮮朝報}는 모든 일에서 경기일보와 경쟁하며 신문전선에서 대립했다. 제삼자 입장에 있는 동아일일신문을 경기일보의 우호신문으로 만드는 것은 당시의 정황으로 타당한 일이었을 지도 몰랐다.

그런 관계로 히시지마는 나루시마가 울며 매달릴 때마다 몇 장인가의 어음을 발행했다.

경기일보보다 동아일일에 적지 않게 융통되었다. 그것이 쌓이고 쌓여 만 팔천 원으로 오른 것이었다.

이 만 팔천 원은 경기일보사 지배인 히시지마 다쿠야가 발행하는 약속어음으로 지역 농공은행으로부터 빌렸다.

은행은 경기일보에게 빌려준 것이지만, 히시지마는 경기일보를 퇴사할 때 이 채권을 가지고 나루시마에게 동아일일의 양도에 관해 교섭했다. 그러니까 동아일일 매수가 성립된 때에 이쪽에서는 히시지마로부터 나루시마에게 빌려준 만 팔천 원은 말소하기로 하자고 명료히 적혀 있었다. 그러나 그리고 나서 동아일일이 조선마이아사신문으로 바뀐 지금에도 농공은행에는 경기일보에 대한 만 팔천 원의 대출이 엄연히 장부에 기재되어 있었다.

178

문제는 여기에서 기인한 것이다.

농공은행으로부터 경기일보사에 채무 번제 압박이 들어갔다. 경기일보는 이러한 사실은 전혀 모른다며 버텼다. 은행이 당시의 이 회사 지배인, 지금의 조선마이아사 사장인 히시지마에게 이것을 추궁하자 히시지마는 완전히 자기 일개인의 채무라며 움츠러들었고, 이 대출을 농공은행 대 히시지마의 관계로 정정해 달라고 울며 매달렸다.

하지만 현재의 히시지마로부터는 만 팔천 원이라는 거액의 돈은 커녕, 겨우 백 원의 돈도 받아낼 공산이 없다. 더구나 어음법의 원칙에서도 경기일보 지배인이 날인 발행하는 어음은 당연히 경기일보사에 지불 채무가 있다며 은행은 버텼다.

경기일보와 농공은행에 당장에라도 소송이 제기될 것 같은 분위기가 되었다.

여기에 경기지방법원 검사국이 나섰다.

히시지마의 채권이 아닌 만 팔천 원을 히시지마는 가토 군조에게 양도하고 이 채권을 가지고 동아일일을 빼앗은 것은 명백한 배임사기횡령죄에 해당한다는 것이다.

경기일보사가 동아일일에 채권자라면 이것을 히시지마 개인의 채권으로 다른 곳에 양도한 것은 명료하게 범죄를 지은 일이며, 또한 히시지마가 나루시마에게 빌려준 개인 채권이라면 농공은행으로부터 경기일보에 대해 대차한 사실은 어떻게 할 것인가?

임연한 사실에 바탕하여 경찰이 검사의 지휘명령으로 히시지마를 취조한 데에는 이러한 경위가 깔려 있었다.

둘 ● ●

경기일보사 지배인으로서 활개를 치던 히시지마가 이 회사를 나가게 된 때, 화려했던 과거의 신문생활에 큰 집착을 느꼈다.

"이대로 끝난다면 내 평생도 비참해. 한 번 더 해보고 싶다고."

히시지마의 전신에 욕망이 흘러 돌아다녔다. 한 번 더 해보고 싶은 조선의 신문계는 내지 일본과 달라 언론의 자유성이 어느 정도 좁혀져 있다. 신문발행은 내지가 신고주의인데 비해 조선총독부에는 허가권이 있었다. 새로운 신문사의 설립은 허가면에서 좀처럼 곤란했다.

아무래도 이미 있는 신문을 매수하거나 빼앗는 것 외에 방법이 없었다.

재정궁핍상태의 동아일일의 강탈이 그래서 기획되었다. 다행히 히시지마 다쿠야의 명의로 빌린 만 팔천 원이 있었다. '바로 이거다' 라며 그는 미소를 지은 것이다.

히시지마의 경기일보 퇴사는 1931년 1월, 그 회사의 결산이 끝나고 나서 결정되었다.

우연히 가토가 마쓰시타 경기일보 사장과 격돌하여 퇴사하자마자, 가토를 꼬드겨 매일매일 강탈 책모를 꾸몄다.

경기일보 지배인 히시지마가 동아일일 사장 나루시마에게 빌려준 대금은 즉시 가토에게로 이전되었다.

가토는 이 채권을 가지고 만 팔천 원을 변제하라고 나루시마에게 으름장을 놓았다. 나루시마에게 변제해야 할 돈이 있을 리 없었다. 그렇다면 회사를 양도하라, 독화살은 이렇게 과녁을 향해 겨누어졌다.―매일매일 빼앗기 계획은 이런 식으로 진행되었지만, 또 이렇게 죄의 역사를 수놓게 된 것이다. 죄의 역사에 6년 전부터 1931년에 이르는 이 악업을 더하게 되었다.

셋 ••

    앞으로 며칠이면 히시지마가 경기일보사를 퇴사해야 하는 1931년 1월 중순의 일이었다.

    남대문 대로 길가에는 녹다 남은 눈이 흙에 섞여 대부분 거무튀튀했는데, 그래도 하얀 살결을 곳곳에 보이며 쌓여 있었다. 히시지마를 태운 인력거가 그 대로를 북쪽으로 향해 달리고 있다. 빨간 벽돌의 으리으리한 농공은행의 옆으로 난 입구에 인력거를 대고 히시지마는 중역실로 재빨리 모습을 감추었다.

    "결산할 것이 있으므로 만 오천 원을 융통해 주시기 바랍니다." 라며 한 장의 어음을 이시가미石上 중역 앞에 놓았다. 만 오천이백십 원이라는 먹 자국이 짙었다.

    어음발행인은 경기일보 지배인으로 되어 있었다.

    "거금이군요. 무엇에 필요하신지."

    "대단한 돈도 아닙니다. 신문 종이값 지불을 해야 해서.……" 라며 히시지마는 분명하게 말했다.

    1시간 정도 지나 히시지마는 은행을 나왔다. 검은 가방이 두둑해 보였다.

182

만 오천 원의 현금이 그 안에 있었기 때문이다.

넷 · ·

"회사로 돌아가도 좋아."

라며 히시지마는 인력거부에게 말했다. 젊은 인부는 가볍게 고개를 숙이더니 흰 버선을 젖은 포장도로에 내디디며 인력거를 끌었다.

히시지마는 잠시 남대문 대로를 둘러보았다. 금테 안경 안에서 날카롭게 주위를 보고 나서 조급한 발걸음으로 전차 길을 가로질렀다. 안절부절 앞뒤를 꼼꼼히 살피고 성큼성큼 발걸음을 빨리하여 순식간에 서양식 건물 안으로 사라졌다. 그것은 농공은행과는 비껴서 마주 보이는 시부사와澁沢은행 지점이었다.

응접실로 안내받은 히시지마는 거기에서야 비로소 마음을 놓고 깊은 숨을 뱉어냈다.

"무슨 일이십니까?"

이전부터 면식이 있던 지점장이 나왔다.

"아, 뭐, 특별히 별일은 아닙니다만, 오늘은 은행 단골로서 왔습니다."

히시지마가 금속성의 목소리로 기분 좋은 듯 웃으며 나라에서 돈이 나와 정기예금으로 부탁하고 싶다며 방문한 뜻을 말하자,

"오호, 그거 고마운 일이군요. 그런데 상당히 경기가 좋으신가 봅니다."

라며 지점장이 만면에 웃음을 띠었다.

만 오천 원의 지폐 다발이 테이블 위에 놓였다. 히시지마 다쿠야는 이렇게 시부사와은행 지점의 만 오천 원 정기예금자로 구좌를 만들었다.

다섯 ● ●

그 다음 날—

농공은행의 응접실에서 이시가미 중역과 히시지마가 대담했다.

"제가 정기예금을 가지고 있습니다만, 지금 급히 돈이 필요해서

그것을 담보로 돈을 빌리고 싶습니다."

"그렇군요. 정기예금을 담보로 한다면 언제라도 빌려드립니다. 은행이 돈을 내놓는 것은 해야 할 장사니까요."

그런 회담이었다. 시부사와은행의 정기예금증서가 나왔다. 결국 히시지마 개인의 발행어음으로 만 오천 원을 농공은행에서 빌렸다.

그 전날 농공은행에서 경기일보로 나간 만 오천 원과 이것이, 어떠한 인과관계에 있었는가 하는 것은 신사인 이시가미 중역으로서는 알아차리지 못한 것이다.

만 오천 원을 쥔 히시지마는 돌아가는 길에 시부사와 은행을 방문했다. 이번에는 만 오천 원을 히시지마 개인의 당좌예금으로 예치해 넣었다.

무일푼으로 히시지마는 시부사와은행에 합계 삼만 원의 예금을 가진 재력가로 변신하였다.

동아일일의 사장이 되기만 하면 자본가는 저절로 따라온다, 신문사회의 힘이다, 우선 힘을 장악하면 나머지는 저절로 해결된다, 히시지마는 그 방법이 악의 방식이라고 의식하기에 한 발 앞서 그렇게 강력히 확신하였다.

여섯 ● ●

동아일일 강탈은 이러한 기초공사 위에 세워졌다.

매수가 성립되는 날 나루시마에게 건넨 삼만 원 중 만 오천 원은 당좌예금을 뺀 것이며, 만 오천 원은 정기예금을 해약한 그 합계였다.

동아일일에서 조선마이아사로, 경기일보 지배인에서 신생 조선마이아사의 사장으로, 그렇게 히시지마가 희망한 대로 되었지만 예기된 자본가의 출현이 좀처럼 더디었다.

농공은행의 금고 안 깊숙이 담겨 있는 두 장의 어음, 그 해결이 히시지마의 큰 고뇌였다. 한 장은 경기일보사 이름으로 돼 있어 이것이 폭로되는 것은 히시지마 파멸의 날임이 마침내 명료해졌다. 또한 장은 히시지마 개인의 것이기는 했지만, 담보인 시부사와 은행의 정기예금은 있는 수단을 다 써서 농공은행이 모르는 사이에 해약해 버린 것이었다. 이것이 공표되는 날에도 역시 히시지마는 몰락할 것임이 강하게 의식되었다.

고뇌로 일그러진 날들이 이어졌다.

고단한 경영, 이어서 5월 31일의 뒷맛이 꺼림칙한 만 오천 원의 채무, 그보다 더한 것은 이 두 장의 어음에는 여간 아닌 히시지마도 힘들어했다. 죄의식보다도 우선 폭로될 것을 두려워했다.

신문사장이라는 화려한 무대에서 춤을 추기 시작은 했지만, 고민은 나락은 또한 끝을 알 수 없는 깊이였다.

허영이 여자를 죄짓게 한다고 한다. 하지만 굳이 여자뿐일까? 죄의 역사를 수놓은 이 사내에게도 큰 허영이 전신을 휘감고 돌았던 것이다.

일곱 ••

검사국 지휘하에 경찰부의 활약이 펼쳐졌다.

두 장의 어음 결제가 미완료 상태이다. 그것은 배임이며 사기이자 횡령이었다. 더욱이 6년 전부터 경기일보 대 동아일일 대 히시지마의 만 팔천 원 사건도 또한 미완료 상태이다.

히시지마의 고뇌가 현실이 되었다. 마침내, 드러나지 않은 자본가나 힘을 잡게 되면 필연적으로 출현할 투자가도 없는 채로 이 사건은 폭로되었다. 10월 30일, 31일 이틀간 소환된 히시지마의 취조 내

용은 허영에 차고 어설픈 지혜가 그려낸 근대 패턴의 죄의 역사밖에
안 되었다.

근심 걱정 憂悶

하나 ••

    그것은 오랫동안 숨겨져 있던 커다란 음모였다. 불행하게도 폭로되지 않고 묻혀 있던 커다란 범죄였다. 자신들의 신문이 이러한 불합리, 허위에 놓였다는 것을 알아차렸을 때 사원들의 경악과 불안은 너무도 큰 충격이었다. 상아탑에 틀어박힌 것처럼 이상을 좇는 신문에 대한 꿈과 동경도 이제는 모래 위에 지어진 누각같이 우수수 붕괴되어 버린 폐허에 대한 시커먼 추억에 불과했다. 그만큼 정의와 진실을 풀어내고 그들의 생활을 보증한 히시지마와 가토는 완벽하게 복면을 쓴 꼭두각시였던 것이 아닌가? 모든 것을 다 믿어 버리고 그의 제안에 허락을 한 그들에게는 물론 그런 속이 다 들여다보이는 트릭을 알아채지 못한 어수룩함과 부주의함의 책임은 있을지 모른다. 하지만 그렇게 교묘하고 그렇게 뜻밖의 말도 안 되는, 그들 두 사람의 악랄한 술수였다고 대체 누가 알았겠는가?

분노, 증오, 저주—그런 악마적 감정의 진동도 그들 두 사람에게 던지기에는 너무도 미온적인 폭탄이다. 증오하고 증오해도 부족하고, 저주하고 또 저주해도 부족한 그것은 너무도 참을 수 없는 처사였다.

"내가 죽이러 가겠어."

죽은 사람처럼 파랗게 질린 젊은 한 기자가 분노에 입술이 경련되어 그렇게 말하며 편집국을 뛰쳐나가려 했다. 그는 오른손에 스토브의 불을 휘젓는 쇠꼬챙이를 단단히 들고 눈물을 두 눈에 한 가득 담고 있었다. 이 가여운 미치광이 같은 인간의 기분이 모두의 폐부에 깊숙이 각인되듯 들어왔다.

"기다려. 우리는 그것보다 먼저 생각을 해야만 해."

아까부터 한 마디도 할 수 없었던 야마모토가 너무도 뼈아프고 처참한 편집국의 침묵 속에 붉은 피 같은 말을 뱉어냈다.

그들의 눈은 충혈되었고 이마에서 식은땀이 배어나왔다. 하지만 냉정함이 필요했다. 그들의 회사는 이 일 때문에 죽음의 한 걸음 앞에 서 있는 것이다. 봉급도 받지 못하는 불안감을 따질 처지가 아니었다. 회사가 하루하루의 지불을 못한다는 우울함 같은 것은 아무래도 상관없었다.

히시지마의 취조……그 결과는 명백한 것이다. 그가 저지른 죄 때문에 기소되어 예심에 부쳐지고 감옥에 갇혀야 하는 신세가 될 경우, 감독관청 당국은 어떻게 할 것인가? 신문 발행권을 감옥에 수감된 사람에게 위탁할 수 없는 것은 당연한 일이다. 그렇다면 발행권은 취소될 지도 모른다. 그것을 취소당하는 것은 그들에게서 모든 것이 소멸되는 것이다.

그것은 가장 크고 새로운 불안이었다.

그 날은 일요일이었다.

전사원이 모였다. 통제 없는 사원대회가 개최된 것이다. 무턱대고 생각만 하고 있은들 무모했기 때문에 어쨌든 히시지마 자신의 의향을 확인할 필요가 있다고 이야기가 되어 그날 밤 다카스, 야마모토, 하마자키 세 사람이 대표로 히시지마 집을 방문했다.

히시지마는 그들의 방문을 받자 의외로 낙관적인 태도로 스스로 그 이야기를 해나갔다.

"취조라고 해 보았자 별 거 아니야. 경기일보 시절 사사로운 사건

근심 걱정 憂悶

이 있어서 참고인으로 소환된 것 뿐이라고. 이틀이나 그 쪽에 잡혀 있었으니 예정이 완전히 다 어긋나서……"

그는 그의 소환사건을 은폐하듯 그렇게 말하고 부자연스러운 웃음을 지었다.

"하지만 꽤나.……"

'짐짓 시치미를 떼고 있군' 생각하면서 야마모토가 추궁하려고 하자 당황하여 야마모토의 발언을 자르고

"아니, 아니. 게다가 요전번 필화筆禍 사건 말이야. 공산당 검거의 해금기사 그 건. 그 벌금을 빨리 납부하라는 것이니까 특별히 걱정할 것은 없어.……"

그는 어디까지나 그의 취조 내용을 털어놓지 말자, 털어놓지 말자 하며 노력하는 듯이 보였다.

"어쨌든 그건 그렇다고 치고, 히시지마 씨, 이번달에는 직공들 급료도 아직 안 나왔습니다. 아직 별 일 없지만 오래 가면 공장 쪽은 불온한 분위기가 될 염려가 있어서 말입니다.……"
라며 다카스가 결심한 듯 물으니 하마자키가 뒤를 바로 잇듯이……

"11월 10일도 점점 다가옵니다. 이쪽은 물론 걱정할 것 없다고 생각하지만 어떻게 되어 가고 있는 겁니까?"

192

"아아, 그것에 관해서 내가 이야기를 하려고 생각하던 참인데. ……"
라며 히시지마가 약간 진지한 태도로 의자를 앞으로 내어 앉더니 작은 목소리로 말을 했다.

"사실은 아직 비밀인데, 2~3일 안에 내가 프랑스로 가려고 생각 중이야.……"

"예?"

그의 말은 너무도 의외였다.

둘 ··

놀라서 반문한 세 사람에게 그는 웃으며,

"하하하…… 정말이야. 이렇게 말하는 것만으로는 믿을 수가 없겠지만 그렇게 된 이야기야."
라며 만주사변 때문에 일본의 국제연맹이사회에서의 입장은 대단히 불리한 상황에 빠졌고 프랑스의 지원마저 없는 상태다, 이것은 여러 종류의 사정도 있겠지만 프랑스어 실력이 불충분한 외교관이 일본

근심 걱정 憂悶

입장을 그들에게 잘 설명하지 못하기 때문이다, 일본이 외교적으로 성공하려면 이사회 의장인 프랑스의 감정을 완화시키고, 정당한 인식을 하게끔 만들 필요가 있다, 그러려면 나라와 나라의 양해와 연동도 물론이려니와 국민의 열성도 반드시 필요한 것이다, 다행히 자기는 이전 프랑스 대사관에도 근무한 적이 있고 또한 퇴관하고 나서는 프랑스 친화회 같은 것을 창립하여 일본과 프랑스 친선활동에 노력하고 있다, 이미 프랑스로부터 두 차례나 훈장을 받은 관계로 스스로 프랑스의 친구라 자부하고 있다, 그리고 자기가 프랑스의 친구로서 프랑스로 건너가 프랑스 여론을 환기하고 일본과 프랑스 간의 감정 융화를 도모하는 것은 이번 연맹의 분위기를 호전시키는 데에 도움이 될 것으로 믿으며 스스로 또한 그렇게 할 만큼의 자신감이 있다, 이것은 가바야마 아이스케樺山愛輔, 1865~1953년, 일본의 실업가 백작이 미국으로 간 것과 같은 의미이다, ……라며 그는 웅변을 늘어놓은 것이다. 그것이 얼마나 과장된 망상이었는지 세 사람 모두 깜짝 놀랐다.

"그래서 거기는 자비로 가시는 겁니까?"

"아니, 여기에는 당국의 내부명령도 있고 각 방면의 지원도 있어."

"사장님이 프랑스로 가는 것은 사장님 마음이지만, 이제 그 다음 회사는 어떻게 되는 겁니까?"

세 사람 입장에서, 아니 사원 입장에서 그런 백일몽 같은 사장의 망상은 아무래도 상관없었다. 문제는 회사의 장래에 있는 것이다.

"나머지는 나오노直野군 있잖아. 예전에 경기일보의 주필을 하던 그 사람에게 부탁해 두기로 했네. 뭐 부재중에는 사장 대리라는 자격으로 있어 달라고 이미 이야기는 된 상태야."

"그래요? 하지만 나오노 씨는 뭔가 재벌적인 배경을 가지고 입사하시는 건가요? 아니면 사장님이 그런 쪽으로 생각하시는 바가 있는 겁니까?"

"아니, 아니. 그런 건 아닌데, 내가 프랑스에 간다는 것을 발표하면 요쓰이四井, 마루비시丸微菱 같은 재벌도 가만히 있지는 않을 거야. 회사를 한두 해는 유지해 줄 거라고. 또 일단 그러한 이야기도 대체로 정리가 되어가고 있어.……"

"하지만 그게 그렇게 결정될 것 같지도 않은데요. 일단 사장님 말이 매우 추상적으로 들립니다만……"

이미 히시지마의 말을 믿고자 생각지는 않았다. 무언가 허위가 숨겨져 있는 느낌이 들었다.

"게다가 사장님, 회사는 지금 혼란의 절정에 있습니다. 아무리 국가적 사업이라고는 하지만 이런 상태에 있는 회사를 내버리고 프랑스에 간다는 생각을 대체 어떻게 받아들여야 할지.……"

히시지마 사장의 뇌리가 그들에게 명백히 읽히는 듯한 느낌이 들었다. 그에게는 11월 10일 변제기한에도 변제의 전망이 전혀 없었다. 게다가 여기저기에서 의리와 신용을 잃는 일이 중첩되었다. 거기에 덧붙여 형사사건이 진전되고 있다. 그의 신변은 매우 위태로웠다. 언제 기소될 지도 모를 만큼 사태가 급박했다. 그는 이 분규에서 악화된 사태로부터 도피하고자 하는 마음가짐인 것이다. 프랑스로 가서 세간의 관심을 가시게 하려고 했다. 속이 뻔히 들여다보이는 이러한 히시지마의 무책임한 태도에 세 사람은 말할 수 없는 분노를 느끼면서 필사적으로 그의 프랑스행을 번복시키려고 애썼다. 하지만 히시지마는 어디까지나 냉담한 태도를 보이며 완강히 그의 주장을 밀어붙이는 것이었다.

"어쨌든 걱정하지 말라고.……"

"걱정하지 말라고 말씀하시지만 그게 걱정이 되지 않을.……"

"만 오천 원도 말이야, 나오노 군이 애써서 어느 어느 방면에서 며칠 내로 빌리게 되었고 봉급도 며칠 내에는 지불하기로 되었으니까.……"

세 사람의 추궁도 결국 헛수고였다. 아직 저런 뻔한 속임수 같은 꿈을 꾸고 사기치는 것인 줄 알면서도 히시지마가 그러한 식으로 딱 잘라 단언을 하니 더 이상 그의 성의를 의심할 방법도 없었다. 요령부득의 불안한 기분에 사로잡히면서 그들은 히시지마의 집을 나섰다. 밤이 매우 깊었고 교외에 가까운 장충단 주변의 한적한 거리는 시커먼 심야의 수면에 빠져 있었다. 얼어붙은 듯 차가운 달빛을 밟으며 세 사람은 아무런 말없이 걸었다. 조용히 가라앉은 쓸쓸함이 세 사람의 가슴을 쳤다.

셋 ..

2일 오후 전기도 켤 무렵이 되어서 겨우 직공들에게만 급료가 지불되었다. 사장은 회사에서 나가 들어오지 않았다. 그 밤에도 편집국의 두세 명이 히시지마를 찾아가 그들의 충정을 호소하며 프랑스행을 단념할 것을 탄원하러 나갔다. 하지만 결국 전날과 같은 결과밖에 가지고 오지 못했다.

일은 도저히 손에 잡히지 않았다.

불안과 초조 속에서 이틀이 저물어갔다.

다음 날 3일은 메이지절明治節, 메이지 천황의 생일로 11월 3일로 신문은 전국적으로 보도를 쉬었다. 그럼에도 불구하고 이 귀중한 휴일을 희생하고 전 사원들이 회사에 나왔다. 도저히 불안해서 집에 있을 수가 없었던 것이다.

오늘만은 기분이 나쁠 정도로 조용하고 어두운 편집국에서 모두 입을 꾹 다물고 각자가 자기 장래를 생각하고 회사가 갱생할 방책을 생각했다. 그것은 비장한 명상이었다.

오래되고 더러운 전등에 탁하고 예리한 불빛이 들어오자 모두는 퍼뜩 제정신으로 돌아와 밤이 온 것을 의식했다.

누구에게도 아무런 좋은 생각이 떠오르지 않았다.

"나에게 약간 생각이 있어."

오랜 침묵 끝에 야마모토가 돌연 의자에서 일어서서 초췌하고 나약한 시선을 모두에게 던졌다. 일제히 수많은 시선이 그에게 쏟아졌다.

"그런데 조금만 더 기다려 줘. 지금부터 다카스 군과 상의하고 그 다음 제군들과도 의논하려고 하니까."

"그럼 제군들도 이 문제는 각자 생각하기로 하고 오늘은 해산하지. 내일 또 보기로 해.……"

다카스가 이렇게 말하고 똑같이 일어섰다.

"그럼 일단 부탁하겠습니다."

그것을 계기로 그들은 충족되지 않은 어두운 기분을 억지로 품은 듯 무거운 발걸음을 각자의 집으로 향했다.

다카스와 야마모토와 하마자키는 모두가 돌아가자 무언가 썰렁하고 차디찬 적적함을 느끼며 밖으로 나갔다.

밖의 냉기는 벌써 겨울 외투라도 옷깃을 세울 수밖에 없이 차갑고 얼어붙는 바늘을 품고 있었다. 세 사람은 아사히초旭町 요정 마유즈미まゆずみ로 올 때까지 침묵한 채 걸었다. 그곳 온돌방에 들어가자 따뜻한 온기가 얼어붙은 손끝 발끝부터 갑자기 기어 올라와 나른한 피로가 한꺼번에 몸 마디마디에 느껴졌다. 사지를 털퍼덕 아무렇게나 내뻗고 윤기가 난 자단목으로 된 큰 책상을 둘러싸고 서로 마주 앉아 다카스가 맨 먼저 입을 열었다.

"어쨌든 회사 경영을 사장에게는 맡겨둘 수 없어. 경영조직을 개혁하지 않으면 도저히 안 된다고 생각해."

"물론 그렇기는 한데 가장 안 될 말은, 이걸 개인의 기업이라고 생각하는 점도 있지만 그 기업의 금전출납이 매우 거칠다는 점이야. 사장은 회사의 자산이든 자기 개인의 것이든 똘똘 말아서 기업 자체

근심 걱정 憂悶

에 독립된 회계를 가지고 있지 않으니까."

라고 야마모토가 말했다. 정말 말 그대로였다. 실제로 종래의 금전 출납을 조사해 보니 실로 어지럽기 짝이 없는 것이었다. 우선 회사로 입금이 된 경우에는 물론 입금전표 같은 장부조직을 통해 일단은 그 돈도 금고에 들어가지만, 히시지마는 무언가 자기에게 필요가 생기는 경우에는 자기 기업이라는 막연한 착각에서 멋대로 그 돈을 인출했다. 그런데도 그 결과 출금전표 같은 것은 어디에도 없는 것이다. 그 돈이 어떤 성질의 일에 사용되었는지도 물론 그 이외에는 아는 사람이 없다. 결국 회사의 정당한 모든 지불 기일이 오면 돈은 항상 부족했다. 그래서 그는 지인들을 말로 꼬드겨 무언가 필요한 만큼의 약속어음에 이서를 쓰게 하고 은행에서 어음 할인을 받아 회사로 입금한다. 그러면 이것은 장부상 히시지마 개인의 출자로 기입된다. 그리고 그 어음 기한이 오면 회사의 채무로서 지불되어야 한다. 이렇게 무모한 수지상태였으니 예를 들어 장부라 해도 사실은 빌려주는 쪽이나 빌리는 쪽이나 아무런 의식도 없었던 것이다.……야마모토가 지적한 것은 그러한 점이었다.

"하지만 프랑스행은 어떻게 되는 거지?"

하마자키가 그렇게 말하고 걱정스러운 얼굴로 말하니 야마모토가

200

"아아, 그건 문제가 안 될 거야. 우선 검사국에서 여행을 금지 당했을 테니까."

"그러면 발행권 문제인데, 히시지마가 만일 기소된다면 발행권은 취소될 지도 모르지. 하지만 그렇게 되면 정말 곤란한 일이야. 이것도 생각해 둘 필요가 있어."

라며 다카스가 다음 문제로 옮겨가며 그렇게 말하는 것을 막더니 야마모토가,

"그거야, 그거. 좋은 생각이 있어. 그러니까 이 때 히시지마를 설득해서 그 발행권을 운노 씨의 명의로 바꿔 쓰게 해 두는 거야."

"하지만 히시지마가 뭐라고 할런지.……"

"아니, 그건 문제가 안 돼. 우선 이대로 10일이 오면 싫어도 발행권은 운노 씨에게 옮겨가 버리니까. 히시지마라도 법률에 거스를 수는 없는 노릇이지."

"음."

온돌의 온기와 술의 자극이 온몸에 한바탕 돌자 세 사람 모두 졸음이 쏟아졌지만, 머리 위까지 온통 뒤덮고 있는 이 문제를 어떻게든 타개해 갈 수 있는 방법을 찾지 못하면 도저히 그대로 어설프게 내버려 둘 수 있는 것이 아니었다. 보통 때라면 젊은 여급이라도 불

러 떠들썩할 이 방에서 비교적 요염함이 있는 스물 일고여덟의 나이
든 종업원이 멍하니 세 사람의 이야기를 듣고 있는 것 말고는 사무
적이고 여유가 없는 딱딱한 이야기에 우울한 얼굴을 서로 맞대고 얘
기하는 자신들의 모습을 알아차리자, 묘하게 흐릿하고 적적한 기분
에 빠졌다. 그러면서도 그렇게 진지한 문제를 언급하고 있기에는 무
언가 그런 여유있는 기분이 드는 것이 괜시리 미안한 감이 들어 혼
탁한 가책을 느끼는 것이었다. 세 사람이 가끔 떠올리듯 술잔에 입
을 댔다. 다카스가 이어서 말했다.

"그래서 결국 무엇보다 선결문제는 경영조직의 문제인데, 나는 이
렇게 생각해. '우리가 우리의 협력으로 경영할 수 없을까?' 라고 말
이야.……"

"사장은 어떻게 하고?"

"사장은 사장으로 됐지. 이름 정도야 아무래도 상관없고, 실제 경
영권을 우리가 모인 하나의 단체가 장악하는 식으로.……"

"다시 말해서 독재라는 것을 인정하지 않겠다는 의미지? 예를 들
어 어떤 일을 하려고 할 때 같은 자격을 가진 자가 같은 권한으로
회의하여 정하자는 거야.……"

"그래. 야마모토가 말하는 것처럼 ……그러니까 쉽게 말하자면 소

비에트 같은, 뭐라고 할까 길드 조직이지.⋯⋯"

라며 다카스가 자신있는 듯 자기 제안을 설명했다.

"중앙집행위원회야? 하하.⋯⋯"

라며 하마자키가 농담하듯 웃자마자 진지해지더니

"무엇보다 그렇게 하면 일단 속임수가 들지 않게 되겠군. 게다가 괴로울 때든 즐거울 때든 사원들이 그 위원인 것은 마찬가지니까 도리어 모두가 자기 회사라는 생각이 들어 좋을 지도 몰라."

"그런데 나 같은 경우 좋다고 생각은 하지만, 그렇게 되면 예전 채무 말이야. 그런 것은 어떻게든 채권자와 담합해서 변제방법을 생각하고, 또 부득이한 현재 채무는 신중하게 심의해서 가능한 한 지불해야 하는 것은 지불하는 식으로 앞으로는 완전히 새로운 방식이 되어야 한다는 생각이야. 매월 수지만큼은 제대로 맞추어 가는 방법을 취하자는 거지."

"실제로 매월 수입만 확실히 경영비에 충당된다면 수익은 제대로 취할 수 있으니까 말이야. 그저 쓸데없는 채무 이자 지불만 없었더라면.⋯⋯"

하고 야마모토도 동감하듯 말했다.⋯⋯

결국 세 사람의 생각은 모두 그쪽으로 결론이 났다.

근심 걱정 憂悶

넷 ● ●

그들의 머리에 그려진 회사의 모습이라는 것은 곧─사원총회를 만든다. 이것을 최대 의사결정기관으로 삼는다. 이 중 열여섯 명의 경영위원을 선임하여 회사를 경영한다. 또한 이 열여섯 명 중에 다시 세 명의 상임위원을 선출하고 상시 경영 사무를 담당시킨다. 예를 들어 현금을 입출금할 때에는 절대적 조건으로서 상임위원 세 명의 검인을 그 전표에 찍게 하는 것이 필요하다. 결국 이 경영위원이 절대적으로 회사 경영의 일체를 장악하고 소수의 의사를 건제한다. 그리고 사장은 대외적 의례 등의 경우에는 그러한 명칭도 필요할 경우가 적지 않으므로 이것은 지금까지 대로 하지만, 실질적으로는 경영위원의 한 사람에 불과하며 이것은 사원과 마찬가지의 봉급액수를 정하여 분명히 기업의 독립을 도모한다. ─

그런 조직개혁안이었다. 세 사람의 의견이 그런 안으로 일치하자 내일 사원들에게 자문하여 히시지마와도 교섭하고 또한 운노 쪽의 양해도 얻자고 이야기가 되었다. 이 정도로 내용을 정리하자 세 사람은 무거운 짐을 겨우 내려놓은 듯 밀려오는 피로를 느끼면서 차갑게 식어버린 잔의 술을 단숨에 마셔서 비웠다.

밤은 새벽녘에 가까워졌다.

세 사람이 만들어낸 그 개혁안에 사원들 누구도 이의가 없었다.

그래서 세 사람은 이 안을 들고 인천으로 운노를 방문했던 것이다. 세 사람은 번갈아가며 그 안을 설명하고 그의 양해를 얻고자 노력했다.

"실제로 그러한 이유로 우리는 당신에게 받은 은혜를 결코 헛되이 하고 싶지 않은 것입니다. 그런 만큼 이런 안까지 세웠습니다. 이 안은 우리로서는 마지막 방안이고 이것이 안 된다면 우리 모두가 몰락해 버릴 것입니다."

"아, 실은 그러한 이야기를 슬쩍슬쩍 들어서 우리가 내놓은 돈도 결국 헛수고였다고 생각하던 차입니다. 다행히 제군들이 그런 합리적 안을 세우셔서 어디까지고 해보자는 생각이라면 물론 저로서도 당신들에게 내놓은 돈이니 특별히 이론이 있을 리 없습니다. 다만 당신들이 경영해 간다고 해서 매월 수지가 맞을지 안 맞을지 하는 것이……"

운노가 그들의 부탁을 일일이 수긍했지만 그런 식으로 말을 꺼내자, 야마모토가

"아닙니다. 그 점에는 자신 있습니다. 물론 옛날 빚도 어느 정도

까지는 히시지마씨 개인의 채무이기도 하니까 우리의 회계와는 완전히 잘라낼 수 있는 것도 많이 있다고 봅니다."

"아, 잘 압니다. 그 대신 발행권 만큼은 내 명의로 바꾸어 써 버립시다. 하지만 나는 신문에 요만큼의 야심도 없으니 손을 대기가 싫습니다만, 경영 쪽은 제군들에게 맡기기로 하고 만약 제군들의 손으로 보다 좋은 수지 상태가 만들어지게 된다면 그 다음에 조금씩이라도 변제해 준다면 좋겠습니다.……"

"발행권 쪽은 우리로서도 운노 씨가 그렇게 하신다는 것에는 이론이야 털끝만치도 없지만, 발행권이 돌고 돌아 안정되지 않는 것은 매우 고통입니다. 그래서 운노 씨께서 발행권을 가지시게 된다면 우리가 하고 있는 동안에는 남에게 건네시는 일이 없도록 꼭 좀 부탁하고 싶습니다.……"

다카스가 애원하듯이 그렇게 말하자 운노도

"물론 발행권은 제가 넘기지 않겠습니다. 만약에 넘겨야만 하는 일이 생기면 사원총회라고 해야 하나요? 당신들에게 상담을 하겠습니다. 그것을 위해서 그런 의미의 공정증서를 넣어도 됩니다."

"부디 잘 부탁드립니다.……"

그런 식으로 운노는 그들의 제안에 두 말 없이 양해를 해 주었다.

운노의 집에서 돌아오면서 세 사람은 마침내 어둠 속에서 한 줄기 빛을 발견한 듯한 느낌이 들었다. 해안 가까이의 부드러운 모래가 많은 길을 밟는 구두 밑창의 감촉도 무언가 상큼한 유쾌함이 느껴지는 것이었다. 그렇게 그날은 저물었다.

다음 4일 저녁에 히시지마가 회사에 나왔다. 그는 그날 아침 운노, 후타기의 내방을 받고 그 전날 사원대표가 운노에게 의뢰한 발행권 문제의 교섭을 받았는데, 거기에 흔쾌히 응낙의 답신을 하자 그길로 회사로 온 것이었다.

다섯 ··

히시지마는 어두침침한 사장실에 다카스를 불러들이더니 조직변경의 안, 발행권의 안도 모두 승낙한다는 것을 짤막하게 이야기하고 사원들을 모으도록 명했다. 와자지껄 사원들이 사장실로 모이자 그는 기분 탓인지 창백한 얼굴로 오늘부터 조선마이아사 탄생의 길이 열렸다, 나도 한 사원으로서 경영에 진력할 터이니 잘 부탁한다는

의미의 인사말을 했다. 이어서 다카스가 그 경과를 보고하고,

"이 집회를 곧바로 사원총회에 이용해서 경영위원을 선임하고 싶습니다.……"

라며 사장 지명의 동의를 원활하게 모두에게 승인시키고 열여섯 명의 위원 이름을 새롭게 호명했다. 박수가 일었다. 구석에 있던 기다가 이어서 일어서서,

"동의합니다. 상임위원의 선임에 대해서인데, 이것은 이 문제가 있을 당초부터 침식을 잊고 진력했던 다카스, 야마모토, 하마자키 세 분을 추천하는 것이 당연하다고 생각합니다만, 어떠십니까? 제군들에게 자문을 구합니다.……"

다시 박수.

이렇게 경영위원회 조직이라는 새로운 형태를 갖춘 신문이 일사천리로 원활하게 출현했다.

대개의 경우 신문의 기업형태는 주식회사 등 기타 자본주의적 조직을 가진 것이거나 개인의 소자본주의적 조직의 형태를 갖추고 있었지만, 길드 조직의 이러한 신문이 계획되어 탄생한 것은 어쨌든 드문 현상이었다. 그것은 분명 새로운 모험처럼 보였다. 아무도 그 성공을 부정하는 자도 없었지만, 그렇다고 해서 그 성공을 단언하는

자도 없었다. 하지만 기업의 형태로서 그러한 형식을 취하는 것은 어떻게 보든 합리적이었다. 거기에는 자본의 착취가 없었다. 불완전하지만 자본과 노동이 서로 녹아들어 혼재된 상태로, 하나의 형태를 갖추어야 하는 기구가 되었다.

그러나 거기에 일하는 사람들에게 만약 계급적 의식이 작용한다면 이 계획도 실패했을 것이다. 기업을 구성하는 사람들의 감정이 추하게 얽혀 있다면 이 이상도 실현되지 않았을 것이다.

하지만 그들 가슴에는 동지애가 작열하듯 새겨들었다. 역경에 시달리면서 도리어 필사적으로 서로 끌어안은 단결이 있었다. 그것은 축복받은 동지들간의 큰 감격이어야 한다.

"아, 이로써 나도 큰 부담을 내려 놓았어."

잠자코 고개를 아래로 향한 채 들지 않던 히시지마가 그렇게 말하며 모두의 얼굴을 둘러보았다. 안경 너머의 가는 눈꼬리에 눈물이 빛났다.

근심 걱정 憂悶

여섯 ••

그날 밤 늦게 이 계획으로 새롭게 태어나는 경영위원회와 히시지마의 계약을 확인시키기 위해 히시지마의 의뢰로 밤을 새워 그 초안을 만들기로 하였고, 다카스, 야마모토, 하마자키, 기다, 그리고 운노와의 계약 초안도 만들기 위해 마침 경성에 와 있던 후타기까지 포함하여 다섯 명이 요정 마유즈미에 모였다.

이미 12시를 지나고 있었다.

철야를 할 생각으로 가까이 있던 집에 양복을 갈아입으러 갔던 야마모토가 추위에 떨며 방으로 돌아오자,

"이상하군."

하고 말하며,

"지금 분명히 사장으로 보이는 자동차와 스쳐 지났어. 그밖에 두 사람이 타고 있었는데 그 쪽은 잘 모르겠고……."

"사장은 아까 집으로 돌아간다면서 일찍 회사를 나갔지 않나?"

"그러니까 이상하다고 하는 거지. 지금쯤 이 주변에 와 있다면 어딘가 요리가게에 있었을 텐데……."

"음, 아무 일도 아닐 거야."

210

"아냐.……"

그렇게 말하고 야마모토는 무언가 불길한 것을 예감한 듯 그 생각에 얽매였다.

"회사 공고 쪽은 괜찮지? 내일 조간."

하마자키가 문득 그런 말을 꺼냈다. 회사 공고라는 것은 물론 명의 뿐이었지만, 발행권 이전의 준비를 위해 운노의 부사장 취임을 회사에 알리는 것이었다. 그것은 낮에 히시지마와 운노가 만났을 때, 다시 밤이 되어 히시지마와 사원들이 만났을 때, 그런 식으로 결정한 것이었다.

"회사 공고는 나카카와 군에게 맡기고 왔어."

왜 갑자기 다 아는 그런 이야기를 하마자키가 말하는 것인지 이상했지만, 모두들 특별히 마음에 담아두지 않았다.

그리고 나서 기다가 원고용지에 그 초안을 협의하면서 죽 써나갔다.

오전 5시를 넘어 어딘가 절의 범종이 울리는 고전적인 울림이 장지문에 반향될 무렵에는 모두 너무도 피로해져 기름으로 번들번들한 얼굴에 퍼렇게 음영이 생기면서 한 사람이 쓰러지고 두 사람이 쓰러지더니 결국 후타기가 담배를 몹시도 피워대며 기다를 상대로 초안을 마련했다. 그것도 9할 정도 완성되었다.

근심 걱정 憂悶

6시를 넘어 차가운 아침 냉기를 누르고 문이 있는 곳까지 던져진 아침 신문 몇 부를 가지러 간 기다가 당황하여,

"큰일이야, 큰일."

하고 소리 지르며 방으로 뛰어 들어왔다. 누워 있던 세 사람이 깜짝 놀라 졸린 눈을 크게 뜨며 벌떡 일어났다.

"회사 공고가 없어."

"뭐!"

놀라 외치는 소리가 모두의 입에서 거의 일제히 내뱉어졌다. 삼단의 회사 공고 자리가 더럽게 지워진 자국을 남기고, 하얀 공백이 일면의 가운데에 얼이 빠진 듯 있었다.

"삭제해 버렸군."

야마모토가 어젯밤의 수상한 자동차에 타고 있던 히시지마를 떠올린 듯 신음했다.

"너무 비겁한 놈이야."

그곳으로 시끄럽게 전화가 울렸다. 이 소란으로 원래 아침에 늦게 시작하는 요리집 점원들도 억지로 깰 수밖에 없었다. 전화는 아사오카에게서 온 것이었다.

회사 현관에 못이 쳐지고 옆문으로 들어가 보니 편집과 영업국 벽

에 다카스와 야마모토의 해직령이 사장이름으로 게시되어 있다는 뜻밖의 보고였다.

"젠장!"

모든 것은 히시지마가 어젯밤에 벌인 음모였다. 어젯밤 그렇게까지 눈물을 흘리며 기뻐하던 히시지마가 아니었던가. 쉽게 가시는 겨울의 한기처럼 하지만 하룻밤 사이에 완전히 정반대 행동을 아무렇지도 않게 해버리는 그의 뻔뻔함. 그 앞에는 법률도 없고 도덕도 없으며 사리도 없고 아무것도 없다. 그저 허위와 사기만이 있을 뿐이었다.

놀라서 그들은 회사로 달려갔다. 무엇이 어떻게 되었든 회사만큼은 점령할 필요가 있었다. 하루라도 없어서는 안 될 보도의 임무가 있기 때문이다.

일곱 ● ●

그들이 회사 현관으로부터 들어가려고 하자 건장한 사내가 두 사람, 뒷문에서 살금살금 도망치듯 나갔다. 급사의 이야기에 따르면 어딘가의 폭력단으로 보이는 자들이 그날 아침 출근했을 때 대여섯 명 있었다는 이야기였다. 이것도 히시지마의 지시로 사원들이 격앙될 것에 대비하는 방어선의 하나였던 것이다.

히시지마에 대한 분노가 그들을 어마어마하게 흥분시켰다. 결국 공장의 직공 등에게 물어보니 어젯밤 2시경 히시지마, 나오노와 오키모토 변호사 세 사람이 차를 타고 들어와서 열심히 돌아가는 윤전기를 멈추고 회사 공고를 삭제해 버린 다음 돌아갔다는 것이 밝혀졌다.

히시지마는 자기 사택에는 그 전날 밤부터 없었다. 오키모토 변호사도 어디로 간 것인지 행방을 알 수 없었다.

사원들을 해고한 사장이 행방불명이 되고 해고된 사원들이 그 날의 신문을 만들었다. 그것은 기이한 광경이라고 할 수밖에 없었고 별로 웃을 수도 없는 진풍경이기도 했다.

신록의 상쾌한 바람 青嵐

하나 ••

기괴한 폭풍이었다.

그 음모에 오키모토, 나오노라는 두 사람의 복면을 한 교란자들이 새롭게 활약한다는 것은 그들의 신경을 더욱 초조하게 만들었다.

이제 명백히 히시지마가 그들에게 도전을 한 것이라 생각하니 그들의 분노는 순식간에 적의를 가지고 정색을 띠게 되었다.

그렇다고 해도 왜 히시지마가 이러한 음모를 몰래 꾸며야 했을까?

누구도 그의 심리를 이해할 수 있는 자가 없었다. 그런 식으로 조직을 변경하고 부사장을 둔다고 해도 그의 생활이나 지위는 좋아지면 좋아졌지 결코 나쁜 상태에는 놓이지 않는 게 아닌가? 게다가 다카스나 야마모토를 해직했다고 해서 사원들이 가만히 보고 있을 것이라고 생각했다면 이상하다.

어쨌든 그의 이 무섭고 불쌍히 여겨질 어리석은 음모는 그들 자신의 입장은 물론 사원들, 그리고 모든 상태를 더욱 악화시켜갔다.

그날 밤부터 사원들은 회사를 점령하고 집으로 돌아가지 않았다. 사람들이 완전히 안심하고 당연히 편안한 잠을 취해야 할 한밤중에 또 어떠한 꿍꿍이가 이 작은 회사의 어디에서 펼쳐질지 모르는 것이다.

히시지마는 그 다음날도, 또 그 다음날도 경성 어디에 있는지 모습을 볼 수 없었다. 그런데도 사장이 없는 이 신문은 평소와 다름없이 뉴스를 독자들 앞에 제공했다.

이런 초조한 흥분 속에 며칠이 지났다.

이 분규 속에 가장 먼저 사직한 가토가 바삐 그 가족을 모으더니 고향으로 돌아가 버렸다. 이어서 설마 했던 정리부장 우치야마와 그 사촌동생 마쓰야마가 사표를 내더니 그대로 경성을 떠났다. 이 사건도 사느냐 죽느냐 하는 통절한 생활의 불안을 느끼며 엄청난 흥분에 휘말린 사원들 입장에서는 작은 충격밖에 되지 않았다. 일반적이라면 창립 이후에 서로 동지라고 생각하며 노고를 함께 해 온 사람들이 그런 불합리 때문에 생활이 몰락 과정을 걷게 될 때, 마치 다정했던 남자가 싫증난 여자를 버리듯 도망치는 그들에게 비겁함도 느끼고, 의분도 누를 수 없게 될 것이다. 하지만 이제 와서는 그들이 도망친 모습을 보고, 어느 정도 가엽고 기개도 없으며 나약한 남자로 여기며 떠나버리는 것에 대한 미련이나 집착도 비교적 냉정히 불식시킬 수 있었다.

'나가고 싶은 놈은 나가. 하지만 우리는 마지막까지 해 볼꺼야'

그런 반항적인 기분에 무언가 영웅적 자부심을 느끼며 그들은 그들 자신의 안타까운 마음을 억지로라도 누르려는 것이었다. 중요한 히시지마가 없으므로 어찌 할 도리도 없이 그가 나타나기를 기다리는 수밖에 없었다. 사원들의 대표자는 당국을 방문하여 경위를 상세히 말하고 양해를 구했다.

하지만 생각지도 못하게 히시지마의 고문 변호사 형태를 취하고 있는 오키모토가 회사를 찾아왔다. 그가 이 사건에 명백히 관계하고 있다는 것을 알고 있는 사원들은, 그가 들어오자 갑자기 분노감을 되찾았다. 살기를 띤 분위기가 그들 사이에 감돌았다.

하지만 그는 히시지마의 대변자로서 정식으로 회견하러 온 것이 아니라 사실은 그런 이야기를 듣고 사원들의 명분이 어떠한 것인지, 그 여하에 따라서는 자기가 개입하여 조정이라고 하겠다는 듯한 어조였다.

"히시지마 씨도 제군들의 의향은 잘 양해하고 있는 것 같습니다. 다만 저런 식으로 경영위원회 등이 생겨서 대외적으로 발표되면 지금까지 사장으로서 일체의 지휘권을 휘두르던 관계상, 신용이나 면목이라는 것도 상처를 입지요. 그것이 히시지마 사장에게는 너무도 괴로운 모양이어서……"

사장실의 오래된 소파에 기대앉으며 오키모토는 그런 식으로 히시지마의 심경을 해석하고 그들의 심중을 살피는 것이었다.

"하지만 오키모토 씨, 그건 무모합니다. 그런 수단까지 취하지 않았어도 우리에게 직접 이야기해 주었으면 좋았을 것입니다. 그렇게 굳게 우리와 약속을 해놓고 바로 그날 밤에 마음이 바뀌다니 아무리 생각해도 우리로서는 이해가 되지 않습니다.……"
라며 다카스가 파랗게 질린 얼굴로 이야기하면서 자연스레 서로의 이야기가 핵심에 다가갔다.

"아, 당연한 이야기입니다. 게다가 발행권을 빼앗긴다는 것이 잘 생각해 보면 히시지마 사장에게는 견딜 수 없는 상실감이지요. 그래서 돈만 있다면 하시길래 사실 나도 돈 마련에 걱정을 하고 있는 것입니다.……"

218

"그런데 실제로 아무리 정당히 생각해도 사장의 신용은 경성에서는 완전히 제로입니다. 설령 이번에 어떤 식으로 어떻게 돈을 마련할지 몰라도 그 다음이 문제지요. 우리는 그를 이제 완전히 무능력자라고 생각할 수밖에 없으니까요. 사장으로서도 이것은 생각해야 할 문제라고 봅니다."

"아니.……"

"아니오. 대체 당신은 히시지마 사장이 하는 말만 듣고 있으니 안 되는 겁니다.……"

야마모토가 갑자기 흥분한 빛을 띠며 오키모토가 이야기를 꺼내려는 것을 빼앗듯 가로막고,

"나는 이번 일은 어쩌면 히시지마 사장 혼자의 의사가 아니라고 생각합니다. 그날 밤 당신이 히시지마와 같이 그런 쓸데없는 짓을 한 것도 알고 있습니다. 당신은 이 문제에는 제삼자가 아닙니까? 우리는 진지하게 그야말로 진지하게 소생의 길을 생각하고 있습니다. 그런데 이런 짓을 당하니 틀림없이 당신이 이런 계략을 부추겼을 거라는 생각이 듭니다. 아니 우리는 그렇게 받아들일 수밖에 없습니다.……"

야마모토는 새파랗게 질린 얼굴로 그에게 덤벼들었다. 흥분해서

상기된 그의 목소리가 점점 드높아지더니 편집실 쪽에서 우르르 사원들이 모여 둥그렇게 그를 에워싸 버렸다.

"알고 보면 당신은 대사기꾼이야."

다카스의 목소리에 선동이라도 된 듯⋯⋯

"바보 같은 놈!"

"두들겨 패 버려!"

사원들의 목소리가 겹치고 날아오르더니 혼란이 소용돌이쳤다. 완전히 살기였다. 험악한 기세가 방안 가득히 퍼졌다. 활자를 줍고 있던 직공들이 공장에서 뛰어왔다.

"잠깐만 기다려."

놀라서 당황한 오키모토가 그를 둥그렇게 에워싼 그들을 손을 뻗어 막았다.

"기다리고 뭐고가 어딨어."

"가라, 가 버리라고!"

다카스가 어느 샌가 거기 스토브에 있던 쇠꼬챙이를 오른손에 꽉 잡고 다리를 후들후들 떨며 소리쳤다.

둘 ··

"당신은 대체 그게 좋은 일이라고 생각하고 그런 짓을 한 겁니까? 회사에는 백이십 명도 넘는 사원들이 있소. 거기에 딸린 가족이 다섯 명씩 있다고 치면 육백 명 이상의 생활이 걸려 있단 말이오. 그 생활권 문제를 그렇게 쉽사리 당신 같은 사람에게 휘둘려서 될 말이오?"

흥분이 절정에 이르렀다. 오키모토는 이제 그들의 기세에 눌려 말을 할 기회를 잃어버렸다. 이제 폭력이 아니면 수습이 불가능했다. 그러자……

"알았소. 잘 알겠습니다. 이거 이거, 제가 오해했군요. 사과하겠습니다. 내가 어떤 사정인지 전혀 모르고 온 것이 잘못입니다. 진정하십시오."

오키모토는 고작 그렇게만 말하더니 충혈된 눈으로 그의 주위를 둘러싸고 있는 그들에게 몇 번이나 고개를 숙이면서 그들의 격노에서 도망치려고 했다.

"그렇지. 오키모토 씨는 몰랐던 거야. 우리 아군이라고."

하마자카가 갑자기 알았다는 듯 그렇게 소리치자,

"그래요. 내가 당신들 편이 되겠소. 그렇고말고!"

오키모토가 구원이라도 받은 듯 이어갔다.

위기상황이 끝났다. 그들의 흥분이 식고 냉정함을 되찾았다. 그는 이제부터 가서 히시지마를 설득하겠다며 허옇게 질려서 돌아갔다.

셋 ..

10일이 왔다.

그날 아침 히시지마, 운노, 나오노, 그리고 다카스, 야마모토 다섯 명이 감독관청에 불려나갔다. 당국에 히시지마로부터 운노에게 발행권을 이전하는 신고서가 제출되자마자, 이어서 같은 히시지마로부터 운노에게 발행권을 이전하는 것은 히시지마 자신의 의사가 아니기 때문에 각하해 달라는 탄원서가 제출되었기 때문이었다. 두 개의 다른 의사 표시가 동일한 사람에 의해 제출되었다. 전자는 만 오천 원을 빌릴 때 끼워 넣은 히시지마의 명의변경 신고서로 기한 내에 변제하지 않기 때문에 내민 것이고, 후자는 이에 대항하기 위해 히시지마가 내놓은 것이었다. 두 서류를 받은 당국은 어느 쪽이 진짜 인지 그 진상 파악에 망설였다. 조선마이아사 신문사의 분규는 당국 으로서도 모르는 사건이 아니었으므로 이러한 기묘한 상태에까지 그 사건이 진전된 것은 점점 분규가 교착상태가 된 것임이 당국에 명료히 이해되었다. 그래서 신문과 같이 사회적으로 중요한 관계에 놓인 회사의 분규를 그대로 방치해 두는 것은 보안상 바람직하지 않 다고 생각했다. 쌍방으로부터 의견을 모아 원만히 해결할 수 있으면 좋겠다는 당국의 호의와 조정이었던 것이다.

당국의 한 고관을 사회자로 두고 쌍방이 논의했다. 히시지마 측에 서는 자기 혼자는 불안하다고 하여 오키모토, 나오노 두 사람도 첨 부 명의로 출석했다. 하지만 정당하게 생각해 보아도 이론적으로 사 원 측 주장이 절대적으로 유리했다.

"히시지마 사장님, 잠깐 어떻게 됐던 것 아닙니까?"

쌍방의 격론을 잠자코 듣고 있던 그 고관까지 가끔 그런 식으로 말을 하며 히시지마의 얼굴을 바라보고 실실 웃었다. 그리고 사원 측이 하는 말에 충분히 승리를 인정해 놓고 어쨌든 타협안을 여기에 서 만드는 것이 좋겠다며 쌍방에 권고하고 외출해 버렸다.

교섭은 꽤나 성가셨다. 왜냐하면 운노가 가지고 있는 만 오천 원의 채권에는 조선마이아사 신문 발행권이 담보로 들어 있으므로 이를 지불하지 않는 한 발행권의 이전은 억지할 수 없었지만, 발행권을 빼앗긴 히시지마 입장에서는 형사사건의 해결은 절대로 불가능하므로 히시지마는 감옥에 가는 신세가 되어야 했기 때문이다. 즉 히시지마는 발행권을 쥐고 있는 동안에 농공은행에 다리를 놓아 그 형사사건에 관련이 있는 채무를 보통대차로 해 버리려 했다. 그러면 형사사건은 소멸될 것이라는 속셈이었기 때문이다.

격론이 이어졌다. 몇 시간이 그러한 상태로 지났는데, 어쨌든 불만족스러운 상태였지만 양쪽의 협정이 맺어졌다. 그것은……

- 기한이 와도 도저히 운노에게는 만 오천 원은 지불할 수 없으므로 담보로 하던 발행권 명의를 일단 운노에게 양도할 것.
- 운노는 그 발행권을 다른 데로 이전하지 않고 발행권 이권자로서 회사의 경영 일체를 사원총회에 일임할 것.
- 회사를 사원이 경영하며 그 이익으로써 운노에게 순차적으로 만 오천 원을 상환하고, 모두 변제한 경우 발행권은 운노가 사원 대표자에게 이전할 것.
- 히시지마에 대해서는 사원들과 계약하고 매월 일정한 급료를 지급할 것.

이러한 조건이었는데, 다만 히시지마의 간원에 의해 이 조건은 농공은행이 히시지마에 대해 양해한 다음 효력이 생긴다는 단서를 달았다. 그것은 형사사건 해결에 고심하던 히시지마가 농공은행이 양해한다는 것은 곧 형사사건을 완화할 수 있을 것이라 생각한 용의주도함에서 특별히 요청하여 부가한 것이었다.

결국 이 협정 성립으로 보아도 그의 어떠한 중대의사도 관철할 수 없었다. 이 각서에 다섯 명이 각각 날인하고 이를 당국에 제출한 다음 보관을 부탁하며 이제 한 통씩 쌍방이 가지고 있게 되었다.

그 다음날 운노는 다시 경찰부에 호출되었다. 그것은 운노가 인천에 거주하고 있으며 또한 인천 미두회사의 중역을 맡는 관계로 이에 경성의 신문사 발행권을 인가하는 것은 불가능하다는 것이었다.

그러나 이것은 문제가 없었다.

운노는 그의 대리인으로서 후타기를 입사시킴으로써 해결했다.

그 결과 운노가 가지고 있는 대부분의 권리가 후타기에게 돌아가게 되었다. 후타기가 그 때문에 인천 미두회사의 비서역을 사직하고 조선마이아사의 부사장으로서 입사한 것은 그 다음날이었다.

이렇게 회사 경영은 사원들에게 옮겨진 것이다. '우리의 신문'. 모두 그런 느낌으로 오랜만에 밝은 기분이 되었다.

"아아, 안심이야."

참을 수 없는 불안과 우울, 그것은 오랫동안 그들의 그림자처럼 들러붙어 있던 악마다. 그것이 몇 달 만에 청산된 것이다.

"아직이야, 아직. 고난은 이제부터지."

각자는 다음에 올 고난을 충분히 의식하면서도 흔들흔들하던 회사의 기초가 드디어 확고하게 고착된 듯한 안정감을 느끼며 억누를 수 없는 희열에 잠겼다.

'정의는 이긴다.'

이런 어린아이 같은 정의감을 이제와서나마 절절히 가슴에 새기며 오랫동안의 인종했던 생활을 마치 머나먼 과거 세계처럼 꿈꾸는 기분으로 추억했다. 그들은 행복감으로 가득했다.

넷 ··

그날부터 '그들의 신문'은 눈에 보이지 않는 새로운 기력을 터질 듯이 품고 갱생의 한 걸음을 힘차게 내디뎠다.

사원총회에서 선출된 상임위원 세 명, 그 중에서 다카스를 지배인으로, 야마모토를 편집국장으로, 하마자키를 영업국장으로 하여 이하 각각 진용을 탄탄히 짰다.

경영의 일체가 사원들에게 옮겨진 것은 기쁜 일이었지만, 그래도 만회할 수 없을 정도로 어려운 재정을 다시 세우기란 쉬운 일이 아니었다. 쌓이고 쌓인 채무를 어떻게 변제할 것인가? 매월 이자 지불에 쫓기는 예전 빚을 어떻게 정리해 갈 것인가? 그리고 무엇보다 계속 지불되지 못한 급료를 어떻게 보전할 것인가? 그 방면의 일을 싫어도 해결해 나갈 수밖에 없는 세 사람의 상임위원들은, 마치 너덜너덜 다 찢어진 옷을 수선하듯 막다른 곳에 다다른 회사의 어려운 상황을 마주하고 어찌할 바를 몰랐다. 어쨌든 채무액만이라도 알아둘 필요가 있다고 하여 틀린 곳이 너무도 많은 장부를 끌어안고 서로 맞추어보고 조사해 보니 알 수 없는 지출이 후두둑 튀어나왔다. 언제 어디에서 어떻게 된 것인지 모를 지불액까지 외상 계산으로 엄연하게 장부에 기재되어 있었다. 그런데다가 잡비 지출이 터무니없이 많고 수입 쪽에는 도저히 밸런스가 맞지 않을 만큼의 작은 숫자가 쓸쓸하게 적혀 있었다.

"이거 큰일이야."

신록의 상쾌한 바람 青嵐

열심히 장부를 들여다보며 조사하던 야마모토가 턱하고 장부를 책상 위에 내던지며 그렇게 말하고 깊은 한숨을 뱉었다.

하지만 그 달 말에는 무슨 일이 있어도 전전달부터 밀려온 급료 지불과 그 달의 급료는 지불되어야 한다. 도저히 광고대금이나 신문대금으로는 지불할 수 없으므로 어디에선가 부족한 분량만큼의 현금을 가지고 와야 했다.

어쨌든 응급의 미봉책으로서 그 정도의 돈을 각 방면에서 원조받기로 하였다. 사회는 우리의 역경이나 노력을 충분히 이해해 줄 것이라는 자부심이 있었다. 사원의 생활 문제라는 딱 좋은 구실도 있었다. 개인의 배를 부르게 하기 위한 것이 전혀 아니다. 우리를 원조해 줄 자본가의 후원을 찾아보자. 이제와서는 어찌할 수 없는 방법이다……그런 기분으로 다카스, 야마모토, 하마자키 세 사람이 중심이 되어 호의적인 재벌들에게 사정을 털어놓고 울며 매달렸다. 외교의 경험이 없는 광고부원 이외의 사람들은 무언가 나쁜 짓을 하는 듯한 심정에 휩싸이면서 무거운 발걸음으로 각 방면을 방문해서 똑같은 일을 되풀이했다. 하지만 그렇게 약아빠지지 못한 기자들의 탄원은 그렇게 전개되자 의외로 상대방으로부터 신용을 받았다. 큰 후원자가 홀연히 나타나거나 하여 모두를 눈물짓게 했다.

그런 분주함 속에서도 거액의 예전 빚을 정리하는 것도 생각해야만 했다. 이 빚은 하나의 발행권이 이중으로든 삼중으로든 담보로 들어가 있어서 대채권자 관계가 매우 어지러운 만큼 그것을 정리하는 것은 아주 고생스러웠다. 게다가 그 구만 원 이상에 달하는 빚에 대해 그달 월급에도 쫓길 정도의 채무자 입장에서 지금 당장 변제할 방법을 마련한다는 것은 도저히 불가능한 일이었다.

그래도 이렇게 저렇게 정리안을 세워 하나하나 채권자와 교섭을 해나갔다. 그리고 그 정리안이 히시지마가 채무변제 실행불능자로 있던 상태보다는 자기들이 수립한 것으로써 훨씬 성심성의가 담긴 안이라는 점을 입에서 신물이 날 정도로 상대방에게 설득하며 다녔다. 그리고 이러한 노력은 조금씩 채권자들의 마음을 완화시키는 데에 성공했다.

다섯 ••

이러한 이면의 활약을 감추고 신문은 예전보다 한층 화려한 비약을 지속했다. 긴장되고 절실한 생활의식 하에 전력을 다 기울여 모두는 일했다. 그것은 눈물겨운 노력이었다. 그리고 그 달 말이 되었다.

그 달의 급료와 그 이전의 지불되지 않은 급료가 완전히 지불되었다. 그들은 자기 자신의 노동이 보답을 받은 듯, 무언가 억누를 수 없는 감격으로 봉급봉투를 쳐다보았다.

결국 그 달의 수지는 다액의 후원자 지원에 의해 인건비를 비롯해 예전 빚의 일부까지 지불할 수 있었다.

특별한 지원이 있었던 결과였을지도 모르지만, 그 결산 장부는 분명 호전이라고 할 수 있었다. 적어도 악화되어 가는 뒷걸음질을 막은 것은 사실이었다.

이런 페이스로 간다면……. 그들은 다음 달에 대한 기대를 더욱 확고하게 품고 마음속으로 서로 노력을 약속했다.

실제로 그날 밤의 사원들 모두가 생활전선에서 활약하는 자신들의 모습을 분명하게 의식하고 그 가족들과 애인들에게 기쁨을 나누어주었을 것이다.

그렇게 나누는 과정에 마사코와 동거생활을 시작한 기다의 기쁨은 또한 특별한 것이었다. 그렇게나 생활의 파탄을 우려하고 그 파탄의 날이 이제나 올까 저제나 올까 싶던 불안감에 매일매일 사로잡

혔던 그였다. 이제 그런 걱정도 한 번에 날려버린 지금, 아내와의 작은 평화로운 가정생활을 처음으로 절절히 맛보며 느꼈다고 해도 아무런 과장이 아닐 것이다.

그는 봉급봉투를 통째로 아내 앞에 내밀었다. 따뜻해진 방한 실내복을 살포시 뒤에서 입혀주는 마사코의 마음씀씀이도 오늘만큼은 특별히 행복하게 느껴졌다.

여섯 ··

1931년 마지막 달이 왔다.

그 달에 들어서자 역시 1년의 총결산이라고 할 만한 사건이 정신없이 일어나 신문은 매일매일 쫓기듯 바빴다. 만몽滿蒙 문제의 진전은 나라의 여론을 극도로 경화시켜 파쇼적 경향이 농후하게 드러났고, 대외교적 분규는 국난이 온 것을 국민의 머릿속에 심어서, 와카쓰키若槻 내각1931년 4월 14일부터 8개월간 지속된 내각은 협력일치 내각을 표방하는 아다치安達 내상內相, 아다치 겐조(安達謙藏, 1864~1948년). 정치가의 암중비약에 의해 완전히 와

해의 위기를 맞았다. 이는 의회의 계절을 앞두고 신문의 온갖 신경을 바늘처럼 날카롭게 했다. 그 결과 아다치 내상의 계획 불진적으로까지 진전되어 정국 핍박이 좋은 소재가 되면서 신문의 일면을 장식했다. 편집국은 지속적으로 들어오는 그러한 통신들로 완전히 모든 기능을 가동시켜야 했다. 게다가 영업국에서도 연말의 대목 시기를 맞아 신년호 광고쟁탈전에 전력을 기울여야 했다.

그런데도 회사의 경영 지휘권을 장악한 상임위원은 그 달의 재정을 어떻게 잘 타파할 것인지 어쩔 수 없이 머리를 쥐어짜내야 했다.

회사는 다망 그 자체였다.

하지만 자연은 심술맞게도 그 활약을 둔감하게 만들었다. 12월이면 조선은 이미 엄동설한의 절정에 이르러 있고 하얀 거리의 지표는 밑바닥까지 차디차게 꽝꽝 얼어붙었다. 면도날 같은 바람이 귀의 감각을 완전히 빼앗고 펜을 든 거리의 부랑자들의 노동을 방해했다.

돌아오는 자나 다시 나갈 사람들도 현관에 들어서면 세빨갛게 얼어붙은 안면을 찌푸리고 소리를 내며 타오르는 난로에 들러붙었다.

연말 총결산은 동시에 회사의 채무 총결산 시기이기도 했다. 특히 히시지마 개인의 채무는 거의 기한이 다가왔다. 이런 시점에 와서도 몰랐던 어음 결제기한이 잇따라 드러났다.

232

신문의 생명이라고 할 수 있는 여섯 통의 전화가 모두 저당 잡혔고, 기한이 다 되었다. 불편함을 감수하고 이를 세 통으로 줄여서 정리했다. 하지만 오 부, 육 부나 되는 고리의 채무가 몇이나 나와 히시지마 자신이 괴로운 고비를 넘기기 위해 억지로 했던 이러한 차금의 총액이 이만 몇 천 원에 달해 있었다. 그것은 도저히 회사로서도 다 부담할 수 없는 금액이었다. 하지만 기한은 도래한 것이다. 어떻게든 해야 했다.─

월초부터 이에 대한 걱정이 있었다.

하지만 해야 할 일은 많았다. 옛 부채를 해결한다는 소극적인 정리방법 외에 회사 경영유지책으로서는 더 적극적인 정리방법이 필요했다. 경비의 절약정리, 그것은 회사 재정을 호전시키기 위해서는 어떠한 종류의 기업이라도 기획하는 타개책이다.

그달 초의 경영위원회에 상임위원으로부터 인건비 정리안이 제출된 것은 무리도 아닌 일이었다.

실제로 그들 회사의 현 상태로 보자면 인건비는 너무도 컸다. 가토나 히시지마가 느긋하게 연고관계의 사람들을 입사시켰기 때문에 모르는 사이에 꽤나 사람을 많이 쓴 결과가 되었다. 하지만 그들의 보수는 결코 그리 비싼 것은 아니었다. 생활의 최소한도를 근근이 보증 받는 정도였다. 경기일보로부터 입사해 온 사원들은 거의 그 퇴사 때와 비슷한 액수거나, 혹은 감액되어 입사한 자가 많았다. 그래서 그 이외의 사원들이 그 이상으로 우대를 받을 리는 없었던 것이다.

"나는 슬픈 일을 우리들 손으로 해야만 한다는 것을 가슴 아프게 생각합니다만, 지금 회사의 인건비는 너무도 큰 액수입니다. 이것을 실제 수지 상태에서 보면 너무 과다해질 염려가 있다고 보입니다. 그래서 이번 달부터 인건비를 최소한도로 축소하고자 합니다."

라고 다카스가 인건비 정리안을 설명하자, 이어서 야마모토가

"지금 말한 것과 같습니다만, 그 방법으로서 인원의 정리와 감봉을 동시에 어느 정도 진행하고자 합니다. 즉 매월의 수지를 맞추어 가기에는 아무래도 이 두 가지를 실행할 필요가 반드시 있습니다."

"잠깐만요.……"

라고 하며 두 사람의 설명을 듣고 있던 기다가 일어서서 말을 이었다.

"일단 경비절약이라는 문제를 인건비로 가져가는 것은 마지막 수단으로 할 필요가 있다고 생각합니다. 그것은 인간 생활에 관련된 문제이기 때문입니다. 그래서 이 경우도 조금 더 달리 정리방법이 있을 것이고, 그만큼의 돈을 아낄 수 있을만한 부분이 있다면 우선

234

그쪽부터……"

"감봉이라고 하니 바보처럼 진지하군.……"

이라며 야마모토가 놀리듯 기다에게 이렇게 말하고 웃자

"하지만 재원이 없어."

라고 하며 좌담적인 어조로 말했다.

"그러나 긴축으로 유명한 하마구치浜口 수상1929년 7월부터 1931년 4월까지 내각총리대신이던 하마구치 오사치(濱口雄幸, 1870~1931년)도 관리들 감봉에 착수했다가 당황하여 다시 손을 움츠릴 정도의 시기 아닙니까?"

"자네가 하는 말은 이해했어. 하지만 이 회사로 말할 것 같으면 그렇게라도 하지 않으면 도저히 해나갈 수가 없다고. 봐, 보라고. 이 이상 이 회사에서 어느 부분에 줄일 곳이 있느냐고."

라며 다카스가 비가 온 자리가 지저분하게 얼룩져 있는 벽지의 오점을 올려다보며 말했다.

"이래서 어느 정도 정리하는 건가요? 일의 능률과도 관계가 되는데, 일단 편집 쪽은 반 정도로 줄여도 충분히 자신이 있습니다만, 나한 사람만 있으면……"

이라며 스기모토가 반은 농담처럼 말하자

"일단 인원을 여덟 명 정도 줄이고자 해. 감봉 쪽은 평균 2할……"

"그거 큰일이군. 2할 감봉이면 나는 도대체 얼마가 되는 거야……"
라며 젊은 한 사람이 계산을 하듯 생각에 잠기는 것을 야미모토가
무시하며,

"어쨌든 인원 정리는 그 정도로 승인을 부탁할 수 없을까요? 희생
자는 곧바로 부장님과 상담하겠습니다. 그리고 인건비 쪽은 나중에
보여드리겠습니다만, 절약할 만한 금액을 각 국별로 드릴 테니 그
범위 안에서 각국의 대표자들이 한 사람 한 사람 감봉율을 상의하는
것으로 합시다."

특별히 이의를 주창하는 자도 없었다. 그들은 회사의 내부 상황—
괴로운 주머니 사정을 너무도 잘 알고 있는 희생자 후보들의 얼굴을
이 사람 저 사람 떠올리며 쓸쓸한 기분에 젖었고, 역시 어찌 할 도리
없는 운명이라고 스스로의 불쾌하고 쓸쓸한 기분을 달랠 수밖에 없
었다. 희생자 입장에서 그것은 너무도 비참한 참수다, 그것은 너무
도 자본가적인 방식이다, 라고 생각하면서도 하는 수 없다고 잠자코
있을 수밖에 없었다. 그런 타락한 간부 같은 기분, 매일 매일 동지로
서 책상을 나란히 하고 일을 해 온 희생자들이 참수당하는 것을 가
만히 보고 있는 기분이란 참을 수 없는 고통이다. 더구나 그 희생자
에게 동정한다고 대체 누구를 저주할 것인가? 대체 누구에게 대항하

여 노동자적 의분을 폭발시킬 것인가? 그 대상이라도 될 자본가는 슬프게도 자신들이 아니던가? 기업의 경영주는 그들 자신이다. 그런데도 그 노동자도 또한 그들 자신인 것이다.

그런 슬픈 윤회가 또 있겠는가?

이윽고 회사를 떠날 사람들의 모습을 상상하고 그들은 스스로 범한 모순에 고뇌해야 했다.

인원 정리는 결국 편집과 영업 두 국에서 네 명씩, 가장 새롭게 입사한 젊은 사원들이 희생되었다.

그것을 알고는 모두가 이 슬픈 희생자들의 얼굴을 보는 것이 비참하여 도망치며 돌아다니듯 그들과 만나기를 피했다.

감봉은 일률적이지 않았지만 최고 3할에서 1할 정도로 낙착되었다.

의외로 이러한 이야기를 들은 공장 쪽 직공들이 이십 원 이상의 월수가 되는 사람들은 일제히 1할씩 줄여달라고 오히려 감봉을 신청했다.

그리고 그것이 결정되자 11월의 결산보고와 12월 예산을 명시하여 각 방면에 우송했다. 그것은 회사의 내용을 공개하는 것으로, 지금까지의 신문들이 취해 온 비밀주의에 대한 새로운 도전이자, 공명정대하게 일을 한다고 하는, 사회가 지금까지 느껴오던 신문에 대한 의혹에 대한 폭로였다. 그리고 무엇보다 그렇게 하는 것은 사회의 동정을 구하기에 효과적이라고 생각했기 때문이었다.

과연 이것은 성공했다. 처음 알게 된 이 작은 신문의, 아니 신문이라는 특종기업의 내용을 모두가 경이의 눈으로 보았다.

일곱 ● ●

며칠이 흘렀다.

히시지마 개인의 채무 기한이 또 몇 개나 다가왔다.

이번 만큼은 이제 어떻게든 해야만 할 급박한 것들뿐이었다.

그래서 어느 일요일 경영위원회가 임시로 열렸다. 의제는 히시지마의 요청에 의해 그가 가지는 채무를 그대로 회사 경영위원회가 이어받았으면 한다는 것에 대한 심의였다.

히시지마는 일일이 채무 내용을 설명하고 위원의 양해를 구했다. 그와 같은 현 출신의 어떤 사람이 이서한 어음, 회사의 책상과 의자와 더불어 히시지마 집의 의자, 가구 등을 담보로 넣어 빌린 고리의

238

채무, 히시지마 집의 전화와 용산 지국의 전화를 담보로 한 고리채, 주로 그런 것이었다.

"이것도 내가 빌린 것이기는 하지만, 모두 회사를 위해 사용한 돈입니다. 그런 의미에서 회사 쪽에서 어떻게든 받아주었으면 합니다."

라며 히시지마가 둥글게 앉아 있는 위원들을 둘러보며 말했다.

"하지만 히시지마 씨, 당신도 지금 회사 상태로 그런 것까지 받아들일 수 있을지 없을지 한 번 생각해보기 바랍니다. 당신은 회사를 위해서라고 말씀하시지만 그 때문에 회사는 조금도 좋아지지 않았어요.—"

다카스가 그런 식으로 반박했다.

이서를 한 사람이 있는 어음은 일단 이서한 사람이 인수하도록 교섭하고, 전화나 가구는 그대로 처분하는 것이 현재의 가장 득책이다. 책상과 의자는 재목가게로부터 붉은 소나무의 싸구려 판자를 사와도 사용할 수는 있다. 모두 그 정도의 고난은 각오하고 있다.—

모두 그런 식의 의견이었다. 히시지마는 여러 가지로 자신의 내부적 사정을 밝혀가며 장황하게 불평을 늘어놓았다. 하지만 그들은 동정으로 이에 응할 수는 없었다.

"제군들이 그런 의향이라면 하는 수 없지. 나도 고려해 보겠소."

그런 식으로 히시지마는 포기하며 말하더니 휙 일어서서 그 자리를 떠났다.

그리고 그들은 그 문제가 해결된 것이라고만 생각했던 것이다.

몰락 沒落

하나 ••

그리고 모든 일이 조금씩 좋은 상태로 나아갔다.

경영위원회가 당면한 할 일로서 10일의 지불일이 남겨져 있었다. 회사의 모든 지불은 그들이 경영위원회를 조직한 이후 맞는 첫 고비였다.

이번 10일의 모든 지불액은 전부 천이백 원 정도였다. 그러나 그들의 금고는 봉급만 지불했을 뿐인데 전혀 아무것도 남아 있지 않았다.

세 사람의 상임위원은 돈을 마련하며 다녔다. 하지만 여기 있네 하며 돈을 내어주는 사람은 좀처럼 없었다. 그 달에 들어선 다음 교섭은 그리 훌륭한 성적이 아니었다.

9일이 되었다.

그래도 어쨌든 예정액에 가까운 정도에 달했고, 10일 아침에는 현금을 받을 수 있도록 이야기를 정리하여 세 사람이 귀갓길에 든 것은 그 날도 이제 몇 십 분밖에 남아 있지 않을 무렵이었다.

세 사람 입장에서 실로 괴로운 동분서주였다. 신문에서 왔다고 하면 표면상 애교섞인 웃음을 짓기는 해도 어딘가 시끄럽고 성가신 사람들이라는 안색을 보이곤 한다. 몇 사람인가의 부호에게 개성도 품위도 모든 것을 다 죽이고 고개를 숙이고 돌아다니는 괴로움은, 평소 펜을 잡는 것이 모든 일이었던 그들이었던 만큼 한층 더 속상한 일로 여겨졌다.

그것도 어쨌든 이리저리 완수했다고 생각하니 그들은 어깨 근처가 훨씬 가벼워진 것처럼 여겨졌다. 그리고…….

10일 아침 10시 경이었다. 아침잠이 많은 기다가 마침내 잠을 깨어 있는 힘껏 잠자리에서 기지개를 켜니

"속달이 왔어요."

아내 마사코가 부엌에서 그렇게 말하며 말을 걸었다.

"속달?"

이상하게 여기며 베개 맡에 놓아둔 하드롱^{포장지나 봉투로 쓰이는 질긴 양지, hard-rolled paper에서 온 말} 봉투를 발견하고 휙 뒷면을 보았다.

조선마이아사 신문사, 히시지마 다쿠야

라는 인쇄된 일호활자가 흐린 그의 눈에 들어왔다.

"응?"

퍼뜩 정신이 들어 잠자리에서 벌떡 일어나며 봉투를 뜯었다. 엷은
자색 잉크의 등사판 인쇄가 된 읽기 어려운 글자가 종이 한 가득히
메워져 있다.……

삼가 아룁니다. 날로 번영하심을 기쁘게 생각합니다. 우선 우리 조선마이아사 신문사의 향상발전
에 관해서는 제호를 바꾼 이후 다대한 노력을 해 주셔서 감사하기 그지없습니다. 그런데 우리 회사
의 경영난을 타개하기 위해 마련된 경영위원회 제도도 위원회 여러분들의 노력이 보람도 없이 전혀
당초의 기대에서 어긋나 경영은 점점 곤란상태에 빠지고 있습니다. 특히 은행 및 금융업자 방면의
위원제도에 대한 신용이 매우 낮아 이 때문에 회사 채무정리도 전혀 진척되지 못하고 완전히 앞이
막힌 상태입니다. 이러한 상태로 계속 경영을 지속하는 것은 회사의 신용을 훼손하고 경영을 점점
곤란하게 만들기만 할 것입니다. 이에 과감히 이 제도를 폐지하고 회사의 장래를 좋게 만들 길을 논
하고자 생각합니다.

따라서 이 준비와 사내 정리를 위해 이번 달 10일, 11일 부로 석간부터 50일간 휴간하고 또한
현재의 회사를 해산하게 되었으므로 그렇게 양해해 주시기를 부탁드립니다.

따라서 이번 달 10일 이후는 출근할 필요가 없다는 것도 이해하기 바랍니다.

또한 급료의 지급, 해산수당 기타에 관해서도 고려중입니다. 모두 후일 서신으로 통지할 것이므
로 그때까지 기다려 주기를 바랍니다.

조선마이아사 신문사 발행인 겸 편집인
히시지마 다쿠야

243

몰락 沒落

단숨에 다 읽었다. 그의 심장은 격하게 고동치고 종이를 쥐고 있는 손은 계속 덜덜 경련을 일으켰다. 열탕처럼 끓어오르는 부아가 폐부로 파고드는 흥분을 스스로에게 느끼며 그는 냉정으로 되돌아가고자 필사적으로 노력했다.

아내에게는 알리고 싶지 않았다.

설령 자신이 어떻게 될지라도 이런 수치스러운, 얼빠지는 결과가 된 것을 어떻게 알릴 수 있겠는가? 그 이야기를 들으면 그녀는 슬퍼할 지도 모른다. 화를 낼 지도 모른다. 조롱하며 비웃을 지도 모른다.

하지만 아무리 생각해도 영문을 모르겠다.

이런 빈약한 종이 한 장이 그런 중대한 내용을 담고 있다니 도저히 믿을 수가 없다. 그것은 너무도 큰 충격이었기 때문이다.

일각이라도 빨리 진상을 알아야 한다……기다는 그렇게 생각하고 주저하며 다실로 나갔다.

애써 냉정함을 가장하고 상 앞에 앉았지만 따뜻한 밥알이 목에 걸려 넘어가지 않았다. 긁어 넣듯이 된장국과 함께 마시고 양복으로 갈아입으러 옆방으로 들어가자

"신문은요?"

마사코가 항상 식후에는 천천히 신문을 훑어보는 남편이 오늘만

244

은 평소와 달리 흥분된 태도에 대해 이상하게 여기며 말을 걸기에

"오늘 아침 좀 서둘러야 해서 안 봐."

"당신 뭔가 걱정거리가 있는 거 아니에요?"

"말도 안 되는⋯⋯"

"그런데."

"그런데고 뭐고 말도 안 되는 소리를."

양복을 걸칠 시간이 없다는 듯 서둘러 윗옷을 손으로 휙 잡아채고 놀라 현관까지 배웅 나온 아내를 돌아보지도 않은 채 밖으로 뛰어나갔다.

둘 ● ●

그날은 추웠다. 하늘은 아주 맑게 개었지만 대기의 어딘가에 이런 차가움이 있는 것일까 여겨질 정도로 쌀쌀한 아침이었다.

회사로 달려가니 과연 편집실, 영업실도 모두 출근해서 새파랗게 질린 표정을 하고 웅성거리고 있었다.

몰락 沒落

그가 예상한 것처럼 같은 문면의 속달이 전 사원들의 집으로 배달된 것이었다.

그리고 놀랍게도 금고 안은 텅 비어있었다. 결국 상임위원들이 모은 돈의 은행 예금통장, 어느 정도 있던 현금, 철도 패스, 일체의 장부, 그런 것이 모두 사라진 것이다. 그저 다카스 지배인의 책상 위에 회계를 맡은 다케이가 한 통의 편지만을 남겼다.

저는 아무것도 말씀드릴 수 없습니다. 저는 사장님 명령에 따라 10일 오전 3시 출근해서 회계가 취급하는 모든 것을 가지고 갑니다.

그런 의미의 간단한 내용이었다. 그 외에는 동봉된 다케이의 사표가 들어 있을 뿐이었다.─

그것은 히시지마의 증오스러운 세 번째 배신이었다.

그리고 모든 것이 끝장이었다. 그렇게까지 기세를 모아 소생책을 만든 그들의 피 같은 노력도 그 한 사람의 기괴하고 광기어린 착란에 의해, 그것도 하룻밤 새에 아무 흔적도 없을 만큼 궤멸되어 버린 것이다.

그들은 분노할 마음조차 생기지 않았다. 히시지마를 분노로 날려

버릴 기운도 없었다. 그들의 감정은 이미 흥분의 최고봉을 넘어 버려, 온갖 감각이 가루처럼 부서져 버렸다.

그러나 아무 말도 안 하고 지켜보고 있을 수는 없는 노릇이다.

해산을 하다니 어떤 미치광이가 생각을 해도 떠올릴 수 없는 망상인 것이다. 그리고 이번에야말로 그들의 생활은, 더구나 연말을 코앞에 두고 아사 직전의 상태에 직면해 버린 것이다.

무엇보다 해산이 사실화되어 나타나는 것을 막는 일이 필요했다. 그렇게 생각하자 다카스와 야마모토는 감독관청에 모든 것을 다 털어놓고 선후책을 마련하기 위해 자동차를 달리게 했다.

편집하는 자들은 어쨌든 신문만큼은 내자고 하여 각자 그 일터로 돌아갔다.

영업 쪽 사람들은 히시지마, 다케이, 그리고 회사를 나가 돌아오지 않는 히시지마의 친척에 해당하는 하나타의 집을 덮쳐 그들을 찾으러 나갔다.

그런 소동 속에 어느 틈엔가 지불일이 약속된 채권자들이 잇따라 회사로 찾아왔다. 하지만 일체의 현금을 빼앗겨 버린 그들은 지불할 수가 없었다. 그런 상황을 이야기하고 히시지마 자택으로 받으러 가라고 이야기하자, 그들은 허둥지둥 부산을 떨며 회사를 떠났다.

247

몰락 沒落

"바보 같은 놈. 지금쯤 빚을 받으러 사람들이 몰려갔으니 허옇게 질렸겠지. 잠자코 있었으면 이쪽에서 지불했을 건데!"

그런 바보 같은 짓을 했기 때문에 도리어 괴로운 결과가 된 히시지마의 분별없는 행동을 비웃으며 그들은 쓸쓸한 얼굴을 서로 보았다.

하지만 히시지마의 집에는 그는 물론이려니와 아무도 없었다. 다케이, 히나타의 집에도 그들은 없었다. 행방불명인 것이다.

그리로 집금을 담당하는 젊은 조선인 박 씨가 멍하니 들어왔다. 혹시 하고 생각하여 하마자키가,

"영수증은 가지고 있나!"

"예? 영수증? 오늘 아침 사장님에게 맡겼는데요!"

"뭐? 그것도 당한 거야!"

하마자키가 모든 것을 집어 던지듯 내뱉었다. 박 씨의 이야기를 따르면 그가 오늘아침 회사에서 영수증을 가지고 집금하러 나가려고 회사를 나서자, 갑자기 히시지마 사장이 옆 골목에서 나와서 집금은 자기가 할 거라면서 영수증과 집금할 곳을 적은 장부를 빼앗듯 가지고 갔다는 것이었다. 그는 별다른 깊은 사정까지는 없으려니 생각하고 가볍게 그냥 넘겨버렸다고 했다. 미집금된 것까지 파악하여 손을 뻗은 히시지마의 음모는 여간 계획적인 것이 아닌 셈이고 증명

되었다. 감독관청으로 간 다카스와 야마모토는 정오 넘어서 회사로 흥분하여 되돌아왔다.

"틀렸어!"

야마모토가 모자를 책상 위에 때리더니 소리쳤다.

히시지마로부터 앞으로 50일간의 휴간신고서가 이미 제출된 것이었다.

그것은 이제 어떻게도 할 도리가 없는 조선마이아사의 합법적 의사표시였다. 히시지마로부터 운노의 대리 후타기로 발행권을 양도받고자 하여 출원 중이었지만, 현재의 발행겸 편집인 명의인은 역시 히시지마였던 것이다.

그 명의인이 표시한 의사는 절대적인 것이었다.

다카스나 야마모토가 눈물을 내비치며 호소하는 진정을 듣고 당국의 담당관도 그들을 매우 동정했다. 그러나 그 휴간신고를 접수한 입장으로서 당국은 어떻게도 할 수가 없다며 담당자는 그들에게 경거망동을 삼가라고 주의를 주더니 언젠가 손을 쓸 테니 그때까지 성실하게 신문을 만들고 있으라는 명령을 한 것이다.

이제 돌이킬 수가 없는 마지막이 왔다.

당국은 언젠가 그들에게 신문제작의 중지를 명령하기로 결정한 것이다. 그렇게 되면 그들의 모든 것이 끝난다. 일체의 현실도, 꿈도, 모두 황망하게 지나가 버린 과거가 되는 것이다.

다만 당국이 이 특수한 사원들의 사정을 받아들여 어느 정도까지 그 처분을 완화하거나, 어쩌면 이대로 우리 손으로 해나갈 수 있게 될 지도 모른다는 희미한 희망에 오로지 매달려야 했다.

야마모토와 다카스는 최고 권력을 쥐고 있는 대관을 만나서 그 지휘에 의지해 보자며 다시 나갔다.

편집 쪽 사람들은 죽은 사람처럼 잠자코 무의식중에 펜을 움직였다. 무엇을 생각하고 무엇을 쓰는 것인지 자신들도 전혀 몰랐다.

해산, 실업, 생활고, 그런 단편적인 상상이 잇따라 일어나자 아내와 자식, 어머니와 아버지, 애인과 친구, 그런 개인적인 사람들의 연계 사이에 어떤 비참한 존재가 될지 모를 자신의 모습을 발견하고 미칠 것 같았다. ―그렇게 생각하니 이제 아무렇게나 되라는 절망적인 기분에 빠져 어차피 죽을 거라면 같이 죽는 것이다, 히시지마라는 놈도 살려 둘 수 없다, 갈갈이 찢어 죽여도 모자란 악마다, 죽여버려야겠다, ―아니 죽인들 어떻게 된단 말인가―이제 아무 것도 생각할 여유가 없을 만큼 그들의 이성은 광기에 휩싸였다.

250

셋 ••

그들을 반 미치광이로 만든 채 그날이 저물었다. 전등이 희미하게 켜져도 그들은 도저히 집으로 돌아갈 마음이 들지 않았다. 탁탁 맹렬히 타오르는 난로를 둘러싸고 모두 입을 꾹 다물고 의자에 앉아 있는 채였다.

총독부로 대관을 방문하러 갔던 다카스와 야마모토는 결국 면회를 못하고 되돌아왔다. 내일 아침이 아니면 도저히 만날 수 없다는 것이다.

"어떻게 될지 모르지만 이러한 경위를 사회에 호소해야 하지 않겠어? 도저히 입 다물고 있을 수가 없는 일이야.—"

야마모토가 비통한 목소리를 짜내며 내일 조간에 모든 것을 폭로하자고 제의했다.

"그래, 해 버리자."

"모두에게 폐간사를 쓰자고. 어차피 안 되는 거라면 이쪽에서 선수를 치는 게 나아."

모두 그런 마음이었다.

"하지만 생각해야 해. 폐간사를 쓰는 것은 괜찮지만 그건 언제라도 할 수 있어. 그건 마지막 수단이라고. 일단 지금 써버리면 도리어 당국이 가질 심증에 나쁜 영향을 줄 염려가 있어."

다카스가 무언가 마음속으로 작심하듯 자중하자는 이야기를 내뱉었다.

"어째서……"

"아니, 나는 당국이 어차피 휴간을 승인한다고 해도 이대로 우리를 방치하지는 않을 거라고 생각해. 무언가 우리가 일어설 수 있도록 처리해 줄 거라고 봐. 그런데 지금 그렇게 모든 것을 폭로하게 되면 도리어 당국의 그런 배려를 무산시킬 거라고.ㅡ"

"그래. 그렇다면 조금 더 기다려 보지."

하마자키가 맞장구를 쳤다.

"음. 그도 그렇군. 하지만 이제 이렇게 되면 마찬가지야."

어쨌든 히시지마의 모든 음모를 사회에 보도할 필요가 있다는 데에는 의견이 일치했고, 조간을 인쇄하던 하지 않던 오늘밤 안으로 원고만은 써두기로 결정했다.

"내가 쓰지."

그렇게 말하고 야마모토가 원고지를 가지고 와서 책상에 앉았다. 벌써 12시를 넘어가고 있었다. 심야의 냉기가 아무리 난로를 피워도 모두를 뱃속부터 따뜻하게 만들지는 못했다.

"어차피 오늘밤은 철야야."

그렇게 생각하니 갑자기 지금까지 알아차리지 못한 배고픔이 강하게 느껴졌다. 생각해 보니 점심과 저녁을 아무도 안 먹었다.

"뭐라도 주먹밥으로 만들까?"

결국 기다가 단골로 가는 어묵가게 미노사쿠^{養作}에서 주먹밥과 어묵탕을 주문하여 먹게 되었다.

"저는 집에 좀 다녀올께요."

기다가 그렇게 말하고 외투를 입으려고 하자

"마누라에게 안겨서 그대로 잠들어 버리면 안 되네."

누군가가 그런 농담을 하며 놀렸다. 돌발사건이 일어나 오늘밤은 철야지만 경우에 따라서는 2~3일 이런 사건이 이어질 지도 모른다는 식으로 아내에게 이야기하고, 그가 모포를 품에 안고 회사로 돌아왔을 때에는 일고여덟 명의 사원들이 적적하게 난로가 새빨갛게 달궈진 것을 쳐다보고 있을 뿐이었다. 야마모토는 열심히 펜을 놀렸다. 그러는 동안 한 사람 두 사람이 쓰러지며 더러운 책상에 엎드려 잠들어 버렸다.

넷 ∙∙

다음날 아침도 추웠다. 출근 전에 만나려고 생각하여 다카스와 기다는 7시쯤 고지대에 있는 그 대관의 관사를 방문했다. 하얗게 얼어붙은 거리를 비통한 기분으로 걸어가며 몇 번의 언덕을 낑낑대고 올랐다. 현관 옆의 벨을 누르자 면식이 있는 비서가 나와서 그들의 창백한 얼굴을 보더니 곧바로 안으로 들어가 누군가와 무엇을 속삭이는 것 같았다.

"오늘 오후 1시에 관청 쪽에서 만나자고 하십니다.……"

안에서 나온 비서는 그렇게 말하고 그들에게 가엾다는 듯한 표정을 지어보였다. 5분이라도 좋으니 회견을 간곡히 청했지만 결국 안 됐다. 돌아가는 수밖에 도리가 없었다.

"아무래도 우리 절망적이군."

면회를 거절당해 몹시도 자신감을 잃은 듯한 어조로 걸으면서 기다가 다카스에게 말했다.

"음. 나도 틀렸다고 생각해. 어젯밤에는 우리가 그런 식으로 애를 썼지만, 이 문제는 결국 이제 끝난 거야. 우리 생명도 오늘로 끝일지 모르지.……"

다카스는 그렇게 말하더니 갑자기 입을 다물어 버렸다. 쓸쓸하고 괴로운 표정을 억누르듯 지면을 바라보며 걸었다. 회사로 돌아오자 누워 있던 자들이 벌떡 일어나 그들의 자초지종을 듣더니 그대로 털퍼덕 다시 주저앉고 말았다. 숙면을 취하지 못했기 때문에 양쪽 눈꺼풀이 피로에 아플 지경이었고 몸 관절 마디마디가 쑤시며 나른함을 느꼈다.

오후가 되어서—

당국의 의향으로 오늘만 신문 발행을 허가한다는 것을 알게 되었다. 12일 부 석간이 마지막 신문으로 정해졌다. 당국의 담당관 앞에 호출된 다카스, 야마모토가

"도저히 안 되는 겁니까? 그렇게 말도 안 되는 짓을 저지르고 행방불명이 된 사장은 어찌 되든, 우리에게 신문 제작만을 맡겨주시면 도저히 안 되시겠습니까?"

마지막 탄원이었다.

"그게 불가능하다고. 당국으로서는 자네들이 말하는 명분을 어디까지나 동정하네. 할 수 있다면 그렇게 해주고 싶지만 법규가 허락을 하지 않아."

"어째서 그렇습니까? 그렇다면 내년 신년호까지만이라도 충분합니

다. 우리 손으로 하게 해 주실 수 없겠습니까? 우리는 올 연말을 앞
두고 신문이라도 만들어내지 못하며 그야말로 죽어버려야 한다고요."

"아니, 알아, 안다고. 하지만 책임자가 없는 신문을 허가한다는 것
은 단속법규 상 하루라도 곤란하단 말이야. 예를 들어 오늘만 해도
대사건이 일어나서 신문이 문제를 일으켰다고 치자고. 그때 누구를
당국이 책임자로 처리할 것인가, 그게 문제란 말일세."

"그렇습니까?……그럼 신년호까지 라는 조건으로 그때까지의 책임
자를 지명해 주실 수는 없겠습니까?"

"어쨌든 법규가 허용하지 않아."

"그래요?……"

그 이상 아무 말도 할 수가 없었다. 법률의 울타리 밖에는 나올
수 없다는 것을 생각하면 처음부터 도리가 없는 것이었다. 하지만
인간생활에 관한 문제였다. 거기에 무언가 정상참작을 해주기를 바
랐다. 그것도 안 된다면 이제 비빌 언덕도 없는 것이다.

"그 대신 우리들 생활을 생각해 주셨으면 합니다. 백이십 몇 명이 길
거리를 헤맬 겁니다. 가족까지 합하면 육백 명의 사람들 문제입니다."

"그 점은 충분히 고려하고 있어요. 곧 사장도 찾을 것이니 그 다
음에 이야기합시다. 또 이것은 내가 책임을 지고 선처할 테니 얌전

히 잠자코 있어 주기를 바라오."

다카스와 야마모토는 돌아가야 했다.

그들의 그런 보고를 듣고도 사원들은 미리 각오를 하고 있었던 듯
당황하지 않았다.

"결국 마지막이 온 거로군."

마지막 체념에 들어선 자들의 조용함 속에 그저 그런 마지막이라
는 느낌이 무겁게 새겨진 듯한 느낌이 들 뿐이었다. 아무 말도 하지
않으리. 나약한 마음도 일으키지 않으리. 모든 것이 불가항력인 것
이니—

"그럼 어쨌든 석간을 냅시다."

그렇게 말하며 어젯밤 철야를 해서 써낸 마지막 원고를 들고 야마
모토가 편집자에게 건넸다.

"내지."

"하지만 우리 생활만큼은 확보해야 해요."

나카가와가 아주 큰 목소리로 외쳤다.

"물론이지. 그 점에 관해서는 나중에 의논하자고."

다카스가 대답했다.

다섯 ● ●

하지만 공장은 동요했다. 그 보고를 듣자 직공들은 보고 있기 괴로울 정도로 당황했다. 예고도 없이 참수된 노동자들처럼 회사가 휴간하는 것은 첫째로 그들 생활을 내일부터라도 위협하는 것이다. 물론 사원들처럼 해산통지는 아무에게도 가지 않았지만, 결과적으로 휴간하면 같은 운명에 처해지는 것이었다. 원고를 정리하는 나카가와가 아무리 소리쳐도 글자판 맞추는 직공들은 구석에 몰려만 있고 일하지 않았다.

글자를 심는 직공들도 그 안에 섞여 있었다.

불온한 분위기가 공장에 가득 감돌고 있었다.

석간 마감시간이 지나서 전등이 켜져도 그들은 일하지 않았다.

직공 대표로서 가장 고참인 현 씨가 흥분하여 편집국으로 들어온 것은 그로부터 약 1시간도 지나지 않아서였다.

"돈을 주지 않으면 일하지 않겠다고 합니다."

어렵게 말을 꺼내며 그는 사원들을 둘러보았다.

"그러니까 그 점에 관해서는 지금부터 생각하겠다고. 그보다 이 석간이 마지막 석간이라는 걸 모르겠느냐냔 말이야.—"

야마모토가 정색을 하고 소리 질렀다.

"돈은 우리들이 책임지고 지불하도록 할 테니 안심하고 일을 해주게. 이번 석간을 내는 것도 모두 자네들의 보수를 보다 많이 받게 해주기 위해서란 말이야. 모두 꼴불견 짓을 하면 세간의 웃음거리가 된다고."

다카스가 이어서 직공들을 일하게 만들고자 이렇게 말하며 달랬다. 현 씨는 다시 한 번 그들과 의논한다며 공장으로 내려갔다. 어차피 같은 급료밖에 받을 수 없다면 휴간이 정해진 지금 조금이라도 일을 하지 않는 쪽이 득이라는 공리적 생각도 직공들 사이에 있었다. 하물며 그 석간이 어떠한 의미를 갖는 것인지는 그들에게는 이해할 수 없는 문제였다.

모든 일을 낱낱이 폭로하고 허위 투성이의 회사 내부 상황을 사회에 드러낸다면 사회는 뭐라고 할까? 정의로 싸우다 마침내 쓰러진 사원들의 그러한 비통한 기분을 마지막 신문이라는 매우 감격적 형식으로 발표하는 것은 무언가 예술적인 신문인다운 방법 아닌가? 그런 사원들의 기분은 도저히 직공들로서는 이해할 수 없는 것이었다.

야마모토는 아래로 내려가 그런 이유를 하나하나 그들에게 설명했다.

259

몰락 沒落

결국 직공들은 콧노래를 섞어가며 활자를 줍기 시작했다.

9시쯤 되어 드디어 네 면이 모두 조합되었다.

야마모토가 쓴 원고는 세 면을 모두 차지하는 정말 긴 것이었다. 히시지마의 신문 탈취 움직임의 음모로부터 그날에 이르기까지의 경위를 흥분된 필체로 써내려간 것이었다.

교정이 끝나고 주조부에 넘겨졌다. 연판이 윤전기에 맞추어졌다.

윤전기가 돌아갔다. 웅웅거리는 기계의 소리를 들으며 사원들은 모두 편집실에서 공장으로 달려갔다. 들어서 익숙한 윤전기의 소음이었지만 오늘밤은 그것이 얼마나 감상적인지. 감는 종이가 휙휙 돌며 점점 가늘어졌다. 흡수라도 되듯이 사라락 사라락 기계 속으로 말려들어가는 하얀 종이의 흐름을 보면서 그들은 뭐라 말할 수 없는 적적한 감정에 휩싸였다.

돌아라! 돌아라! 마지막 회전이다.

이 비참한 1년의 기록을 윤전기여, 지금 너는 인쇄하려는 것이다. 오랫동안 이 볼품없는 신문사의 공장 한 구석에서 시시각각 변하는 세상을 인쇄하고 인쇄하여 사회에 보낸 것이다. 그런데 이제 너 자신의 1년간의 생활기록을 인쇄하다니. 모두 윤회다. 운명이다. 마지막 일을 해 다오.—

260

그들은 각자의 생각을 그리며 물끄러미 그 옆에 우두커니 서 있었다.

여섯 ..

이렇게 백이십 여명의 생활은 적나라하게 그대로 춥고 추운 겨울 거리에 내던져져 버렸다. 그런데 1931년의 황망함이 모든 사람들에게 모든 생활의 총결산을 강요하고 있었다.

회사 경영이 그들에게 옮겨지고 나서 한 달이라는 짧은 시간 동안에 모든 것이 무無가 되어 버린 것이다. 짧았지만 그 진지하고 성실한 사원들의 노력이 보답받기에는 너무도 의외의 잔혹한 결과였다.

하지만 꾸깃꾸깃 짓밟히고 차여진 그 비장한 마지막을 그들은 한탄하지 않았다. 한탄할 기력이 없어져 버렸다. 갈 데까지 가 버려서 정해져야 할 것이 정해진 마음고생으로부터의 해방은 그들을 일순간이나마 안도하게 만들었다.

하지만 다음 순간 그들은 생활을 생각했다. 일신에 한 푼도 지니지 못한 스스로의 모습을 응시했다.

몰락 沒落

거기에서 나온 것은 깊은 한숨뿐이었다.

마지막 석간을 감은 종이가 다 떨어질 때까지 인쇄하고 접은 신문을 들 수 있을만큼 든 배달부가 허리의 방울을 괜스레 크게 울리며 나갔다. 난로를 둘러싼 그들은 그 시끄러운 방울 소리가 거리의 어둠 속으로 작게 사라져 갈 때까지 입을 다물고 들었다. 울고 싶은 외로움이 모두의 가슴을 쳤다.

그리고 그날 밤도 전날 밤과 마찬가지로 철야를 하게 되었다.

행방불명이 되기는 했지만 언제 히시지마가 나타나서 회사를 점령할지 모른다는 염려가 있었기 때문이다. 특히 지난번처럼 폭력단을 데리고 와서 언제 습격을 할지도 모른다. 그들은 이 볼품은 없지만 아늑한 사옥을 그대로 히시지마 따위에게 넘길 수 없었다.

해산한다면 그걸로 끝이다. 하지만 우리는 해산수당을 요구할 권리가 있다. 12월 분의 봉급도 당연히 받아야 한다. 특히 정신적인 타격은 금전으로 보상받을 수 있는 것이 아니다.

그런데도 히시지마는 무엇 하나 그들에게 해 주지 않지 않는가! 해야 할 의무를 유야무야로 하고 권리만을 주장하는 히시지마에게 한마디 원망쯤은 해주고 싶은 것이다. 모습도 보이지 않고 우리 생활을 가지고 놀다니 도저히 이해하고 넘어갈 성질의 것이 아니다.

"해산수당 6개월은 무조건 요구하는 거야. 거기에 12월 분 월급과 적립금도."

자란 수염도 면도하지 않아서 덥수룩한 얼굴을 한 나카가와가 그렇게 말하고 모두의 찬동을 요구하듯 둘러보았다.

"욕심 부리는구먼."

그의 옆에 있던 젊은 기자 한 사람이 그렇게 말하며 웃었다.

"욕심 부리는 게 당연하지. 그 정도야……일단 우리 손으로 한다면 연말에는 1개월 상여금도 받을 수 있었을 지도 모르니까."

정색을 하고 그 말을 받는 나카가와의 주장을 모두 동감이라는 식으로 듣고 있었는데

"하지만 히시지마에게는 한 푼도 없을 거야."

히시지마에게 돈이 있을 턱이 없다는 것을 떠올리며 다카스가 비관했다.

"아냐, 어쨌든 이것만큼은 받을 거야. 말도 안 되잖아. 나는 죽어도—"

"맞아."

모두가 외쳤다.

"뭐, 당국에 맡겼으니 나쁘게는 되지 않겠지."

몰락 沒落

해산수당 6개월 분은 도저히 어려울 거라고 내심 생각하면서 그런 식으로 불안을 억누르며 그들은 침묵에 빠졌다.

일곱 ● ●

다음날 오전, 당국으로 사원의 해산수당과 생활보증에 관하여 교섭을 하러 간 다카스와 야마모토가 실망한 듯 기분 나쁜 표정을 하고 회사로 돌아온 것은 벌써 정오가 가까워서였다.

그날 아침 일찍 히시지마가 살짝 당국을 방문했다는 것을 알게 되었다.

"히시지마는 해산수당 기타에 관해서는 충분히 고려하고 있다고 말했다는데, 하지만 조금 더 기다려 달라고만 하고 언제 지불하겠다는 것도 분명히 하지 않았다는 거야."

다카스가 당국의 담당관으로부터 들은 것을 모두에게 보고했다.

"이런 터무니없는 경우가 어디 있어. 우리는 오늘부터 생활을 못 한다고."

"그렇고말고. 히시지마가 말하는 게 무엇을 말하는 건지 알 수가 없어."

보고를 듣던 일동들이 질린 얼굴에 흥분의 빛을 보이며 분노했다.

"물론이지! 그래서 당국에는 빨리 호출해서 우리의 의사를 전하도록 부탁해 두었으니까 저녁까지는 답이 있을 거야."

"대체 히시지마는 어디 있는 거야?."

"몰라!"

"모르긴 몰라도 첩 집에 있을 거라는 이야기를 들었어."

젊은 한 기자가 구석에서 그렇게 말하자

"뭐! 첩이라고. 언제 첩을 둔 거야?"

거의 모두에게 히시지마가 첩을 둔 것은 금시초문이었다.

"아냐, 나도 그런 이야기 들었어. 있잖아, 야마모토 군. 기노쿠니야紀の国家 마메치요豆千代라고. 그 여자를 돌봐준다는 게 사실이었어."

기다가 떠올린 듯이 그쪽 방면에 밝은 야마모토에게 작은 소리로 말하자

"그래? 마메치요는 지금 쉬고 있어. 임신해서 그만 두었다는 이야기를 슬쩍 들었지. 그럼 최근 일이군. 음……그럴지도 모르지."

마메치요는 그리 잘 나가는 여자가 아니다. 이십대 후반의 내성적

인 게이샤로 야마모토와 다카스, 기다도 모두 알고 있었다. 히시지마가 이 회사를 만들 무렵부터 잘 알고 지내던 여급이었다. 설마 가게에서 적을 빼지는 않을 거라고 생각했는데, 시기도 이렇고 이야기의 앞뒤를 맞추어 보니 어쩌면 정말 그럴 지도 모른다는 직감이 앞서며 야마모토는 분명 진짜일 거라고 여겼다.

"마메치요라는 여자는 한 달 전쯤에 그만 두었지. 전하는 얘기에 따르면 이천 원 정도 들어서 그녀가 적을 뺀 축하를 꽤나 성대히 했다는 이야기도 들었어."

"그러고 보니 아무래도 행방을 모를 돈이 있었잖아. 지난 달 분명히 어딘가에서 삼천 원 정도 회사로 들어와야 할 돈이 있었어. 나는 장부를 보고 이상하다, 이상하다 생각했는데 말이야.……"

다카스가 다시 그에 관해 뉴스를 제공했다.

"쳇! 회사 돈으로 여급을 기적妓籍에서 빼다니.……"

"어디까지 뻔뻔할 수 있는 놈이지?"

"인간도 아니야."

소문일지도 모르지만 그런 이야기를 들으니 그들에게는 아직도 히시지마에 대한 새로운 분노의 불이 타오르는 것이었다.

"어쨌든 그냥 살려둘 수는 없어."

죽여도 시원치 않을 아쉬움으로 그들은 이를 악물었다. 저녁에 다카스와 야마모토가 다시 당국을 찾아갔지만, 결국 히시지마가 하는 말은 이번 달 말까지 지불한다, 지불액은 가능한 한 많이 한다는 막연한 것에 불과했다.

그것을 듣더니 그들은 갑자기 경직되었다.

"성의 없기가 이루 말을 할 수 없지 않아."

"이렇게 되면 무슨 일이 있어도 싸울 수밖에 없어."

그렇게 말하고 그들은 정당한 해산수당의 요구에 지구전을 펴게 되었다.

"결의를 하자고."

"좋아."

중의는 하나로 결정되었다. 영업의 이마이가 미농지에,

1. 해산수당 3개월 분의 요구
2. 12월 분 봉급의 지불 요구
3. 적립금 반환 청구
4. 직공은 휴간 기일 만료와 더불어 다시 복직시킬 것

이러한 네 가지 항목을 달필로 쓰고 일일이 사원과 직공들의 서명과 날인을 받으며 다녔다. 모두가 감격하면서 자기 이름을 썼다.

"히시지마가 오키모토 집에 있다고 하던데."

다카스가 당국의 담당관에게서 들었다며 중대한 망각을 떠올린 듯 말했다.

"그럼 그리로 가자. 모두 같이 가자고."

"그래."

그렇게 그들은 동시에 외치며 곧바로 일어섰다.

"모두 가는 게 괜찮을까?"

하마자키가 나이든 얼굴로 그런 말을 하며 걱정하자,

"상관없어. 들이닥치는 거지."

그들의 격분은 그러한 단체적 행동을 취하기로 결정되자 갑자기 박차를 가해 각자가 쟁의의 투사라도 된 듯한 기분이 들었다.

그들은 스무 명씩 한 덩어리가 되어 각각 외투를 입고 왁자지껄 겨울의 밤거리로 나섰다. 강한 북풍이 옆으로 불며 그들 얼굴을 때렸다. 따끔따끔한 바늘로 찌르듯 아팠다.

오키모토 변호사의 자택까지는 그리 멀지 않았다. 어둡고 좁은 조선인 거리에 온돌의 하얀 연기가 안개처럼 부옇게 뜨고 솔잎이 타는

향이 강하게 코를 찔렀다. 거기에 단 한 채의 2층짜리로 된 문화주택이 높고 검은 그림자를 그리며 서 있었고 그것이 그의 집이었다.

검은 판자문의 옆 입구로 들어가 맨 앞의 한 사람이 현관을 거칠게 열었다. 다카스였다.

"실례하겠소."

문 밖에 있는 그들의 귀에 그의 목소리가 작게 들렸다. 이어서 야마모토, 하마자키가 들어갔다. 안쪽 맹장지문을 열고 나온 젊은 오키모토 부인은 이 한밤중의 방문객이 사건 의뢰자일 지도 모른다는 식으로 애교를 담아 정중히 인사했다.

"조선마이아사 사람입니다. 히시지마 씨가 댁에 계실 텐데, 뵙고 싶다고 전해 주십시오."

"아니에요, 집에는……"

"아니, 틀림없이 있어요. 남편 분은?"

"아, 남편은 지금 있어요!"

"그럼……남편도 뵙고 싶습니다만."

그곳으로 오키모토 변호사가 저쪽에서 현관으로 나왔다.

"야, 어서 오시오. 오늘밤에는 많이들 오셨군요."

그는 문밖의 일각이 와자지껄 소란스러운 것을 이미 알고 있는 듯

밖의 어둠속을 보며 그렇게 말하고

"괜찮겠습니까? 약간 불온한 거 아닌가요?"

"아니요, 괜찮습니다. 그런 점은 걱정하지 마시고 우리만 만나고 싶은데요……히시지마 씨 계시지요.……"

야마모토가 그렇게 말하며 젊은 변호사를 안심시키듯 말했다.

"괜찮은 겁니까? 그럼 올라오세요"

그는 히시지마가 있다는 말도 없다는 말도 하지 않고 세 사람을 응접실로 안내했다. 부인은 문밖에 움직임이 수상한 사람들이 있는 것을 알고는 깜짝 놀란 듯 현관문을 콱 잠가 버렸다.

과연 히시지마는 있었다.

세 사람의 사원들과 히시지마는 사건 이후 처음 회견하는 것이다.

"이거, 다들 모여서 오셨군.……"

히시지마는 여유 있게 응접실에 들어서자 가볍게 인사했다. 그런 음모는 누가 저질렀는가 싶은 속이 들여다보이는 태도로 보였다.

여덟 ••

"히시지마 씨, 이제 드릴 말씀도 없습니다. 이렇게 된 이상 다시 원래 회사로 돌이키자는 식의 바보같은 생각은 우리도 가지고 있지 않습니다. 그저 우리는 당신이 져야 할 의무에 관하여 이야기하고 싶을 뿐입니다."

다카스가 흥분을 억지로 가라앉히며 조용히, 괴로운 듯 입을 열자 이어서 야마모토가

"게다가 오키모토 씨, 실례지만 우리는 이제 이 교섭에 관하여 히시지마 씨와는 이야기하고 싶지 않아요. 사장은 우리의 성의를 너무도 조롱하기 때문입니다. 오키모토 씨 당신을 대리인으로 인정하고 이야기하고자 합니다."

"아, 좋습니다. 괜찮겠습니까? 히시지마 씨."

변호사는 히시지마에게 그렇게 말하며 동의를 구하고,

"대체 당신들의 요구라는 것은 무언가요?"

"이겁니다."

다카스가 양복 안주머니에서 아까 결의문을 꺼내어 책상 위에 두었다. 오키모토는 그 종이를 손에 들고 읽더니,

몰락 沒落

"흠. 이거 큰일이군요. 지나치게 무리 아닙니까?"

"뭐가 무리라는 거요. 최소한도의 우리 요구에 불과하오."

라며 야마모토가 말했다. 히시지마는 오키모토로부터 그 종이를 건네받더니 잠자코 읽었다. 안면 근육이 기분 탓인지 일그러진 듯 보였다. 하지만 그는 아무 말 하지 않았다.

"히시지마 씨 심정도 좀 헤아려 보세요. 당신들의 요구도 결코 무리라고만은 하지 않겠습니다만……"

갑자기 문 근처가 소란스러워졌다. 깜짝 놀라 모두 입을 다물자

"히시지마를 내 놓아라."

분노에 찬 일갈, 이어서 질타하는 소리가 응접실의 그들 귀를 파고 들 듯 들려왔다. 그러자 현관문이 거칠게 열리는 소리가 났다.

"우리도 들어가게 해 주시오."

누군가가 소리 높여 외치는 것 같았다. 부인이 바들바들 떠는 모습으로 응접실에 들어왔다.

"이거 안 되겠군."

오키모토가 어떤 혼란스러운 상태를 예상하듯 의자에서 일어서더니 현관으로 나갔다. 야마모토와 다카스도 이어서 나갔다. 흥분한 나카가와가 현관에서 떡 버티고 서 있다.

"우리들 대표를 지키러 왔습니다."

"포악하게 굴면.……"

"뭐가 포악입니까? 뭐가.……"

"아, 됐네. 나카가와 군, 얌전히 있어 주게. 우리는 괜찮아. 지금 교섭하고 있는 중이니까.……"

야마모토가 그렇게 말하며 동지의 흥분을 달랬다.

"그럼 됐습니다만, 타협하면 안 됩니다."

그는 그렇게 말하고 다시 현관을 나갔다. 하지만 밖의 무리들의 소란은 좀처럼 그칠 것 같지 않았다.

"저렇습니다. 저렇게 흥분해 있단 말입니다. 히시지마 씨, 당신도 생각을 해보십시오. 저런 식으로 모두가 분개해야 할 만큼 당신이 한 일은 불합리한 것입니다. 당신은 저것을 보고도 책임감을 느끼지 않습니까?"

모두가 응접실에 돌아오자 야마모토가 그렇게 말하며 히시지마를 몰아세웠다. 하지만 그는 완고하게 입을 다물고 팔짱을 낀 채였다.

"어쨌든 생각해 주십시오."

"그야 생각해보기는 하겠습니다만.……"

"그럼 내일 오전 10시까지 답변하기로 약속합시다."

몰락 沒落

다카스가 그렇게 말하고 오키모토에게 못을 박았다.

"알겠습니까? 히시지마 씨."

오키모토가 히시지마에게 그렇게 물으니

"좋소."

히시지마가 대답했다.

결국 다음날 아침 10시까지 모든 것을 기다리기로 했다. 그들은 다시 추운 겨울 밤거리를 통해 회사로 돌아왔다.

아홉 ••

하지만 약속은 소용없었다. 다음 날 오전 10시가 되어도 히시지마 측에서는 아무런 회답도 오지 않았다. 오키모토 집으로 전화를 걸어도 일부러 그의 집으로 가 보아도 두 사람 다 모습을 보이지 않았다. 그들은 초조해 하면서 회사에서 멍하니 기다리는 수밖에 도리가 없었다. 그들은 그날부터 펜을 들 수도 없었다. 아무것도 모르는 통신사로부터 와카쓰키 내각의 붕괴와 국제연맹의 분규 통신이 평소처

274

럼 왔지만, 어떻게 할 수도 없었다.

"호외로 낼 기사인데."

통신을 보면서 나카가와가 쓸쓸한 얼굴을 하고 혼잣말을 했다.

어제까지 그런 정열을 가지고 일을 했는데 ……그렇게 생각하자 일을 빼앗겨 버린 스스로의 모습이 너무 비참한 것처럼 여겨졌다. 이직, 실업, 이제 이런 신세가 되어 버린 것인가? 흥분 속에 감추어 져 있던 그런 의식이 새롭고 분명하게 되살아나는 것이었다.

여러 가지 의견이 오갔다.

그때까지 소동 속에 있으면서 생각도 해보지 않은 것인데 휴간, 그것을 왜 히시지마가 결행했는지, 무엇이 그를 그렇게 만들었는지 하는 것이 그 때 처음으로 문제 삼아졌다.

거기에는 큰 원인이 있어야 했다. 왜냐하면 궁핍의 밑바닥에 있다 고는 해도 신문이 발행되는 한은 수입이 수반되는데 기필코 휴간을 강행하고 회사를 해산한 것은 대체 무엇 때문인가?

신문사가 보도하는 것은 부여된 천직이다. 천직을 버리고 휴간을 결행한 이면에 무엇이 있는지를 생각했다. 하마자키가 그 방면의 소 식통을 찾아가 알아본 결과보고로 마침내 그것이 명료해졌다.

히시지마는 돈을 갖고 싶었다. 그와 더불어 형사사건에 완전히 겁을 먹었다. 지금 상태로는 곧 감옥에 갇힐 자기 모습을 봐야한다는 생각에 참을 수 없었다. 특히 운노나 후타기에게 발행권이 이전되어 버리면 자기를 구출할 무기를 잃어버리는 것이다. 이럴 때 어떻게든 해야 한다고 발버둥쳤다.

그 초조함을 바탕으로 사건으로 만들고 싶은 오키모토 변호사 등의 암약이 탄생했다.

마침 이 무렵 신문 발행권을 노리고 있는 동향이 있었던 것이다.

"발행권을 나에게 양보해라. 그러면 형사사건도 해결해 주겠다. 사실 형사사건도 농공은행의 실제손해만 없어지면 죄의 명분은 사라지는 것이다. 내가 맡겠다."

라며 신문 발행권을 바꾸는 것에 적극 나섰다. 물에 빠진 사람이 잡은 지푸라기가 그것이었다.

그리고 인수하는 것은 신문발행권이며 현재의 회사는 해산해 달라는 조건이었다. 이러다 휴간 이야기가 튀어나온 것이다.

물건처럼 팔려가는 신문발행권, 많은 사람들이 실업을 하고 방황한다. 세상은 이렇게 추하게 일그러져가지 않는가.

세상을 탓한다—한 많은 세상이다.

모두 가만히 깊은 감개에 빠졌다.

276

열 ● ●

12시가 지나도 히시지마 측에서는 전화도 걸려오지 않았다.

'각오할 때가 왔어'

모두 입 밖으로는 내지 않고 그런 결심을 마음속으로 확실히 하고 있었다. 죽어도 싸우는 것이다. 도저히 구두로 하는 교섭 정도로는 해결되지 않는 것이다.

뱃속 깊은 곳까지 뜨거워지는 투지가 부글부글 끓어올랐다. 저녁이 되어 겨우 오키모토로부터 전화가 걸려왔다.

하지만 그 대답은 실로 불성실하기 짝이 없는 것이었다.

해산수당은 지불하겠지만 12월 봉급을 모두 그 안에 포함하여 전부 삼천 원 정도밖에 준비할 수 없다. 그것으로 참아주지 않겠냐는 뻔뻔한 대답이었다. ……그것은 그들의 한 달 치 월급에도 부족한, 그들 요구와는 너무도 큰 차이가 있었다. 물론 거절했다. 평소와 다름없는 절충으로는 도저히 안 되는 일이었다.

"사회에 고발하자."

그것이 마지막 방법이었다. 그보다 그들의 마음이 허락하고 이성이 명령하는 방법은 없었다. 어두운 전등 아래에서 그들은 그 보고를 듣더니 입을 꾹 다물고 각자의 상객에 빠졌다.

"한 번 더 당국에 교섭하여 히시지마를 설득해보지 않겠어?"

이마이가 여전히 미련이 남은 듯 그렇게 말하며 제의했다.

"그래. 히시지마 쪽에 다시 한 번 기한을 정해 생각하게 만들자."

하지만 그 결과는 누구나 알고 있었다.

"쓸데없어. 나는 안 하겠어. 결국 똑같다고."

야마모토가 애초 그런 방법으로 틀려먹었다며 더러운 것이라도 뱉어내듯이 퉷 하고 침을 바닥에 뱉었다.

"결속해야지. 동맹이라고."

나카가와가 괴상한 소리를 내며 소리쳤다.

"단식투쟁이야."

야마모토가 나카가와 목소리에 끌려든 것처럼 외쳤다. 깜짝 놀라 모두가 그의 얼굴을 보았다. 그의 안면은 놀랄 만큼 진지함으로 긴장되어 있었다. 무언가 아픈 곳을 쿡 찌르는 듯한 느낌이 그들의 가슴에 와 꽂혔다.

"나는 오늘밤부터 집에 안 들어가겠어. 해결될 때까지는 밥도 안 먹을 작정이야."

야마모토가 모두의 침묵을 도려내듯 강력히 말했다.

278

"동감이요!"

"동감!

모두의 시선이 일제히 목소리 나는 쪽으로 빨려 들어갔다. 하얀 두루마기를 입은 공장 직공이 한 덩어리가 되어 진지한 표정을 하고 외치는 것이 들렸다. 직공들은 사십 명 정도 빼곡하게 편집국 쪽 난로를 둘러싸고 몰려 있었다. 그리고 그것을 계기로 그들 사이에 논의가 시작되었다. 하지만 그것은 조선말이었으므로 사원들은 무엇을 이야기하는 것인지 알 수가 없었다.

"밥을 먹지 않는 정도는 아닐 거야."

하마자키가 겨우 그렇게 말하며 입을 열었다.

"아니, 나는 아무것도 강요하는 게 아니야."

야마모토가 단호히 그렇게 말하고 자기 입장을 드러냈다. 사원들 대부분은 단식까지 하며 싸우지 않아도 되지 않나……라는 막연한 이유없는 기분이 강하게 작용하고 있었다. 단식……그런 비장한 방법을 취하지 않아도 단결만 해서 맞닥뜨려 가면 해결 못할 것도 없을 문제다. 그렇다고 해서 단식이라는 죽음을 내건 싸움이 두려운 것도 아니다. 어느 쪽이든 분명하게 결심이 서지 않을 경우, 인간이라는 것은 특히 그처럼 계급의식상 프티부르주아적 기분을 조금이라도 가지고 있던 자는 가능한 한 타협이 되는 쪽으로 기울고 싶은 법이다.

"단식도 좋지만!"

스기모토가 거기까지만 말하고 다시 생각에 잠겼다.

"어쨌든 어느 쪽으로 운동을 통일하자고."

마르크시즘에 관해서라면 가장 책을 많이 읽은 나카가와가 그렇게 말하고 답답한 듯이 말했다.

그러자 지금까지 웅성웅성 떠들고 있던 직공들이 갑자기 입을 다물고 한 사람이 벌떡 일어섰다.

"우리는 사건이 해결될 때까지 단식하기로 결정했습니다. 오늘밤부터 모두 불러와서 금식을 하겠습니다. 마지막까지 열심히 할 테니 잘 부탁합니다."

박수와 함성이 떠들썩하고 어지럽게 일었다.

사원들은 그 이야기를 듣고 갑자기 몸속의 피가 응고되는 느낌이 들었다. 가슴이 아파지면서 심장박동이 쿵쿵 빨라졌다. 직공들의 그 한·마디는 주저하고 있던 사원들의 소심함에 채찍을 가하듯 사원들 가슴을 쳤다.

"조선인인 저 직공들조차 믿음직스러운 단결을 보여주지 않는가."

사원들은 다시 생각을 고쳐야 했다.

"우리도 하자. 제군들이 어떻게 하든 나는 직공들과 행동을 같이 하겠어."

야마모토가 그렇게 말하고 의자에서 일어서서 직공들 쪽으로 다가갔다. 직공들은 감는 종이를 싸는 짚 멍석을 창고에서 꺼내오더니 그것을 편집실에 죽 깔고 그 위에 벌렁 누웠다.

"제군들 우리는 정의를 위해 싸우는 것이오. 우리는 단식을 약속하고 사건 해결을 기다리는 것이오. 그러기 위해서는 결속이 필요합니다. 한 사람이라도 이 결속에서 벗어난다면 그걸로 끝이오. 마지막까지 싸웁시다. 죽음의 한 걸음 앞까지.……"

야마모토가 그렇게 직공들에게 격려했다. 직공들은 박수로 그에 동의를 표했다.

사원들은 그것을 멍하니 보고 있었다. 하지만 아무 말도 하지 않았다. 직공들과 같은 운동에 들겠다는 마음이 도저히 일어나지 않았다.

—직공들을 희생으로 삼아 사건 해결을 도모하다니, 얼마나 공리적인 사고인가—하지만 그런 최종적 방법을 취하기에는 그들의 이기적인 품위가 허락하지 않았다.

아직 교섭의 여지가 있다.—그런 자기변호적인 기분도 작용했다.

몰락 沒落

"어느 쪽인지 결정하지 않겠나!"

나카가와가 다시 말했다.

"운동을 통일하는 것은 결단코 필요한 일이다."

"어쨌든 내일 하루는 기다립시다. 어떻게 될 지도 모르니."

니시하라가 제안했다.

"그럼 직공들은 어떻게 하고."

"어쩔 수 없지!"

"결국 우리도 월급쟁이에 불과했단 말인가."

나카가와가 내뱉듯 혼잣말을 했다.

그렇게 말은 했지만 사원들은 직공들의 비장한 결심을 눈앞에 보면서 멋대로 행동하기에는 양심의 가책이 느껴졌다. 아플 정도로 배고픔을 느낀 기다도 어디로 가서 밥이라도 먹을까 하던 방금 전까지의 생각을 버리지 않을 수 없었다.

밤이 깊어졌다. 침묵이 난로가 연소되는 소리만을 확대하며 모두의 청각을 자극했다.

열 하나 ••

　약 스무 장 정도의 다타미가 깔릴 수 있을 만한 방에 오십 명 남짓한 직공들과 사원들이 누워 있었다. 편집국 책상은 그대로 구석에 밀려서 몇 사람의 침대가 되었다. 조선인들의 저고리나 바지에 배여 있는 듯한 이상한 냄새가 스토브 열에 자극되어 퀴퀴한 냄새가 방안 가득 퍼졌다.

　단식동맹에 정식으로 참가를 표명하지 않은 사원들도 직공들 바로 앞에서 외출하기가 매우 괴로운 일이라 아무도 밖으로 나가지 않았다. 밤이 깊어 수마가 슬금슬금 엄습해 오자 직공들이 누워 있는 틈을 발견하고는 누웠다. 어떤 자는 불편한 의자에 앉은 채 잠들었다.

　세 개의 난로 불이 어느 샌가 꺼져 몸에 냉기가 느껴지자 난로 옆에 누워 있던 자가 퉁퉁 부은 눈을 비비적거리며 석탄을 턱없이 큰 소리를 내며 들이 부었다.

　기다도 처참한 기분으로 직공들과 직공들 사이에 끼어서 모포를 머리부터 뒤집어쓰고 짚 멍석 위에 몸을 뉘었다.

　허기는 이제 느껴지지 않았지만 무서운 기세로 수면욕구가 닥쳤다. 복도로 통하는 문틈으로부터 쉴 새 없이 찬바람이 불어 들어와 그의 발 근처의 틈을 통해 모포 속에 들어왔다.

눈꺼풀을 덮었지만 순간 아무것도 떠오르지 않았다.

그러자 다음 순간에는 오늘 아침 회사로 전화를 건 아내 마사코의 모습이 우두커니 그려졌다.

"세 밤이나 철야를 하면 몸이 망가져요. 누구 보고 대신해 달라고 하고 집으로 오면 안 돼요?"

3일이나 철야를 한다고 하고 집에 가지 않는 그를 걱정하여 마사코부터 그런 이야기가 아침 전화로 걸려 왔다.

"안 돼. 중요한 때라서. 어쩌면 오늘밤 쯤에는 돌아갈 수 있을 지도 몰라."

"혼자 있으니 외로워서.……"

수화기 안 동네 어귀의 채소가게에서 전화를 걸고 있는 듯 아내의 외로워 보이는 모습을 그리며 약간 슬픈 마음이 들었지만, 그런 식으로 대답하는 수밖에 방법이 없었다.

물론 그 때의 기분으로는 밤이라도 되면 누군가에게 슬쩍 말 해두고 집으로 돌아가 오랜만에 둘이서 저녁이라도 먹으려고 생각했지만, 문제가 그런 식으로 흘러가서 단식동맹이라는 절실한 기분으로 모두가 농성을 해야 하는 신세가 되자 기다 혼자만 그런 이유로 회사를 나갈 수는 도저히 없었다.

모처럼의 결속을 어지럽히면 안 된다……는 마음이 앞서서 밤이 되자 어떻게든 될 대로 되라는 차분한 심정이 되어 그대로 회사에 머물러 버리게 되었다.

하지만 조용한 심야의 고요함 속에 누워 있으려니 문득 우연히 생각이 아내에게 미치자 밑도 끝도 없는 생각들이 잇따라 머릿속을 오가는 것이었다.

대체 아내는 자기 남편이 이런 중대한 파멸을 맞고 있는 것을 어떻게 생각할 것인가? 3일 전에 집에 잠깐 갔을 때에는 기다는 그에 관해 아무런 말도 하지 않았다. 하지만 이튿날 석간을 보고 모두 알았을 것이다. 그런데도 오늘 아침 전화가 걸려왔을 때에는 전혀 단한 마디도 그에 대해 언급하지 않았다. 아내는 모든 것을 알고 있으면서 잠자코 있는 것이다. 남편의 비장한 기분, 남자가 아니면 모를 심정을 모두 다 알면서 가만히 있는 것일까? 그렇다면 너무도 훌륭한 여자인데……하지만 그런 종류의 대부분의 여자라면 이런 이야기를 들으면 곧바로 난리가 나서 무슨 짓을 할지 모른다. 마사코의 경우 지금은 가만히 있지만 무언가 생각하는 바가 분명히 있을 것이 틀림없다. 생활을 박탈당한 남편, 앞으로 장래에 경제적으로든 정신적으로든 어떤 비참한 생활을 해야 하는 것이다……어쩌면 그런 것에 정나미가 떨어져 빈약한 남편으로부터 떠날 길을 생각할 지도 모르고 도망, 이별 그런 불길한 생각이 심술궂고 집요하게 기다를 괴롭혔다—아니 마사코만 그런 사람이 아닌 것은 아닐 것이다. 신문기자라는 비교적 화려한 남편 직업이나 생활에 대해 동경이나 허영심이나 마음을 만족시키기 위해 동거를 하게 된 마사코는 그런 허영에 들뜬 창부형 여자가 결코 아니다. 저렇게 모든 것을 털어 놓고 의지하려는 사랑은 어디로 보더라도 진지한 순정 그 자체다—그렇게 생각하니 악몽에서 깨어난 것처럼 후 하고 안도하게 되는 것이었다. —집에 가면 진심을 물어보자. 무엇보다 그 점이 불안하다.

그는 벌떡 일어났지만 거기에는 죽음같은 현실이 있었다. 그들은 너무 피곤에 지쳐 쿨쿨 잠들어 있었다. 도저히 그런 비참한 광경을 보고서는 자기 혼자만 집으로 갈 수 없다는 기분이 들었다. 그는 다시 벌렁 위를 보고 누워 버렸다.

'가여운 사람. 하지만 실망하지 말고 기다려 줘.'

그는 그렇게 마음속으로 외치고 아내의 환상을 끌어안았다.

'좋아, 오기를 부려도 괜찮아. 생활력을 보여 주겠어.'

들개처럼 생활로부터 무자비하게 얻어맞고 내쫓겨 버린 오늘부터 이번에야말로 아내를 위해 일을 해 보이겠다. ─이러쿵저러쿵 새로운 생활을 그리며 기다는 오래도록 팔다리를 뻗고 어두운 천장을 바라보고 있었다.

아침이 되자 언문諺文, 한글 신문 기자가 단식동맹 소식을 듣고서 두세 명 왔다. 어제까지 같이 보도 경쟁을 하던 신문인들의 비참한 쟁의를 보고, 그들은 같은 직업에 있는 자신들의 모습을 끌어다 보면서 깊은 동정의 빛을 얼굴에 드러내며 이 상태를 사회에 고발하고자 노력했다. 사진반은 마그네슘을 팍 태워서 감옥 같은 그 공간의 광경을 원판에 감광시켰다.

그날부터 그들의 쟁의는 귀를 쫑긋하게 하는 뉴스로 경성 사람들의 청각을 자극하였다.

하지만 히시지마의 음모는 집요하게 계속되었다.

그날 아침 수도를 공사하는 사람이 지령서를 들고 수도를 막으러 왔다. 그러더니 이어서 전등회사에서 전선을 절단하러 왔다. 모두 히시지마의 책동이었다.

수도를 중단당하는 것은 큰일임에 틀림없었다. 한 끼도 먹지 않은 그들에게는 물만이 허기를 달래는 유일한 식량이었다. 그것이 막히는 것은 그들에게 죽음을 명하는 것과 마찬가지였다.

몰락 沒落

그것을 안 한 사람의 직공이 갑자기 방으로 들어온 수도 공사 인부에게 덤벼들어 때리려고 했다. 그는 너무도 흥분하여 수도 공사 인부가 생명을 위협하는 바로 그 적이라고 착각을 했던 것 같다. 갑작스럽게 공격당한 조선인 인부가 간담이 서늘해진 듯 복도로 뛰어나갔다.

수도 쪽과 전등 쪽도 야마모토가 각각 그 담당자들에게 전화를 걸어 교섭했다. 그날부터의 손실비용, 사용료, 일체는 그들이 지불하기로 하고 교섭을 했다.

그런 히시지마의 악랄한 음모를 알게 되자 그들은 피로와 기아로 움직일 수 없게 된 몸을 답답한 마음으로 부들부들 떨어대며 분격했다. 하지만 그 분개도 그들이 서로 같은 뜻을 이야기하는 것으로 스스로를 턱없이 위무하는 것일 뿐, 어떻게도 할 수 없는 것이었다.

다카스와 하마자키 그 밖의 두세 명 사원들이 아무도 모르게 회사를 살짝 빠져나가서 당국이나 오키모토와 몇 번이고 교섭하러 나갔다.

히시지마 쪽에서는 그 쟁의가 시회의 표면으로 드러나게 되자 당황하기 시작했다. 경찰로부터 한두 사람의 형사가 회사로 출장을 왔다. 불온한 형세가 되는 것을 경계하기 위해서였다.

그 고등계 형사는 모두 기자들과 이미 잘 알고 있는 사이여서 누구다 그들에게 동정을 하는 것처럼 보였다.

사태는 점점 급박해져서 사원들의 결속이 의외로 단단한 것을 알자 당국도 진지한 자세로 조정에 들어가게 되었다. 조금씩 쟁의의 효과가 드러나기 시작했다.

히시지마 측은 당국의 경고로 조금씩 해산수당의 지급액을 높였다. 하지만 그들의 요구와는 아직도 매우 큰 차이가 있었다.

회사 직공들이나 사원들은 이제 아무런 말도 하지 않았고 볼 때마다 창백해진 얼굴색에 인상을 쓰고 누워 있었다. 이대로 죽음이 오는 것은 아닐까 생각했다. 멍하니 바라보는 천장이 점점 흐릿해지고 무언가 먼 세계의 것처럼 여겨졌다. 검고 뿌연 커다란 그림자가 눈앞 가득히 퍼져 꿈같은 기분이었다.

사지의 관절 마디마디가 후드득 따로따로 떨어져나가는 것은 아닐까 여겨지듯 나른했다.

갑자기 의자에 앉아 있던 나카가와가 뒤로 벌렁 몸을 젖히더니 쿵하고 의자에서 미끄러져 떨어진 채로 움직이지 않았다.

"어떻게 된 거야!"

깜짝 놀라 에워싼 사원들이 죽은 사람처럼 새파랗게 질려서 팔과 다리를 희미하게 경련처럼 떨고 있는 그의 큰 몸뚱이를 보았다.

짚 멍석 위에 조용히 눕히자 콧구멍에서 콸콸 붉은 피가 뿜어져
나왔다.

"괜찮아?"

크게 소리를 지르며 한 사람이 물을 가지고 와서 입으로 넣었다.
꿀꺽 하고 그는 물을 마시더니 조용히 눈을 감고,

"괜찮아"

라며 조용히 말했다. 모두는 안심한 듯 이 비참한 희생자의 잠드는
모습을 물끄러미 바라보았다. 나에게도 이런 상태가 올 것이다—그
것은 동시에 자기 미래의 모습이었다. 엄숙하고 진지한 공포가 두렵
게 그 자리의 분위기를 경직시켰다.

열 둘 ••

밤이 되었다. 야마모토는 왠지 바로 옆 직공들이 자고 있는 작은
방이 시끌벅적한 것을 듣는다고 할 것도 없이 듣고 있었다. 어젯밤
그렇게나 조용했는데……라고 생각하면서 가만히 귀를 기울여 듣고

있자니 역시 불안하게 희미한 동요가 느껴졌다. 멍석을 긁는 듯한 소리에 이어 무언가 신문지로 싸는 듯한 소리였다.

그는 신경이 쓰였으므로 벌떡 일어나서 그 닫혀 있던 문을 갑자기 획 열었다. 순간 현관 쪽 창문 아래에 있던 직공들이 급하게 자는 체 하는 것을 보았다. 무언가 매우 당황한 흔적 같은 기색이 느껴졌다. 구깃구깃해진 종이가 하나 아무렇게나 멍석 위에 굴러다녔다.

"자네들 뭔가 먹었군."

야마모토가 험악한 눈초리를 향하며 추궁했다.

"아무것도 아닙니다."

한 젊은 직공이 벌벌 떨면서 무언가를 감추듯 그것을 부정했다.

"거짓말 마."

그렇게 소리친 그의 시선이 창문에 못 박혔다. 추운데 창문이 반쯤 열려 있었다. 그 창문은 길거리에 면해 있었다. 모든 것을 알았다는 듯이 야마모토는 생각했다.

"너희들 밖으로 나갔었어. 거짓말을 하다니!"

발산해 버리고 싶은 증오를 느끼면서 야마모토는 그 직공들을 쏘아댈 듯이 노려보았다. 허기를 참지 못하고 그들은 밤이 되자 창문을 열고 밖으로 나가 조선 음식점에서 배를 채운 것이었다. 이제 단

291

몰락 沒落

식동맹도 끝이라고 야마모토는 생각했다. 그들의 단결력 없는 기개 없음에 말로 할 수 없는 분노를 느꼈지만 잠자코 그곳을 떠나려다 그는,

"제군들!"

하고 크게 소리쳐서 자고 있는 직공들을 깨웠다. 그러나 그의 목소리는 쉰 듯 기운이 없었다.

"나는 지금 슬픈 현장을 목격했다. 모두의 눈물겨운 단결을 나 몰라라 하고 그 결속을 깨는 자가 이 중에 있다. 내가 누구라고는 말하지 않겠지만, 그 금기를 깬 자는 가슴에 손을 얹고 조용히 양심에 묻길 바란다. 잘못했다고 생각한다면 그걸로 족하다. 서로 배고픔을 느끼는 것은 각오한 바이다. 굶주림을 각오하고 우리 주장을 관철하는 것이 우리 목적이 아니었지 않은가? 게다가 심야에 창문을 넘어 밥을 먹으러 가는 일이 생기다니 이 무슨 수치인가. 만약 이런 일이 사회에 알려진다면 어떻게 되리라 생각하는가. 세상 사람들은 크게 소리높여 우리를 비웃을 것이다. 앞으로 그런 짓을 하는 제군들은 절대로 없으리라 믿지만 우리는 죽어도 좋을 우리 자신을 위해, 우리 동지들을 위해 싸우는 것이다. 지금에 와서 기개를 꺾는 짓을 하는 자가 있다면 나는 앞으로 어떤 제재를 가할지 모르겠다. 싸움은

죽음의 한 걸음 앞까지다.

제군들은 어디까지고 힘을 내주기 바란다. ……벌써 이틀이나 참아왔지 않은가—"

야마모토는 낮지만 열의 있는 목소리로 직공들을 격려하고 마지막에는 말을 할 수 없을 만큼 감격을 했다. 뜨겁고 비장한 눈물이 눈 안에서 새나왔다. 직공들도 울었다. 사원들도 울었다. 심야의 거센 바람이 덜컹덜컹 유리문을 흔들었다. 이 방 안의 비장한 광경은 그것을 끝으로 침묵으로 바뀌었다.

열 셋 ••

다음 날 직공들은 이제 꼼짝도 하지 않았다. 목안이 바싹바싹 마르고 침도 나오지 않았다. 모든 신체의 세포가 이대로 그 활동을 휴지하는 것이 아닌가 여겨졌다. 죽음은 한 발짝 앞까지 온 자신들의 모습을 보았다. 무엇도 생각할 기력이 없어져 버렸다. 그저 호흡기 활동만이 자잘하게 지금이라도 끊어질 듯하게 약하게 똑딱였다. 그것만이 목숨이 붙어 있다는 유일한 표상이었다.

낮이 지나서 건물주의 집에서 왔다면서 두 사람이 사옥명도서社屋明渡書를 가지고 명도를 청구하러 왔다. 사옥 소유주인 사람은 히시지마로부터 명도 통지를 받자 십 몇 년 간 집세도 밀려 있는 이 임차주를 내쫓을 절호의 기회가 왔다는 듯이 빨리도 온 것이다. 하지만 그 사람은 시체처럼 누워 있는 인간들로 꽉 찬 사내의 비참한 광경을 보자 어떻게 해야 할지 몰랐다. 아무도 일어나지 않았다. 다카스와 두세 명의 사원들이 그 사람에게 사정을 상세히 이야기하고 인도할 수 없는 이유를 말했다. 그 사람은 전화로 어떻게 하라는 지휘를 내리고 퇴거를 연기한다며 돌아갔다.

모두는 지켜야 할 마지막 성도 이제 위협받고 있다는 것을 알고 그들의 마지막도 이제 머지않았음을 알았다. 말할 수 없는 고뇌에 가슴이 아파지는 것을 느꼈다. 하지만 울려고 해도 눈물이 나오지 않았다. 밤이 되어 다카스와 하마자키가 당국의 담당관이 있는 곳으로부터 의외의 보고를 들고 돌아왔다.

해산수당의 지급액이 점점 올라갔다는 것은 모두 알고 있었지만, 양측의 주장에 큰 차이가 있어서 도저히 방법은 없을 거라고 생각하던 참이었다. 다카스는 한줄기 서광을 본 듯이 가벼운 흥분을 느끼며 말했다.

"어쨌든 사원 직공 전부에게 만 원을 내놓는다고 했소. 그 이상은
절대로 불가능하다면서.……"

깜짝 놀라 누워 있던 자들이 벌떡 일어나 그를 쳐다보았다.

만 원, 그것은 인건비 두 달 치를 의미한다. 당초 히시지마의 의향
이 사천 원에 불과했던 것에 비하면 놀랄만한 히시지마의 양보였다.

그러나 그들의 요구 3개월 분과 12월 월급에는 아직도 많이 부족
했다.

"게다가 내가 감격한 것은 그 만 원 중 반은 당국의 간부 한 사람
이 책임을 지고 일시에 대금을 치르게 해주겠다고 했소."

"와, 당국의 한 간부가 말이오?"

그것도 또한 의외였다. 한 관리에 불과한 그 사람이 오천 원이라
는 대금을 걱정하는 일은 정말 있을 수 없는 일이었음에 틀림없다.
하지만 당국의 그 사람 스스로가 내놓는 것이 아닌 것쯤은 그들도
알고 있었다. 이 사건에 전혀 책임이 없다고는 할 수 없는 어떤 곡
절에서 나온 이야기라고 금방 느꼈다. 과연 그런 모양이었다.

"그래서 어쩌시오? 이 안이.……"

다카스가 모두에게 자문을 구하듯 둘러보았다.

"나는 그거면 충분해."

연장자 하마자키가 손해도 득도 없다는 식으로 무너져 버렸다.

"나도 아무래도 좋아요."

하마자키의 그 한 마디는 성벽의 일각이 무너지듯 순식간에 사원들의 마음을 연약하게 만들어 버렸다. 그렇게 한번 무너지기 시작하자 모든 점에서 생각해도 그 결착이 진정한 타협점이라는 것처럼 모두에게 생각되었다. 게다가 무엇보다 그들은 농성의 고통을 참기 어려웠다. 무언가 계기만 있으면 도망치고 싶다, 벗어나고 싶다는 기분이 강하게 작용했다.

"지금까지 계속 올려왔으니 단식동맹의 의의가 있었던 셈이지."

약하고 도피적인 스스로의 마음을 보이지 않으려고 센 척 하면서 그런 식으로 각자가 공리적인 생각으로 자기를 변호했다.

"직공 제군들은 어떤가?"

야마모토가 직공들에게 외쳤다. 그래도 직공들은 그 말을 듣더니 무언가 와자지껄 정리되지 않는 협의를 했다.

"그걸로 좋소."

곧 그 중 한 사람이 그렇게 보고했다.

"하지만 재간될 때는 직공들 전부를 고용한다는 조건입니다."

결국 타협이었다. 가장 강경하던 직공들이 그런 식으로 툭툭 꺾여버리자, 굳이 어느 쪽인가 하면 직공들의 그러한 태도에 이끌렸던 사원들이었으므로 이론이 있을 리가 없었다.

급격히 생기 있는 웅성거림이 방 여기저기에서 일어났다. 정신력도 힘도 모두 다 떨어진 몸에서 이상할 정도의 힘이 나온 것처럼 모두가 느꼈다.

"그럼 그것으로 됐지? 하지만 제군들, 분배방법은 어떻게 하지?"

야마모토가 그렇게 못을 박은 다음 모두에게 물었다.

"분배 방법은 상임위원에게 일임합시다. 사원과 직공, 그리고 사람에 따라 모두 입장이 다르니까 그 부분을 잘 안배해 준다면 되지 않겠소?"

기다가 그렇게 의견을 냈다.

"찬성!"

모두 이론은 없었다.

"제군들 모여 주게."

야마모토가 덥수룩하게 자란 수염 속에 얼굴이 묻혀서 직공들 쪽으로 말을 걸었다.

"제군들 우리는 마침내 올 곳까지 왔다. 지금 제군들의 승인을 얻은 해산수당 금액은 결코 정당한 것이 아니다. 너무도 보상받는 바가 적은 보수다. 하지만 그만큼이라도 우리가 단식을 하고 결속을 해 온 보람은 있었다. 이 이상 더 큰 금액은 바랄 수 없을지도 모른다. 그래서 오늘밤을 끝으로 우리의 단식 동맹도 해산하기로 한다."

야마모토의 목소리는 점점 쉬었지만 미칠 듯한 감격으로 가득했다. 직공들은 아무 말 없이 듣고 있었다.

"제군들, 잘 싸워 주었다. 오늘 이러한 결과를 얻은 것은 그 대부분의 공적이 제군들에게 있다고 믿는다. 제군들이 없었다면 도저히 이런 승리를 얻을 수 없었을 지도 모른다. 나는 나와 행동을 함께해 준 제군들에게 만강滿腔한 경의와 감사를 바친다. 제군들은 앞으로 장래 필시 기나긴 파란의 인생을 보낼 것이라 생각하지만, 이 조선마이아사 마지막의 며칠간을 잊지 말아 달라. 결속하여 단결한다는 이런 큰 힘은 어디에도 없는 것이다. 왜 단식동맹이라는 전술을 취해야 했는지, 그 귀한 체험은 어쩌면 제군들의 장래에 하나의 최선의 교훈이 될 것이다.……"

야마모토는 그 이상 지속할 수가 없었다. 몸 전체의 감격으로 무엇을 말하고 있는지 알 수 없었다. 지금까지 예전에 경험한 적 없는 뜨거운 눈물이 가슴에서 솟아올랐다. 직공들도 울고 있었다. 훌쩍이

298

는 오열이 여기저기에서 조용히 흘렀다.

사원들도 그 비장한 광경을 보고 모두 고개를 숙이고 진지하고 존엄한 인간의 진정에 감동받았다.

그 다음에는 죽음처럼 차가운 침묵이 있을 뿐이었다.

"뭔가 먹지. 모두 마지막 회식을 하자고."

흥분과 감격으로 지금까지 느끼지 못했던 하복부의 고통스러운 허기를 의식하자 야마모토가 조용히 말했다. 오랫동안 단식을 했으므로 딱딱한 것을 먹지 않는 편이 좋겠다고 하여 어딘가에서 죽을 쑤어 달라고 해 먹기로 했다. 야마모토가 취월이라는 요리집으로 전화를 걸어서 부탁했다.

직공들 쪽은 직공들대로 조선요리의 가벼운 유동식流動食 면류를 먹기로 되었다.

계란을 섞어 맛을 낸 따뜻한 떡국이 운반되어 온 것은 벌써 그날밤도 12시를 조금 넘은 무렵이었다.

머리를 박듯 그릇에 매달렸다. 맛이고 뭐고 아무것도 몰랐다. 아귀처럼 열심히 뱃속으로 흘려 넣었다.

그것이 끝나자 각자는 잠자코 아무도 모르게 살금살금 회사에서 심야의 거리로 나왔다. 차가운 북풍이 거리에 마구 불어대고 있었다.

몰락 沒落

얼어붙은 하늘의 별이 차갑게 그 빛을 쏟아내고 있었다.

인적이 끊긴 혼마치 대로의 가게들은 연말 대방출大売山이라는 붉은 깃발이 펄럭펄럭 바람에 휘날리고 있을 뿐이었다.

그렇게 1931년은 황망히 저물어가려 했다.

(끝)

저자 후기

기자생활 십 수 년. 도쿄, 오사카, 조선으로 이어진 나의 신문 순례는 길다고는 할 수 없습니다. 하지만 조선에서의 팔 년은 지금에 와서 되돌아보니 짧지 않은 감개가 있습니다.

생각하면 반생이 지났습니다. 이제 남은 반생에 한 걸음 내딛는 지금, 스스로의 감개에 이끌려 세우게 된 구획의 푯말이 이런 치졸한 책을 만들었다고 할 수 있겠습니다.

올 정월이었습니다. 다카다 군과 취기에 '푯말'을 건설하겠다던 농담이 그로부터 7개월 째에 한 권의 책이 된 것입니다. 반년의 업적으로서는 너무도 치졸한 것이라는 점을 부끄럽게 생각합니다.

만약 이 한편에 '좋은 점'이 있다고 한다면 그것은 다카다 군의 건필에 의한 것이며, 비난받아야 할 치졸함은 내가 질 책임임을 말해 두겠습니다.

다카다 군은 후쿠시마福島 상고 출신으로 일찍부터 경성일보, 경성일일신문에서 활약했고 경연硬軟 어느 쪽이든 못하는 것이 없었으며, 현재 조선경제일보에 있는 최적의 기자이며, 내가 신뢰해 마지않는 존경스러운 친구입니다. 다카다 군과 함께 책을 완성한 것은 저의 큰 기쁨입니다.

저는 4월, 이 책이 완성되지 않은 원고 상태일 때 오사카로 갔습니다. 하지만 측정할 수 없는 운명은 다시금 조선에 오지 않을 수 없게끔 이끌었습니다. 지금 적십자 병원의 한 병실에서 아픈 아이를 간호하면서 교정을 서두르고 있습니다.

장남 다다시正가 뇌막에 병이 있어 오늘 하라原 박사님으로부터 실명을 선고받았습니다. 사선의 한걸음 앞에서 멈추어 선 어린 아이의 생명력이란 너무도 이상한 것이어서, 하라 박사님의 노력을 인정하면서도 저의 가슴 속은 암담한 무언가가 있습니다.

군이 이 책을 내가 후반생의 푯말이라고 했습니다. 아이가 실명한다는 무거운 짐을 지고 푯말에서 한 걸음 나아가게 되는 발걸음은 무겁고 괴롭습니다.

불운은 사람의 정에 기뻐 울게 만듭니다. 나에게 항상 격려를 해 주시는 선배님들 각위, 또는 친구 제군들에 대해 충심으로 감사를 바칩니다.

혹서酷暑의 시기에 장정을 맡게 되시어 빈약한 이 책에 비단을 장식해 주신 아사카와 노리타카淺川伯教 선생님에게 경의를 표합니다.

이 책의 출판을 후원하신 가가와 모리유키香川守行 내외분, 히라야마 마사토平山政十 부부에게도 마음으로부터 깊은 감사를 표합니다.

어두운 운명을 모르고 지금 아이는 한동안의 미혹에 빠져 있습니다. 나의 가슴속은 아이에게 기적이 있기를 바라는 염원과 각위께 바치는 감사로 가득합니다.

교정 완료라고 적고 붉은 펜을 놓으며 눈을 창밖으로 돌리니 회색 구름이 낮고 비에 금화산金華山이 뿌옇습니다.

'꽃말'의 앞길이 회색일지 무엇일지 아무것도 모르는 채 내 마음에도 비가 후드득 내립니다.

1932년 8월 3일

적십사 병실에서

야마기시山岸

이 원고를 쓰기 시작한 것은 아직 정월에 마시는 도소屠蘇 술의 향기도 남아 있는 1월 5일인가 6일이었던 것으로 기억한다.

창작욕에 휩싸인 것도 아니고 그 전의 1년 동안 내내 생활의 기록이 너무도 이상했고 충동적이었으므로, 그 생생한 기억을 무언가 기록으로 남겨 두고 싶다는 정도의 기분에서였다. 출판하고자 하는 마음이 전혀 없었던 것은 물론이다. 그래서 매일 틈나는 대로 열 장, 스무 장 아무런 기교적인 흥분도 없이 마구 써댄 것으로, 어쨌든 다 쓴 것은 창경원의 벚꽃도 다 질 무렵이었다.

따라서 이 한 편은 이데올로기를 담은 것도 아니고 아무런 목표도 의도하고 쓴 것이 아니다. 많은 거짓된 꾸밈도 있고 상당한 생략도 있지만 그저 그 1년 간의 우리 생활, 혹은 기분 같은 것에 가능한 한 충실하자고 마음을 먹었다. 이 한 편을 읽이줄 사람이라면 대부분 '아아, 그 사건' 하고 떠올려 줄 것이라 생각한다.

내가 서툰 글 솜씨로 신문원고를 써서 내던진 것에 친구 야마기시 군이 원고를 가필해 주어서, 경우에 따라서 빠진 부분이라든가 혹은 지나치게 쓴 부분을 잘 보충해 주고 첨삭했는데, 교정쇄를 보니 예상한 것 이상으로 정리가 되어 있었다.

이것은 오로지 야마기시 군의 힘에 의한 바가 크므로 사실 내 이름을 그와 같이 병립하여 내는 것을 약간 괴롭게 생각하는 차이다. 그리고 장정이나 기타 일체의 편집의 번거로운 일도 모두 야마기시 군이 해 주었다. 이 책이 조금이라도 '좋은' 것으로 느껴진다면 모두 야마기시 군이 만들어낸 점이라 생각하기 바란다.

어쨌든 이 책이 세상에 나오게 된 것에 관해서는 모두 나를 둘러싼 사람들의 격려와 응원에 의한 것이라고 내심 감사를 드리고 있다. 다만 나는 이 귀한 인생의 기록을 앞으로 몇 년 살지 모르지만 항상 마음에 두려 하며, 장래에 이바지하고자 하는 마음을 새삼스럽게 깊이 갖는다.

1932년 한여름
사쿠라이초桜井町의 우거寓居에서
다카다高田

작품 해설

엄인경

1. 소설의 개요

소설 『마지막 회전』은 1930년 11월 말부터 1931년 말까지 약 1년 남짓한 동안 경성의 신문계에서 일어난 일대 사건들을 다룬 '사회극 소설'이다. 1932년초 이 소설내의 사건을 고스란히 겪은 야마기시山岸 와 다카다高田 두 기자가 의기투합하여, 다카다가 대략의 내용을 담담히 쓰고 야마기시가 그에 가필과 첨삭, 교정, 편집을 한 공동 저작이다. 1932년 8월 일한서방日韓書房에서 정가 3엔의 단행본 소설로 출판되었으며, 원서의 장정은 조선 도자기 연구가로 잘 알려진 아사카와 노리타카淺川伯教가 담당했다고 한다.

『마지막 회전』은 1930년대 초 경성을 무대로 한 저널리즘의 단면을 볼 수 있는 대중소설 자료로서 스토리를 따라가는 재미로 읽어도 괜찮다. 인간의 욕심이나 음모와 배신, 희망과 사명감 역시 현대사회의 여전한 구성 요소이므로 시간차를 배제하고 읽을 수도 있을 것이다. 하지만 일본인이 쓴 소설이 일한서방이라는 유력 출판사에서 단행본으로 발행된, 당시로서는 매우 이례적인 소설인 만큼 위와 같은 몇 가지 배경지식이 수반된다면 작품 이해에 도움이 될 것이라는 생각에 번역작업 때 조사한 바를 재구성하여 적기로 한다.

『마지막 회전』의 굵직한 사건은 주로 다음과 같다. 경성 최대의 신문『경기일보京畿日報』의 실력 있는 기자들 9명이 현재 조선의 신문계에 회의를 품고 신문인으로서의 이상을 좇기 위해 새로이 대중의 신문, 동지의 신문을 만들고자 사표를 던진다. 총독부가 신문발행의 인가권을 가지고 있는 상황에서 새 신문을 창간하기는 어려웠지만, 다른 신문사를 인수하는 것은 가능했기 때문에 빈사상태에 놓인『동아일일신문東亞日日新聞』이 복잡한 사정에 의해 매수의 대상이 되었다. 어려운 교섭과정 끝에 결국 1931년 3월 매수계약이 성립되고『조선마이아사朝鮮每朝』가 탄생하였다.『경기일보』에 사표를 낸 후 룸펜 생활을 하던 기자들은, 새 신문의 출발에 희망을 품고 어려운 상황 속에서도 만주사변과 관련된 기사를 호외로 써내며 보도자로서 자신들의 직분을 다한다. 그런데 이러한 일을 획책한『경기일보』의 전前

지배인이자 『조선마이아사』의 사장 히시지마蔆島가 경제적 무능력을 드러내며 기자와 직공을 포함한 전 사원들은 궁지에 몰리게 되고, 『조선마이아사』는 초유의 길드조직 신문으로 재편성되려 한다. 그러나 히시지마의 음모와 잇따른 배신으로 『조선마이아사』는 결국 당국으로부터 휴간처분을 받고, 결국 12월 12일 마지막 석간을 내게 된다. 몇 달간 급여도 받지 못하고 직장마저 사라질 위기에 처한 사원들이 신문사에서 농성하며 단식투쟁에 돌입하고 사투 끝에 동맹은 해산하게 된다.

이 소설은 인물이나 신문사에 관해 가명을 사용하고 있으나 1931년 경성의 신문계에서 벌어진 일련의 실화들을 바탕으로 하고 있다. 『경기일보』는 당시 총독부의 일문日文 기관지 『경성일보京城日報』, 그와 경쟁지 관계에 있던 『조선조보朝鮮朝報』는 『조선신문朝鮮新聞』을 말하는 것이었다. 그리고 소설의 핵심 무대가 된 『동아일일신문東亞日日新聞』과 새로이 탄생한 『조선마이아사』는 당시 경성의 '삼대 유력지'로 꼽히던 『경성일일신문』과 그 후신인 『조선일일신문』이었다. 다카스鷹巣, 야마모토山本, 기다木田와 같은 주인공 기자들을 세 번에 걸쳐 배신한 히시지마 다쿠야는 『경성일보』의 지배인이었다가 『경성일일신문』을 매수하고 『조선일일신문』의 사장이 된 사메지마 소아鮫島宗也를 모델로 하였다. 저자 야마기시와 다카다는 당시 『경성일보』 기자로서 일하다가 새로운 신문계와 사회의 변혁을 꿈꾸며 그곳을 박차고 나온 후 경제적 곤궁이나 생활의 불안정과 맞서 싸운 젊은 재조일본인 기자들에게 자신들을 투영시켰다.

2. 소설의 배경이 된 1931년 경성과 일본어 신문

일제강점기에 전개된 신문의 역사는 『동아일보』나 『조선일보』, 『매일신보』 중심으로 서술되었고, 일문 신문에 관해서는 『경성일보』가 최근에 연구대상으로 주목받는 정도라 할 수 있다. 물론 일제강점기에 간행된 신문들이 대부분 산일散逸되어 소재지가 파악되지 않는 것이 가장 큰 난점이기는 하나, 재조일본인이 발행한 민간지에 대해서는 거의 언급되지 않고 특색도 파악되지 않은 것이 현황이라고 하겠다.

『마지막 회전』과 일제강점기 신문 및 잡지 기사를 통해 다음의 몇 가지 측면을 알아보고자 한다. 이러한 배경 지식이 지금까지 알려지지 않았던 약 80여년 전 경성의 한 일본어 신문사와 그 구성원들의 파란만장한 한 해를 이해하는 데에 도움이 될 것이기 때문이다.

우선 1931년말 경성을 떠들썩하게 한 단식투쟁, 당시의 표현으로 아사동맹餓死同盟을 한 『조선일일신문』의 역사와 그 전신인 『경성일일신문』에 관해 살펴보기로 하자. 『경성일일신문』에 관해서는 조선 최대의 종합잡지 『조선 및 만주朝鮮及滿洲』 제185호(1923년)에 책임편집자 샤쿠오 도호釈尾東邦가 쓴 「조선의 신문잡지계와 그 인물」이라는 글에서 다음과 같이 자세히 기록하고 있다.(이하 역자에 의한 번역문을 실었다)

경성일일신문 : 이것은 다이쇼 9년(1920년) 6월 창간하여 겨우 3년 밖에 되지 않으므로 경성일보, 조선신문에 비하면 상당히 초라하다. 특히 활자는 마멸되었고 편집에는 인력이 부족하며 지면도 아주 부진하다. 이 신문은 사실을 말하자면 부끄럽지만, 이렇게 말하는 내가 아오야기靑柳, 마쓰기眞鑿 두 사람과 함께 창간한 것으로 중도에 나 혼자 경영했지만, 경영난과 더불어 건강을 몹시도 해쳤기 때문에 마침내 재작년 여름 지금의 아리마有馬 군에게 양도하고 나는 은퇴했다. 시일이

지남에 따라 지면과 세력도 자연히 증가하기는 했으나 경영난은 여전히 마찬가지이다. 우선 활자를 개선해야 하며 기자도 조금 더 정선하는 동시에 증원해야 하며 앞길에는 할 일이 더욱 많다.

그러나 이 경영난의 나날에서도 신문을 거의 2년 가까이나 유지해온 아리마 군의 수완과 강한 끈기에는 경복하는 바이다. 아리마 군은 예전에 마키야마牧山 군의 안사람과도 같은 역할로 조선신문에 있었던 적이 있으므로 경영을 잘하는 마키야마 군에게 배운 바가 많은 것으로 보인다. 하지만 어떻게든 신국면을 타개하지 않으면 아무리 아리마 군의 체력과 끈기가 강하다 해도 결국은 곤경에 처할 것이다. 또한 지면도 어떻게든 체제를 일신하고 특색을 발휘하지 못하면 언제까지고 경성일보와 조선신문에 비해 열등을 면치 못할 것이다. 따라서 독자의 지반을 확대하기도 어려울 것이다. 아리마 군에게 한층 더 분려하기를 바라고 어떻게든 신국면을 타개하기를 종용한다. 편집부를 독려하여 지면의 개량을 도모하는 것도 중요하다. 다만 이것도 모두 금전 문제이다. 경성에는 신문 잡지에 큰 금액을 내놓을 만한 독지가가 없으므로 신문 잡지의 경영은 한층 곤란하다. 이 점에 관해서도 아리마 군에게 동정을 표하지 않을 수 없다.

이에 따르면『조선 및 만주』를 운영한 샤쿠오와 아오야기, 마쓰기 세 사람이 1920년『경성일일신문』을 창간하였고, 1년 남짓 이 신문을 경영하던 샤쿠오가 경영난과 건강 악화로 은퇴하며 아리마에게 신문사를 양도한 후 1923년 이 시점에 이른 것을 알 수 있다. 창간 3년에 이미 활자 개선과 인원 확충의 필요성이 절절했지만, 그 열악한 상황은 10년 이상 간 모양이다.『마지막 회전』에서 1931년 상황에 대해 '창간 이후 활자는 십년 동안 바꾼 적이 없는 심한 상태이고 교정할 인원도 부족'하다고 표현하기 때문이다.

신문사로서의 환경은 척박했지만,『경성일일신문』에서 새롭게 탄생한『조선일일신문』은 '총독부 기관지와 차이를 분명히 보이며 대중적 지지를 얻었다는 점에서 특징을 가졌던 것으로 보인다. 현재 전신인『경성일일신문』의 1920년 8월 1일부터 10월 30일까지의 일부 영인본만을 볼 수 있으며,『조선일일신문』1931년 3월부터 12월까지의 현존본은 확인할 길이 없다는 점이 매우 아쉽다. 특히 『마지막 회전』에서도 호외기사를 내기 위한 기자들의 열정이 가장 두드러지게 묘사된 만주사변 발발 직후 특파원 파견과 신계획 슬로건으로 내건「만몽문제의 검토」라는 기획기사, 시국강연회 등은 경성의 눈과 귀를 자극한 저널리즘 활동이었음을 다른 사료를 통해 알 수 있다.

　한편 1929년 가을 미국에서 시작되어 전세계로 번진 세계공황은 일본에도 영향을 주게 되어 『마지막 회전』의 시기적 배경이 되는 1930년부터 1931년에 걸쳐 일본의 경제도 위기상황을 맞게 되고 경성에도 파급된 그 여파는 소설의 도처에서 보인다. 또한 이 시기는 사회운동, 노동운동이 고양되고 프롤레타리아문학, 일명 프로문학이 유행한 시기의 끝자락이기도 하므로 『마지막 회전』을 쓴 두 기자도 그 점을 인식할 수밖에 없었던 모양이다. 예를 들어 기자라는 직분을 '자본가도 프롤레타리아트도 아닌, 그리고 프티부르주아도 아닌 존재'이자 '기괴한 노동자'라고 표현하고 있다. 또한 기존 신문사 간부들에 대한 비판적 시선과 불신으로 진보를 꿈꾸며 퇴사한 그들이지만, 당장의 생활타개책이 없어 잠정적 실업자가 된 후 카페를 전전하는데 그 때 친해지는 카페의 여급들, 그리고 자신들 스스로 '룸펜'이라는 당시의 유행어를 사용하여 호칭하는 점에서도 사회 불경기의 일단이 드러난다.

　다음 사진은 『경성일보』 1932년 8월 23일 석간의 일부이다. 제호 아래에 다음과 같은 선전 문구가 보인다. '개업 1주년. 미인 여급 십수명 도쿄에서 초빙. 꿈의 나라 살롱 아리랑'. 『마지막 회전』에서 룸펜 시절부터 불안과 초조를 달래기 위해 기자들이 매일 드나든 곳이 '일본좌'나 '살롱 서울'과 같은 카페였고, 이 곳이 '살롱 서울'의 모델이었을 것으로 추측된다. 그곳의 마담이나 여급들과 친하게 지내던 기다는 결국 여급 출신 마사코와 결혼에까지 이르는데, 1930년대 초 소설에서 그려진 당시 카페 문화와 신문 저널리즘이 얼마나 가까운 것이었는지 잘 알 수 있는 대목이다.

이제 마지막으로 소설에 드러난 재조일본인 기자 눈에 비친 조선인이나 조선의 이미지를 언급해 두기로 한다. 『마지막 회전』은 일본인이 경영한 신문사와 일본어 신문을 배경으로 하는 만큼 뚜렷한 인식을 남기는 조선인은 등장하지 않는다. 이 소설에서 조선인은 활자를 뽑는 문선 직공이거나 카페의 보이로 등장한다. 조선인이 대부분인 공장 직공들은 당장의 푼돈에만 관심이 있는 무리로 묘사되고, 조선인들이 사는 마을은 '낮은 조선인 가옥의 초가지붕이 흙만두처럼 둥근 기복을 만들며 뻗어 있는 적적한 거리'로 밋밋하게 묘사될 뿐이다. 그러나 존재감이 미약했던 조선인들이 소설 종반부에서 주인공들에게 강렬한 이미지를 주는 장면이 한 번 등장한다. 프티부르주아적 계급의식을 가지고 있던 기자들이 투쟁 방식에 대해 망설이고 있을 때 조선인 직공들이 먼저 단식투쟁을 결정한 장면이 바로 그것이다. 조선인 직공들의 '그 한 마디는 주저하고 있던 사원들의 소심함에 채찍을 가하듯 사원들의 가슴을 쳤'고, 결국 모든 사원들이 아사동맹을 결의하게 된다. 일본인들만이 있는 환경이 아니라 조선인들도 함께 한 상황이었기에 가능한 극단적 투쟁의 방법이었음을 드러낸다.

동아일보 1931년 12월 19일자에는 「朝鮮日日社員 餓死同盟! 교도사장에게 요구조건 제출 斷食五十餘時間」이라는 표제어로 다음과 같은 기사와 단식투쟁을 하는 사진이 크게 실려 있어서 『마지막 회전』이 얼마나 실제 사건을 정확히 담아내고 있는지 잘 뒷받침해 준다. (이하 『동아일보』 기사는 원문 그대로의 표기를 따랐으며 가독성을 위해 띄어쓰기를 했다)

시내 영락정에 잇는 조선일일(朝鮮日日)사 사장이 돌연히 사원 일 동에게 해직통고를 하는 동시에 정간게를 당국에 제출하야 동사사원 一동은 크게 분개하고 그 대책을 강구중이든 바 재작 十六일 저녁부 터 동사의 인쇄직공 四十四명이 다음과 가튼 질의를 하는 동시에 아 사동맹(餓死同盟)을 단행하얏다 한다.

공장직공 一동이 전긔와 가튼 아사동맹을 단행하자 편집국원(編輯局員) 一동과 영업국원 一동과 배달부들까지도 동아사동맹에 참가하야 동 사옥 안에는 물 한목음도 먹지 아니한 七十여사원 一동이 거적을 깔고 즐비히 누어 잇서 처참을 극한 분위긔가 충만하고 잇다 한다.

동아사동맹을 시작한 후 금十八일 오후 二시까지가 시간적으로 계 산하면 전후 五十시간에 긍하얏슴으로 이것은 단순한 동사원 대 동사 간부 간의 문제가 아니오 중대한 일반사회 문제화하야 진전히 극히 중 대시된다고 한다.

동사원 一동의 구든 결심은 초지를 관철치 안코는 물 한목음도 먹 지 안코 최후까지 굴치 안코 계속할 작정이라는 바 비창한 동단의 안 색은 참아 보기에도 어렵다 한다.

〈決 議〉

　下記에 連名者 一同은 左의 諸條件을 朝鮮日日社長 鮫島宗也氏
에게 要求함.

一, 朝鮮日日 休刊에 際하야 工場員 一同에게 十二月分의 給料全額
　　을 卽時支給하야 줄 일
一, 積立金을 卽時 拂戾하야 줄 일
一, 解散手當은 各給料의 六個月分을 支給하야 줄 일

　右의 決定交附를 接受하야 주지 아니하여 주는 때는 工場全員은 社
內에 殘留하야 一步도 讓步치 아니할 것은 勿論이오 全員은 右의 要求
條件을 貫徹키 爲하야 餓死同盟을 組織하고 죽엄으로써 對抗한다

　또한 이 기사 뒤에는 「사원혼절(社員昏絶)」이라는 제목으로 사원
나카지마中島가 혼수상태에 빠져 응급처치 중이라는 내용을 덧붙이
고 있다. 그리고 12월 21일의 동아일보 기사는 「朝鮮日日社 紛糾는
解決」이라는 제목으로 다음과 같은 내용을 보도한다.

318

시내 영락정에 잇는 일문 조선일일(朝鮮日日)사 직공과 사원 一동이 교도사장에게 결의문을 제출하고 아사동맹(餓死同盟)을 계속하든 사건은 재작 十八일 밤 十一시 반경에 해결되어 아사동맹단을 해산하얏다 한다.

동문제가 해결된 리면에는 복잡한 사정이 만헛다는 바 제일로 노력하기는 상내(上內) 경긔도 경찰부장이 중간에 나서서 현금 五천원은 동사간부급에서 바더내고 三천원은 상내무장 자신이 개인으로라도 책임을 지겟다는 약속알에 결국 八천원으로 락착되엇다는 것이다.

퇴직금 기타에 관한 것은 전긔 八천원으로 락착이 되엇으나 직공과 배달부 등의 취직문제에 관한 것이 남아지의 큰문제이라고 한다.

「처창한 조선일일신문사원 아사동맹 광경」
「동아일보」 1931년 12월 19일자

『동아일보』가 전하듯 『마지막 소설』은 단식투쟁이 해소되는 장면에서 대단원을 내린다. 소설 내에서는 다루어지지 않았지만, 이 사건 이후 1931년 연말 『조선일일신문』은 『조선상공신문朝鮮商工新聞』의 사장 사이토 고키치齋藤五吉에게 매수되며, 1932년 2월부터 다시 『조선일일신문』은 『조선상공신문』의 자매지로서 다시 간행되다가 1942년 2월 『조선신문』과 함께 폐간되었다.

일제강점기 재조일본인에 의한 대중소설 『마지막 회전』을 통해, 마지막 석간에 실린 자기 글을 찍으며 돌아가는 낡은 윤전기의 기계음을 들으며 '돌아라! 돌아라! 마지막 회전이다'를 비통하게 마음속으로 외친 경성의 일본인 기자 모습을 떠올려 본다.

320

3. 참고문헌

東邦生「朝鮮の新聞雑誌界と其人物」『朝鮮及満洲』第185號, 朝鮮及満洲社, 1923.

本誌記者「歐米の外交官と記者 京城日報社支配人鮫島宗也」『朝鮮及満洲』第244
　　　　號, 朝鮮及満洲社, 1928.

『東亞日報』1931.12.19.

『東亞日報』1931.12.21.

『京城日報』1932.8.23.

정진석『언론조선총독부』커뮤니케이션북스, 2005.

金泰賢『광복 이전 일본인 경영 신문에 관한 연구 : 1881년부터 1945년까지 발행된
　　　　일본인 경영 민간지를 중심으로』한국외국어대학교대학원 신문방송학과
　　　　석사학위논문, 2006.

홍순권「日帝强占期 新聞史 硏究의 現狀과 向後의 課題-식민지 일본인 경영의 신
　　　　문 연구의 진척을 위한 제언-」『石堂論叢』제52집, 東亞大學校 石堂傳統
　　　　文化研究院, 2012.

공저자

야마기시 미쓰구山岸貢, **다카다 신이치**高田信一

야마기시는 1910년대 후반부터 기자생활을 했고 도쿄東京에서 오사카大阪를 거쳐 1924년 조선에 오게 되었다. 1930년까지 『경성일보京城日報』에서 근무하다 사표를 내고 1931년 탄생한 『조선일일신문朝鮮日日新聞』으로 옮긴다. 1932년 4월에 오사카로 갔다가 같은 해 8월에는 다시 경성으로 오게 된다. 1938년에 전前 『고베우신일보神戸又新日報』 편집국장의 직함으로 기고한 글이 보이므로 고베에서 몇 년간 생활한 것으로 보인다. 한편 다카다는 후쿠오카상고福岡商高 출신으로 『경성일보』, 『조선일일신문』의 기자를 거쳐 1932년 여름 이 소설이 발표된 당시 『조선경제일보朝鮮経済日報』 기자로 일했다. 두 사람의 1940년대 이후 행적에 관해서는 알려진 바가 없다.

역 자

엄인경嚴仁卿, 고려대학교 일본연구센터 HK교수
고려대학교 일어일문학과와 동대학원 박사과정 졸업.
일본 고전문학을 전공하였으며 최근에는 일제강점기 한반도에서 창작된 일본 고전시가에 관심을 가지고 연구 중이다. 당시 문헌의 조사연구를 통해 『한반도·중국 만주지역 간행 일본 전통시가 자료집 전45권』(공편, 이회, 2013)을 간행하였고, 관련 학술논문을 통해 연구 성과를 한국과 일본 학계에 보고하고 있다. 저서에 『일본 중세 은자문학과 사상』(역사공간, 2013), 역서에 『몽중문답』(학고방, 2013), 『이즈미 교카의 검은 고양이』(문, 2010) 등이 있다.

일본명작총서 22
식민지 일본어문학·문화시리즈 18

마지막 회전

초판 인쇄   2014년 3월 20일
초판 발행   2014년 3월 31일

공   저 ┃ 야마기시 미쓰구山岸貢 · 다카다 신이치高田信一
역   자 ┃ 엄인경
펴 낸 이 ┃ 하운근
펴 낸 곳 ┃ 學古房

주   소 ┃ 서울시 은평구 대조동 213-5 우편번호 122-843
전   화 ┃ (02)353-9907   편집부(02)353-9908
팩   스 ┃ (02)386-8308
홈페이지 ┃ http://hakgobang.co.kr/
전자우편 ┃ hakgobang@naver.com,   hakgobang@chol.com
등록번호 ┃ 제311-1994-000001호

ISBN   978-89-6071-377-2   94830
          978-89-6071-369-7   (세트)

값 : 16,000원

이 도서의 국립중앙도서관 출판시도서목록(CIP)은 서지정보유통지원시스템 홈페이지
(http://seoji.nl.go.kr)와 국가자료공동목록시스템(http://www.nl.go.kr/kolisnet)에서 이용하실 수
있습니다.(CIP제어번호: CIP2014010292)

■ 파본은 교환해 드립니다.